HEYNE BÜCHER

Das Buch

Im Frühsommer 1471 hat der blutige Rosenkrieg zwischen den Häusern York und Lancaster mit dem Sieg Edwards des IV. geendet. Der König herrscht mit seiner Frau, Elisabeth Woodville, und seinen Gefolgsleuten über ein von den Erinnerungen des Bürgerkrieges noch immer zerrissenes Land. Alte Rechnungen sind noch zu begleichen ...

Tenebrae, für die einen großer Magier, für die anderen abgrundtief böser Hexenmeister, hat in seinem in Menschenhaut gebundenen ›Buch des Todes‹ Zaubersprüche und Geheimnisse festgehalten, die ihm Macht und Geld sichern. Sogar die Königin hat Grund, ihn und sein Wissen zu fürchten.

Als Tenebrae umgebracht wird, ist niemand sonderlich berührt. Doch als sich herausstellt, daß das Buch des Hexers verschwunden ist, müssen Kathryn und Column, der Sonderbeauftragte des Königs in Canterbury, den Mord schnellstmöglich aufklären. Der König und mit ihm alle, die etwas zu verbergen haben, wollen dieses Buch in ihren Besitz bringen. Kathryn gerät in tödliche Gefahr.

Die Autorin

Celia L. Grace ist das Pseudonym einer englischen Historikerin. Bei Heyne sind bereits folgende Romane erschienen: *Die Heilerin von Canterbury* (01/9950), *Die Heilerin von Canterbury sucht das Auge Gottes* (01/10078) und *Die Heilerin von Canterbury und der Becher des Todes* (01/10643).

CELIA L. GRACE

DIE HEILERIN VON CANTERBURY UND DAS BUCH DES HEXERS

Roman

Aus dem Englischen
von Marion Balkenhol

WILHELM HEYNE VERLAG
MÜNCHEN

HEYNE ALLGEMEINE REIHE
Nr. 01/10944

Die Originalausgabe
THE BOOK OF SHADOWS
erschien bei St. Martin's Press, New York

Umwelthinweis:
Das Buch wurde auf chlor- und säurefreiem
Papier gedruckt.

Wilhelm Heyne Verlag GmbH & Co. KG, München
Printed in Denmark 1999
Umschlaggestaltung: Atelier Ingrid Schütz, München,
unter Verwendung des Originalumschlags von Stephanie Weischer
Satz: (3269) IBV Satz- und Datentechnik GmbH, Berlin
Druck und Bindung: Nørhaven, Viborg

ISBN 3-453-15201-8

http://www.heyne.de

Historischer Hintergrund

Im Frühsommer des Jahres 1471 endete der blutige Bürgerkrieg zwischen den Häusern York und Lancaster mit dem Sieg Edwards von York bei Tewkesbury. Heinrich VI, der König aus dem Hause Lancaster, wurde im Tower ermordet, Edward IV beherrschte nun das Königreich mit seiner Gemahlin Elisabeth Woodville und ihren Gefolgsleuten. Der Bürgerkrieg hatte bittere Erinnerungen hinterlassen: alte Verletzungen und Skandale vergißt man nicht so leicht, Groll schwärte ... und alte Rechnungen wurden beglichen; der geeignete Nährboden für Erpresser, die damals ebenso erfolgreich arbeiteten wie heutzutage.

Prolog

Tenebrae, für die einen ein großer Magier, für die anderen ein Hexenmeister, saß in seinem mit schweren Samtvorhängen geschmückten Zimmer im Haus in der Black Griffin Lane. Obwohl viele Kirchen sowie die Propstei des Ordens der Büßer ganz nah waren, interessierte sich Tenebrae nicht für die Religion, der die braven Bürger und Bürgerinnen von Canterbury angehörten. Die Messe, der Leib und das Blut Christi, die der Priester vor dem Kreuz in die Höhe hielt, waren nichts für ihn. Auch den frommen Pilgern, die jetzt, da der Frühling ins Land zog, zuhauf nach Canterbury strömten, würde sich Tenebrae niemals anschließen. Diese Menschen waren auf dem Weg zur großen Kathedrale, würden auf den Knien die Stufen zur Kapelle der Heiligen Jungfrau erklimmen und die seligen Gebeine des Märtyrers Thomas Becket anbeten.

Tenebrae glaubte an andere, finstere Gottheiten. Seine Welt war voller Kobolde und Feen, denn er hatte sich intensiv mit geheimen Überlieferungen aus uralter Zeit beschäftigt. Tenebrae nahm die Maske vom glattrasierten Gesicht und schaute sich um. Das Zimmer lag im Dunkeln. Das war ihm lieber so. Seit er sich in seiner Kindheit auf den Straßen der Cheapside in London herumgedrückt hatte, zog er den Schatten vor – daher auch sein Name. Weder wollte er Sonne auf der Haut spüren, noch sollten andere sein Gesicht mit der gespaltenen Lippe und dem kahlen Kopf sehen, oder gar die Augen, die Kindern Angst einjagten und alle, die seinem Blick begegneten, das Gruseln lehrten. Sie waren hellblau wie Eis und paßten nicht recht zu den weichen Falten seines fülligen, bartlosen Gesichts. Tenebrae zog seinen dunklen, mit Pentagrammen und Tierkreiszeichen bestickten Umhang zurecht. Er vernahm ein Geräusch und wandte den Kopf in alle Richtungen, suchte den langgestreckten Raum sorgfältig ab. Alles war in Ordnung. Die beiden Türen, Eingang und Ausgang, die man nur von innen öffnen konnte, waren fest verriegelt. Die schwarz lackierten Bodendielen glänzten und schimmerten im Licht der einzigen Kerze, die aus Wachs und dem Fett eines Erhängten gezogen war. Die Wandteppiche aus schwerem Samt bewegten sich nicht. Tenebrae schaute zur Decke und betrachtete das Bild des roten Ziegenbocks von Mendes mit seinen schrecklichen Hörnern und den glühenden Pantheraugen.

Tenebrae brummte zufrieden, blieb aber mit übereinandergeschlagenen Beinen in der Mitte des Zauberkreises sitzen, den er um sich herum gezogen hatte. Er schlug das *Buch des Todes* auf, das Zauberbuch des Honorius, jenes großen Magiers aus der Zeit der Römer. Das Buch war in Menschenhaut gebunden und mit roten Edelsteinen und dämonischen Siegeln verziert. Wenn man es zuklappte, hielten es Schließen aus dem Schädelknochen eines Kiebitz geschlossen. Tenebrae betrachtete die vergilbten Seiten und die seltsam verschnörkelte Schrift. Er beugte sich vor und zog die Kerze näher heran. Ein kaum merkliches Lächeln huschte über sein Gesicht und verschwand sofort wieder. Er hielt im Lesen inne, als er die Pilger vernahm, die sich auf der Straße vor seinem Haus drängten.

»Narren«, murmelte er und strich über die Seiten des Zauberbuchs: Hier stand das einzig wahre Wissen!

Leise sprach er in die Dunkelheit hinein. »Warum soll ich vor einem Sarg mit verschimmelten Gebeinen beten oder gutes Geld bezahlen, um ehrfürchtig die Kleiderfetzen eines vor dreihundert Jahren verstorbenen und längst verrotteten Mönchs zu betrachten?«

Tenebrae dachte an seine Mutter, an ihr andächtiges Gemurmel, ihre ständigen Kirchgänge und ihren gläubigen Gehorsam gegenüber allen Priestern. Es hat ihr nicht viel genutzt, dachte er. Sie war an der Pest gestorben, und ihren Sohn hatte es, sich selbst überlassen, in finstere Gesellschaft gezogen. Begierig hatte er altes Wissen studiert, nichts anderes im Sinn, als Herr der Scheidewege, ein Hexer, ein Magier zu werden. Immerhin hatte er die geheimen Überlieferungen der Templer studiert und war nach Spanien gegangen, um die Mysterien der Kabbala zu ergründen. Dann nach Rom und schließlich nach Paris, wo er durch sein Können und pure Rücksichtslosigkeit zum Hexenmeister avancierte und stolzer Besitzer des Zauberbuchs wurde.

Tenebrae berührte die große Platte vor sich; darauf lag ein schwarzer Hahn mit durchschnittener Kehle, ein armseliges Federbündel, dessen Lebenssaft in die Goldschale tropfte, die Tenebrae unter den Hals hielt. Der Hexer hatte den Großen Herrn beschworen. Drei Tage lang hatte er gefastet, um Kräfte zu sammeln für seine Bitte um Beistand. Tenebrae war kein Scharlatan. Er ließ sich nicht auf Beschwörertricks ein. Vermochte er doch ein Haus mit undurchdringlicher Dunkelheit zu füllen! Und hatte er nicht in seinem ganz persönlichen Tempel zumindest im Geiste die schrecklichsten Dämonen versammelt? Große Teufel in Pferdegestalt mit Menschengesichtern, mit den Fängen eines Löwen und einer Mähne, die sich windenden Schlangen glich, gekrönt mit goldenen Reifen, gerüstet mit eisernen Brustpanzern, auf denen grausame Stacheln saßen. Tenebrae fuhr sich mit der Zunge über die schwarzen Zähne. Hatte der Erzbischof von Toulouse nicht gesagt, daß sich um jeden großen Hexer Dämonen scharten, tausend zur Rechten, zehntausend zur Linken? Und hatte nicht derselbe Kirchenmann verkündet, daß mehr als 133 Millionen Engel mit Luzifer den Himmel verlassen hatten? Tenebrae schloß die Augen und begann langsam seine Lobpreisungen dieser geheimen, dunklen Mächte. Er klappte das Zauberbuch zu, hob es hoch und strich sanft darüber. Morgen würde er viel zu tun haben. Die Pilger würden in die Kathedrale strömen, aber es gab auch andere, die heimlich zu ihm kommen würden, um seinen Rat einzuholen. Er hatte alles vorbereitet: Der Hocker, auf dem seine Besucher sitzen würden, stand vor dem großen Tisch, sein thronähnlicher Sessel dahinter. Tenebrae würde die Knochen werfen und die Zukunft entschleiern, seine Besucher würde ihn mit reinem Gold belohnen. Einige von ihnen, die Großen, würden noch mehr zahlen, denn Tenebrae war kein Narr. Einflußreiche Kirchenfürsten hätten ihn am liebsten dingfest gemacht, ihn inhaftiert und wegen Hexerei vor Gericht gestellt. Tenebrae grinste; sie wagten es nicht. Der Hexer hatte herausgefunden, daß alle Mächtigen zwei Schwächen besitzen: ehrgeizige Pläne für die Zukunft und Geheimnisse aus der Vergangenheit. Letztere fand Tenebrae ausgesprochen nützlich. Er hatte ein Netz von Freunden und Bekannten, Klatschbasen bei Hofe, Schmarotzer, Gerüchtesammler im Kronrat. Tenebrae hörte ihnen gut zu, las hier einen Brief, dort ein Manuskript, schnüffelte wie ein guter Jagdhund, bis die saftigen Brocken eines Skandals zutage gefördert waren. Dieses Wissen pflegte der Hexer in seinem außergewöhnlichen Gedächtnis zu bewahren, bis er es brauchte, entweder zum eigenen Schutz oder zur Mehrung seines Reichtums.

Tenebraes Opfer an diesem Morgen war in der Tat eine Danksagung für die fetten Jahre, die hinter ihm lagen. Der Bürgerkrieg zwischen den Häusern York und Lancaster hatte zur Enthüllung vieler Geheimnisse und Skandale geführt. Nun, da das Haus York ans Ruder gekommen war und der goldgelockte Edward IV auf dem Thron zu Westminster saß, versuchten viele Adlige und Kaufleute eifrig zu verbergen, welche Seite sie im kürzlich beendeten Krieg unterstützt hatten. Den Bischöfen und Priestern, die ihr Gelübde gebrochen und verabscheuungswürdige Dinge getan hatten, um einen Rivalen auszuschalten, erging es genauso. Gefolgsleute hatten ihren Herrn betrogen und Edelfrauen ihren Männern Hörner aufgesetzt.

Tenebrae hatte zugehört und dieses Wissen so sorgfältig gefiltert, wie ein Apotheker es mit Kräutern und Arzneien macht. Zufrieden schürzte der Hexer die Lippen. Wer könnte ihm schon etwas anhaben? Kam nicht sogar die Gemahlin Edwards IV, Elisabeth Woodville, zu ihm und holte seinen Rat ein? Hatte sie nicht Tenebraes Zauberkräfte zu Hilfe gerufen, um zu erreichen, was sie wollte? Ihren weißen, geschmeidigen Körper dem König dargeboten, um ihn im Bett zu beherrschen und auf diese Weise auch die Krone von England in der Hand zu halten? Als er ihr Hilfe gewährte, hatte Tenebrae über Elisabeth Woodville und ihren Gemahl noch sehr viel mehr herausgefunden.

Der Hexer erhob sich und drückte das Zauberbuch an sich. Er geriet ins Schwanken wie ein Priester mit seinem Brevier. Was er hier in Händen hielt, war nicht nur das *Buch des Todes,* es enthielt auch unzählige Geheimnisse. Mit dem Fuß tippte er die Goldschale an und starrte in die dunkelrote Flüssigkeit, die dort gerann. Er würde das Zimmer aufräumen und heute abend sein Fasten mit gebratenem Schwan, Karpfen in würziger Soße und viel Wein brechen. Morgen würde er mit seinen Besuchern hierher zurückkehren, das Buch des Todes aufschlagen, die Zukunft voraussagen, Hinweise auf die Vergangenheit einflechten und Gold für sich spinnen.

Elisabeth Woodville, Königin von England, ruhte in dem Lustgarten, den ihr Gemahl, der König, im Windschatten eines kleinen Hügels, der sich vom glanzvollen Palast zur Themse hinunter zog, eigens für sie hatte errichten lassen.

Elisabeth saß im Schatten der kleinen, von Blüten überwucherten Laube; die Sonne schien wider Erwarten kräftig, und Elisabeth bangte um ihre weiße Haut, auf die sie sehr stolz war. ›Meine Silberrose!‹ pflegte ihr heißblütiger Gemahl Edward ihr ins Ohr zu flüstern. ›Mein teures Juwel!‹ Elisabeth zog sich den weißen Gazeschleier über die Augen und strich versonnen über den makellosen Satin ihres lohfarbenen Kleides. Im Hintergrund hörte sie ihre Zofen auf einer Gartenbank kichern und tuscheln. Sie hatten sich zu der königlichen Amme gesellt, die den kleinen Edward, den ältesten Sohn der Königin, auf dem Schoß hielt. Dieses Kind hatte Elisabeth die Zuneigung ihres Gemahls endgültig gesichert. Die Königin betrachtete die Schwäne, die majestätisch wie Staatsgaleeren über die Themse zogen. Sie bewunderte die geschwungenen Hälse, die vollkommene Haltung dieser großen Vögel, und dachte an Edwards Versprechen, ihr die Ernennung des Pflegers aller königlichen Schwäne zu überlassen.

Elisabeth lächelte und legte den Kopf an die gepolsterte Wand. Alle Macht des Reiches lag in ihren Händen. Edward herrschte als König über England, und sie beherrschte Edward. Vielleicht nicht in der Öffentlichkeit, wenn Edward auf dem Thron saß, aber in ihren Privatgemächern, zwischen den Laken des großen Himmelbetts, war Edward ihr Sklave, und Elisabeth war fest entschlossen, daran nichts zu ändern. Das Ende des Bürgerkriegs lag ein Jahr zurück; damals war sie aus der Sakristei der Westminster Abbey getreten und hatte die Huldigung der Massen und die liebende Umarmung ihres Gemahls entgegengenommen. Heinrich VI, der alte König aus dem Hause Lancaster, war tot. Man hatte dem armen Irren den Schädel gespalten, als er in seiner Todeszelle im Tower von London betete. Alle Lancastrianer waren tot, bis auf den schmalgesichtigen Heinrich Tudor, der aber neben ihrer strahlenden Größe nur ein Schatten war. Plötzlich verfinsterte sich Elisabeths Miene hinter dem Gazeschleier. Gegenwart und Zukunft waren ohne Schrecken für sie. Aber was war mit der Vergangenheit? Die Königin biß sich auf die karmesinrot geschminkten Lippen, ihre Bernsteinaugen funkelten zornig. In Kriegsführung und Staatskunst war Edward von England so hervorragend wie im Bett, in Herzensdingen aber war er unbesonnen. Elisabeth hatte ihre Geheimnisse, und der König ebenso; die Königin war fest entschlossen, seine Geheimnisse zu ergründen, ohne die Dinge, die sie zu verbergen wünschte, preiszugeben. »Was weiß Tenebrae?« fragte sie leise.

Elisabeth sah das teigige weiße Gesicht des großen Totenbeschwörers vor sich. Die blauen Augen waren so hell, daß sie seinem Blick jenen milchigen Ausdruck verliehen, den Elisabeth einmal im Tower bei einer alten, blinden, aber gefährlichen Katze gesehen hatte. Unruhig bewegte sich die Königin auf ihrem Sitz, griff nach einem mit Juwelen besetzten Kelch und nahm einen Schluck Würzwein.

»Majestät!«

Elisabeth hob den Schleier und schenkte dem jungen Mann, der so leise vor ihr aufgetaucht war, ein strahlendes Lächeln.

»Guten Morgen, Theobald. Gerade habe ich an Katzen gedacht. Ihr bewegt Euch ebenso leise und gefährlich wie sie.«

Der junge Mann mit dem blassen Gesicht und dem dunklen Haar verbeugte sich knapp.

»Ich bin Euer ergebener Diener, Majestät.«

»Das seid Ihr, Theobald Foliot.«

Sie betrachtete Foliots längliches, schmales Gesicht, die Augen, die nie zu blinzeln schienen, die blutleeren Lippen über dem kantigen Kinn, das kurzgeschnittene Haar. Er trug ein Wams aus blaurotem Samt mit dazu passender Hose. Im Gürtel um seine schlanke Taille steckten Dolch und Schwert. Als er vor ihr niederknien wollte, lächelte Elisabeth gnädig und deutete auf den Platz neben sich.

»Setzt Euch, Theobald.«

»Euer Gnaden sind zu freundlich.«

»Ihro Gnaden könnte noch entgegenkommender sein.« Elisabeth warf ihm einen Seitenblick zu. »Ihr, Theobald, seid mein wichtigster Beamter.« Sie beugte sich zu ihm. »Sagt, Theobald, wann habt Ihr zuletzt eine Pilgerreise nach Canterbury gemacht?«

Peter Talbot saß in seinem großzügig eingerichteten Zimmer auf der Kante seines Himmelbetts und lauschte den vom Saint Ragadon's Hospiz und von der Straße heraufdringenden Geräuschen. Talbot war ein kleiner, untersetzter Mann mit Halbglatze und frischer Gesichtsfarbe und stand in dem Ruf, ein rücksichtsloser, verschlagener Wollhändler zu sein, der bei mehr Geschäften die Hand im Spiel hatte, als selbst der wildeste Gemeindeklatsch sich vorzustellen vermochte. Er hatte ein Handelsimperium aufgebaut, das die gesamte Küste Englands umspannte, hatte Kapital in Banken angelegt und dem neuen König in Westminster Geld geliehen. Er hätte stolz sein können, aber an jenem Morgen, am Feiertag des Heiligen Florian, war Peter Talbot beunruhigt. Er fuhr sich mit den Händen über das Gesicht und starrte auf die Spitze seiner Lederstiefel, die eigens aus Cordoba importiert worden waren. Die Worte eines Psalms gingen ihm durch den Kopf: »Was hülfe es dem Menschen, so er die ganze Welt gewönne und nähme doch Schaden an seiner Seele?« Verliere ich meine Seele? fragte sich Talbot. Warum hatte er ein so beklommenes Gefühl, eine Vorahnung von Gefahr, von dunklen Schrecken, die im Schatten lauerten? Er war ein angesehener Bürger der Stadt; ein Mann, der den König persönlich kannte. Dennoch, seit dem Vorfall mit der Hexe hatte sich Talbots Leben verändert, und das alles wegen einer so nichtigen Geschichte! Der Kaufmann besaß kleine Häuser in der Gemeinde Hackington am gegenüberliegenden Ufer des Stour, eine nützliche Einnahmequelle. Eine seiner Pächterinnen war ihren Verpflichtungen nicht nachgekommen, und Talbots junge Frau hatte, ungestüm und profitgierig wie immer, die Pächterin hinausgeworfen und das Haus einem anderen vermietet. »Das hätte sie nicht tun sollen«, murmelte Talbot vor sich hin. »Isabella hätte mich vorher fragen müssen!«

Er hatte erst am vergangenen Sonntag davon erfahren, nach der Messe in der Kirche St. Alphage. Talbot hatte unter dem Portal gestanden, als eine alte Frau mit schmutzigem Gesicht wie eine Spinne in die Kirche huschte und mit dem Stock auf das Pflaster klopfte. Sie blieb mit ausgestrecktem Arm vor ihm stehen.

»Verflucht sollst du sein!« kreischte sie. »Fetter Lehnsherr, der du hoch fliegst wie ein Adler, zur Hölle sollst du hinabfahren!«

Talbot hatte sie nur verblüfft angesehen, doch dann sagte sein Bruder Robert, die alte Frau sei Mathilda Sempler, nach eigenem Bekunden eine Hexe und die frühere Pächterin einer seiner Katen. Robert hatte gelacht und ihm auf die Schulter geklopft.

»Mach dir nichts daraus«, schmetterte er mit Trompetenstimme. »Du hast doch keine Angst vor einer dummen, alten Hexe, einer stinkenden Alten!«

Isabella, das schöne Gesicht zorngerötet, stand mit funkelnden Augen und verächtlich verzogenem Mund hinter Robert und nickte.

»Du kannst sie nicht zurückholen!« Isabella hatte die Worte förmlich ausgespuckt. »Sie hat ihre Pacht nicht bezahlt. Das Haus ist schon an einen anderen vermietet.« Sie warf den Kopf in den Nacken und blitzte ihren Mann zornig an. »Du wirst mir doch nicht widersprechen wollen?«

Talbot hatte zögernd zugestimmt. Die Alte war unbeholfen davongehumpelt. Er hatte den Vorfall vergessen, bis man den Fluch, mit Blut auf Eselshaut geschrieben, an seiner Haustür entdeckt hatte. Talbot langte in die Tasche und zog die Haut heraus.

»*Verzehrt sollst du werden wie die Kohle vom Feuer.*« Talbot sagte die Worte leise vor sich hin.

Schrumpfen sollst du wie Dung an der Wand.
Verdunsten sollst du wie Wasser im Eimer.
Klein sollst du werden, viel kleiner noch als der Hüftknochen einer Mücke.
Fallen sollst du,
fallen so tief wie ich.

»Ich hätte nicht gedacht, daß die alte Hexe schreiben kann«, murmelte Talbot.

Er steckte den Fluch wieder in die Tasche und sprang auf, als seine Frau ins Zimmer trat. Talbot warf einen Blick auf ihr hübsches, boshaftes Gesicht und stöhnte. Die Heirat mit ihr war, als hätten sich Frühling und Winter vermählt. Im Bett war Isabella damals so schüchtern und doch so entzückend. Nun war sie zänkisch und boshaft, nur darauf aus, im Hause des Kaufmanns an Einfluß und Macht zu gewinnen. Sie drehte sich vor ihm, eine Hand auf der Hüfte. Talbot bewunderte die schmale Taille, die üppigen Brüste unter dem eng anliegenden, blauen, golddurchwirkten Seidenkleid.

»Mein Lieber, du solltest zu den Ständen hinuntergehen.«

Sie trat ans Fenster und schaute zu den Lehrlingen hinunter, die hin und her liefen, um für einen arbeitsreichen Tag die Waren auszulegen. Plötzlich zuckte sie zusammen.

»Da, ein Dieb! Du lieber Himmel, es sind zwei, drei! Peter, komm schnell!«

Isabella stürmte aus dem Zimmer. Talbot griff hastig nach seinem Umhang und eilte ihr nach. Isabella stand bereits am Fuße der langen, steilen Treppe und winkte ihn ungeduldig zu sich herunter. Talbot beeilte sich, doch dann rutschte er aus; einen kurzen Moment schwebte sein Körper in der Luft. Talbot sah die steile Treppe unter sich, und plötzlich fielen ihm das verzerrte Gesicht und die gehässigen Flüche der alten Sempler wieder ein. Dann fiel Peter Talbot, kugelte über die Stufen, stieß mit Kopf und Nacken an das Treppengeländer und stürzte schließlich mit dem Kopf zuerst auf den Steinboden. Er hatte sich das Genick gebrochen.

Eins

Für Kathryn Swinbrooke, Ärztin, Baderin und Apothekerin in der Königsstadt Canterbury, hatte der Tag so gut angefangen. Sie war kurz nach dem Morgengrauen aufgestanden, hatte sich von Kopf bis Fuß mit einem Schwamm und kastilischer Seife gewaschen und sich dann rasch angezogen. Über die Unterkleider hatte sie ein braunes Arbeitskleid aus Barchent gestreift. Nun setzte sie sich sorgfältig eine weiße Haube auf, unter der sie das erste Grau an ihren Schläfen verbergen konnte. Dann betrachtete sie eingehend ihr Gesicht in dem polierten Eisenstück, das ihr als Spiegel diente.

»Die Augen und das Gesicht, Kathryn, verraten viel über den Körper, über seine Säfte und den Geisteszustand. Vielleicht ermöglichen sie sogar einen Einblick in die Seele.«

Kathryn dachte wehmütig an ihren verstorbenen Vater. Er war ein angesehener Arzt gewesen und hatte unentwegt alle möglichen medizinischen Grundsätze und Aphorismen zitiert. Sie schaute in den Spiegel. Colum hatte einmal gesagt, sie hätte ein Gesicht wie Milch und Honig.

»Sieht eher nach Kreide aus«, stöhnte Kathryn. Allerdings war sie nach ihrer Monatsblutung immer blaß. Bin ich hübsch, fragte sie sich und verspürte zugleich eine seltsame Schuld bei diesem Anflug von Eitelkeit. Große, dunkle Augen unter schwarzen, sanft geschwungenen Brauen schauten ihr entgegen. Sie hatte eine gerade Nase, die jedoch an der Spitze leicht nach oben gebogen war; ihr Vater pflegte sie damit aufzuziehen und ihr danach stets die Wange zu tätscheln.

»Das sind sichere Anzeichen für Sturheit«, pflegte er zu sagen. »Üppige Lippen und ein festes Kinn.«

Kathryn dachte an das Grau in ihrem Haar. »Du wirst der Prüfung schon standhalten.« Sie seufzte. »Heute muß ich Rechnungen schreiben.«

»Ihr müßt vor allem aufhören, Selbstgespräche zu führen!«

Kathryn fuhr zusammen. Thomasina, ihre alte Amme, Gehilfin, Vertraute, Beraterin und tyrannische Haushälterin stand im Türrahmen. Kathryn betrachtete das runde, fröhliche Gesicht, die braunen Knopfaugen und die Art, wie sie ihre Haube trug – nicht als Kopfbedeckung, sondern vielmehr wie eine Kriegsflagge.

»Du siehst angriffslustig aus, Thomasina.«

Thomasina schaute auf ihre Hände, an denen noch Mehlspuren klebten.

»Manche Leute arbeiten, und manche sitzen herum«, zirpte sie, und ihre fleischigen Wangen zitterten vor Verachtung. Sie deutete zum Fenster, durch dessen Läden die ersten Sonnenstrahlen drangen. »Der Frühling ist wirklich und wahrhaftig da, Herrin. Ich war draußen im Garten. Die Gelda-Rosen haben bereits Knospen. Sogar das Bingelkraut« – Thomasina bildete sich etwas auf ihre Kräuterkenntnisse ein – »zeigt schon erste Lebenszeichen.« Sie stellte sich vor Kathryn und nahm sie in Augenschein. »Was ich von gewissen Leuten hier nicht gerade behaupten kann!« Schwer atmend setzte sie sich und ergriff Kathryns Hand. »Ist Eure Monatsblutung vorbei?«

Kathryn lächelte und strich sich über den Bauch. Thomasina beugte sich vor und drückte ihr einen sanften Kuß auf die Wange.

»Ich habe schon längst keine mehr«, flüsterte sie. »Ich bin ein alter Baum ohne Saft.«

»Unsinn!« Kathryn drückte Thomasinas pummelige

Hand. »Du wirst noch einmal heiraten, Thomasina. Denk an meine Worte!«

»Ich war dreimal verheiratet«, erwiderte Thomasina und kämpfte mit den Tränen. Sie schaute auf die Binsen am Boden. »Wenn doch wenigstens eines meiner Kinder überlebt hätte, der kleine Thomas oder Richard. Manchmal«, schluchzte sie auf und sah Kathryn an; die Tränen rannen ihr über beide Wangen, »manchmal, an einem Morgen wie heute, wenn ich draußen im Garten bin und der Kuckuck hoch oben in den Bäumen ruft und die Vögel so laut singen, spüre ich, wie sie um mich herumspringen, aber wenn ich dann blinzele und genau hinschaue, dann sind es nur die Sonnenstrahlen.« Geräuschvoll zog Thomasina die Nase hoch. »So, nun aber genug damit.« Rasch wischte sie sich mit den Händen über die Augen. »Ich freue mich schon auf Eure Kinder.«

»Ich bin nicht verheiratet, Thomasina. Und«, Kathryn biß sich auf die Lippe, »du weißt doch, was ich damit meine?«

»Jawohl.« Thomasina legte den Arm um Kathryns Schultern. Natürlich hast du einen Ehemann, dachte Thomasina, diesen grausamen, bartlosen Bastard Alexander Wyville, der dich geschlagen und mißhandelt hat, bevor er sich zu den Rebellen davonmachte.

»Wie lange ist das her?« fragte Kathryn, als könnte sie Thomasinas Gedanken lesen.

»Lange genug.«

Kathryn richtete sich auf. Thomasina sah, wie angespannt ihr Gesichtsausdruck plötzlich war.

»Glaubst du, er ist tot?«

»Er ist über ein Jahr fort, Kind«, erwiderte Thomasina. »Er hat einen anderen Namen angenommen, aber er ist seinem Schicksal nicht entkommen.« Sie zwickte Kathryn spielerisch in die Wange. »Vergeßt ihn. Wenn er nach zwei Jahren noch nicht zurück ist und Ihr Euch gleich am nächsten Tag an das Gericht des Erzdiakons wendet, dann bin ich sicher, daß man Euch die Erlaubnis geben wird, wieder zu heiraten.«

»Aber Thomasina«, sagte Kathryn verlegen, »wen um alles in der Welt sollte ich denn nehmen?«

»Nun, da haben wir zum einen Roger Chaddedon«, antwortete Thomasina streng und spielte damit auf den gutaussehenden Witwer und wohlhabenden Arzt an, der in Queningate lebte. Sie sah, daß Kathryn die Stirn runzelte. »Natürlich«, gurrte Thomasina, »gibt es da immer noch unseren Iren.«

Kathryn schmunzelte.

»Er betet Euch an.«

»Wie er seine Pferde anbetet!« fuhr Kathryn ihr über den Mund.

»Er sieht gut aus«, neckte Thomasina sie. »Groß, mit kräftigen Beinen. Männer mit kräftigen Beinen sind gut im ...«

»Jetzt reicht's aber!« schimpfte Kathryn und stand auf. »Wie du schon gesagt hast, der Frühling ist da. Die Pflicht ruft.«

Kathryn ging die Treppe hinunter und setzte sich zu einem Frühstück aus Hasenpfeffer mit Zwiebeln, kleinen gebutterten Brötchen und einem Krug Dünnbier an den Tisch. Kurz danach erschien ihr erster Patient, Wartlebury, der Lehrbursche des Müllers, der sich über eine Warze im Gesicht beklagte. Kathryn bestrich die Warze mit einem Aufguß aus Gartenwolfsmilch und gab ihm den guten Rat mit auf den Weg, die Liebe seines Lebens würde seine Aufmerksamkeit nicht verdienen, wenn sie ihn nicht so, wie er war, mit Warzen und allem, nähme. Wartlebury hüpfte förmlich aus dem Haus. Edith und Eadwig, die Zwillinge des Gerbers, waren die nächsten. Sie ähnelten sich wie ein Ei dem anderen, sprachen stets gleichzeitig und beklagten sich lauthals über Bauchschmerzen und dünnen Stuhl.

»Mit anderen Worten, ihr habt Durchfall«, sagte Kathryn gerade heraus. Sie gab ihnen ein kleines Glas getrockneter Waldbeeren. »Trinkt Wasser«, empfahl sie ihnen. »Für die nächsten vierundzwanzig Stunden nichts als Wasser. Vermischt ein wenig Honig mit zwei Hornlöffeln voll von diesen Beeren und löst es in Wasser auf.«

»Wie lange?« fragten Edith und Eadwig im Chor.

»Ungefähr zehn Ave Maria«, antwortete Kathryn. »Trinkt es vier- oder fünfmal am Tag. Morgen nachmittag wird es euch schon viel besser gehen.«

»Aber wir können nichts essen!« jammerten die Zwillinge.

Kathryn hockte sich vor sie und legte jeder die Hand auf die Schulter.

»Nein, ihr müßt die schlechten Säfte herauslassen. Versprecht mir das. Kommt morgen wieder, und wenn es euch dann besser geht, bekommt ihr von Thomasina frisch gebackenes und in Zucker gewälztes Marzipan. Ach, übrigens«, Kathryn stand auf und tippte den beiden auf die Nase, »ihr hättet keinen Durchfall, wenn ihr nicht so viele frische Beeren gegessen hättet. Das habe ich euch schon einmal gesagt.« Die Zwillinge schauten sie mit schuldbewußter Miene an. »Und nun denkt daran, morgen gibt es Marzipan.«

Die beiden Kinder huschten aus dem Haus. Kathryn ging in ihre Schreibstube, um ihre Rechnungen zu schreiben. Colum hatte erwähnt, der König könnte vielleicht im Sommer eine neue Steuer erheben. Sie knabberte am Federkiel. Ihr Haushalt bestand jetzt aus vier Personen: sie selbst, Thomasina, die Magd Agnes und Wuf, der Waisenjunge, den sie im vergangenen Sommer bei sich aufgenommen hatte.

»Verwahrloste Kinder«, murmelte sie vor sich hin.

Agnes und Wuf waren Waisen. Natürlich gab es auch noch Colum Murtagh, Sonderbeauftragter des Königs in Canterbury und Aufseher der königlichen Stallungen draußen in Kingsmead im Norden der Stadt. Kathryn ließ die Schreibfeder sinken und lauschte mit halbem Ohr dem Geschnatter von Agnes und Thomasina in der Küche. Sie hackten Kräuter, während sie darauf warteten, daß das frische Brot abkühlte. Dann würden sie es in Drahtkörbe legen und unter die Deckenbalken ziehen, außer Reichweite hungriger Mäuse. Wuf, schon jetzt ein geschickter Zimmermann, baute im Garten einen Nistkasten für die Sperlinge. Sie sind nicht das Problem, dachte Kathryn.

Aber Colum Murtagh: der zerzauste Ire mit der dunklen Gesichtsfarbe erfüllte ständig ihre Gedanken. Er war ein schroffer, gutaussehender Mann mit gebräuntem Gesicht und dunkelblauen Augen, die schalkhaft zwinkern, aber auch kalt und steinhart werden konnten. Kathryn schauderte – nicht etwas aus Furcht, sondern aus Unsicherheit. Noch kein Mann, nicht einmal Alexander Wyville, ihr vagabundierender Gemahl, hatte sie so tief bewegt wie Murtagh. Dennoch war Kathryn auf der Hut. Alexander war gewalttätig, und Colum nicht, aber Colum besaß die Unbarmherzigkeit eines Berufssoldaten. Sie hatte ihn einem Mann den Kopf abschlagen sehen, so als hätte Thomasina eine Blüte geköpft. Als sie aus der Küche laute Stimmen vernahm, horchte sie auf.

»Und natürlich wird der Ire zum Essen wieder da sein«, posaunte Thomasina so laut, daß Kathryn es hören mußte. »Wie immer. Warte nur ab, sobald es dunkel wird, trampelt er mit seinen dreckigen Stiefeln über meinen frisch geschrubbten Boden und leckt sich die Lippen wie ein hungriger Wolf. Es wird Zeit«, und hier überschlug sich Thomasinas Stimme beinahe, »daß er draußen in Kingsmead bleibt!«

Kathryn lächelte still vor sich hin. Als Murtagh nach Canterbury kam, war das königliche Herrenhaus in Kingsmead so verfallen, daß er bei ihr eingezogen war. Die Gemeindemitglieder von Saint Mildred hatten sich die Mäuler zerrissen, insbesondere ihr Verwandter Joscelyn und seine scharfzüngige Frau, aber Kathryn machte sich nichts daraus. Colum war ein ehrenhafter Mann. Sie hatte ihm anfangs nur ungern Unterkunft gewährt, doch inzwischen fürchtete sie, er könnte gehen. Kathryn atmete tief durch, legte die Schreibfeder weg und ging durch den Flur in den Laden, den sie nach Ostern eröffnen wollte. Die Regale, die Colum mit Wuf gezimmert hatte, glänzten frisch lackiert. Gleich hinter der Tür standen neue Schränke, und der riesige Ladentisch war geschrubbt, abgehobelt und neu gebeizt. An den Wänden waren Halterungen für Fackeln angebracht worden, und das Fenster zur Straße war geputzt. Die zerbrochenen Scheiben hatte man durch Ölpapier ersetzt.

Kathryn griff nach dem Schlüsselbund, der an einer Kordel um ihre Hüfte hing, und schloß die Tür zu dem kleinen Lagerraum auf. Sie schloß die Augen und sog genüßlich den Duft von Hasenkohl, Geißbart, Estragon, Thymian und Basilikum ein. Manche der Pflanzen hatte sie selbst angebaut. Andere, wie Silberpappel und Weißklee, hatte sie bei Händlern in London oder Canterbury gekauft. Sie schaute auf die Kassette, in der die Phiolen und kleinen Gläser mit Gift gut verschlossen waren: Satanspilz, Fliegenpilz oder, noch seltener, die Grundblätter und die Rinde der Kornelkirsche. Luberon, der rundliche, geschwätzige Stadtschreiber, hatte ihr versprochen, daß sie nun, da sich die Ratsversammlung wieder konstituiert hatte, innerhalb eines Monats ihre Handelskonzession erhalten würde. Kathryn war fest entschlossen, dann sofort den Laden zu öffnen. Sie schaute sich mit zufriedener Miene um und wollte schon wieder in ihre Schreibstube gehen, als es an der Tür klopfte und ein schmutziges Gesicht hereinschaute.

»Herrin, Ihr müßt sofort mitkommen!« rief der Kleine und hüpfte von einem Bein aufs andere.

»Warum, Catslip?« Kathryn lächelte dem kleinen Bettlerjungen zu, der im Hospiz für arme Priester aushalf.

»Vater Cuthbert sagt, wenn Ihr jetzt nicht kommt, wird der Mann sterben, aber wenn Ihr kommt, stirbt er auch.« Der Junge schwieg und zupfte sich verwirrt an der Lippe. »Das ergibt irgendwie keinen Sinn, oder?«

»Nein«, entgegnete Kathryn. »Aber ich komme trotzdem mit.«

Sie nahm ihren Arzneikorb und sagte Thomasina Bescheid, worauf die rasch nach ihrem Umhang griff und laut verkündete, sie werde Kathryn begleiten.

»Paß auf das Haus auf und laß keinen herein«, trug Thomasina Agnes auf, die mit großen Augen am Tisch stand. »Auch wenn er behauptet, er sei todkrank. Und sag Wuf, daß ich in der Vorratskammer jede, aber auch wirklich jede einzelne Zuckermandel in der Schüssel gezählt habe.« Dann lief sie eilig über den Flur hinter Kathryn her.

»Ich gehe lieber mit«, keuchte sie und hängte sich an ihre Herrin. »Man kann bei diesen Krankenhäusern nie wissen, nicht wahr?«

»Ja, ja«, sagte Kathryn taktvoll, »das stimmt.«

Sie dachte sich ihren Teil. Lange vor Kathryns Geburt war Thomasina dem asketischen Vater Cuthbert mit den sanften Augen sehr zugetan, ja, sie hatte den Mann, der jetzt das Marienhospiz für arme Priester leitete, sogar von ganzem Herzen geliebt. Am Ende der Ottemelle Lane bogen sie um die Ecke, gingen zur Hethenman Lane hinüber, während Catslip vor ihnen hüpfte und rief: »Beeilt Euch! Er liegt im Sterben! Er liegt im Sterben!«

Vater Cuthbert erwartete sie am Eingang des Hospitals. Er drückte Kathryn die Hand und schaute sie aus kurzsichtigen Augen an.

»Zu gütig, daß Ihr gekommen seid. Es tut mir leid, wenn ich Euch behellige, aber ...

»Kein Problem.« Thomasina schob sich vor und griff nach der Hand des alten Priesters.

Vater Cuthbert wurde rot vor Verlegenheit.

»Am besten, wir gehen gleich hinauf.«

Er führte sie in einen langgestreckten, gut beleuchteten Raum im ersten Stock, in dem es nach Seife, Bohnerwachs und zerstoßenen Kräutern roch. An einem dicken schwarzen Balken, der sich über die Länge des Krankensaals erstreckte, hingen drei Kerzenräder. Vorhänge an Messingschienen teilten den Raum in kleine Kabinen auf, in denen jeweils eine Pritsche, ein Hocker und ein kleiner Tisch standen. Die meisten Insassen waren ältere Priester, die von ihren Erzdiözesen hierher geschickt worden waren, um in Würde und in freundlicher Umgebung zu sterben. Männer in braunen Kutten tappten leise mit Tabletts oder Gläsern durch den Raum. Die meisten von ihnen waren arme Priester, die nicht in der Lage waren, Pfründe zu erlangen. Sie wohnten im Hospiz und pflegten die Kranken. Kathryn hielt Vater Cuthbert am Ärmel seiner staubigen schwarzen Soutane fest.

»Vater, ist der Sterbende ein Priester?«

»Oh, nein.« Vater Cuthbert blieb abrupt stehen, so daß Thomasina beinahe mit ihm zusammengeprallt wäre. Er rieb sich die Nasenspitze und hatte die Augen vor Erstaunen weit aufgerissen. »Nein, er ist beileibe kein Priester, Miss Swinbrooke! Er ist ein Franzose und hat den ganzen Weg von Dover hierher zu Fuß zurückgelegt. Kommt, seht ihn Euch an.«

Sie kamen zum Ende des Raumes. Cuthbert zog den Trennvorhang zur Seite. Kathryn sah mit einem Blick, daß der Mann, der auf dem frischen, weißen Kissen lag und das Decklaken bis zum Kinn hochgezogen hatte, im Sterben lag. Das längliche, angespannte Gesicht unter ungepflegtem, wirrem Haar war grau und eingefallen. Der Mann fingerte an der Decke herum. Immer wieder mußte er husten, wobei ihm blutiger Speichel aus dem Mundwinkel rann.

Kathryn setzte sich auf den Hocker neben dem Bett und betastete die Haut des Mannes. Sie war heiß und trocken. Er beugte sich vor, hustete und spuckte, und ein schreckliches Geräusch entrang sich seiner Brust. Der Mann sank auf das Kissen zurück und fuhr sich mit der gelblich belegten Zunge über die trockenen Lippen. Kathryn warf Vater Cuthbert einen hilflosen Blick zu.

»Hat er Fieber?«

»Etwas«, antwortete der Priester. »Kathryn, könnt Ihr ihm helfen?«

Die Ärztin zog die Decke zurück. Der Patient trug ein einfaches, bis zum Hals zugeknöpftes Leinenhemd. Sie öffnete es und legte ihr Ohr an die Brust des Mannes, wie sie es von ihrem Vater gelernt hatte, um die in der Lunge angesammelten schlechten Säfte abzuhören. Als der Mann nach Luft rang und sich gegen die einengende Fäulnis in seinen Lungen zur Wehr setzte, lauschte sie angestrengt.

»Viel kann ich nicht tun«, sagte sie dann und richtete sich auf. »Vater, dieser Mann braucht einen Priester mehr als einen Arzt.« Sie betrachtete die schaumige Speichelflüssigkeit auf den Lippen des Mannes. Das Blut hatte eine dunkle Farbe angenommen. »Er wird sterben. Wahrscheinlich noch heute. Ich kann seine Schmerzen lindern, mehr nicht.«

Sie bat Thomasina, ihr den Korb zu reichen. Vater Cuthbert holte einen kleinen Zinnbecher; Kathryn mischte einen Trank aus Salbei, Wasser und Balsam, den sie dem Mann einflößte. Der Patient, der apathisch im Bett lag, öffnete gehorsam den Mund. Nach dem Trinken legte Kathryn seinen Kopf behutsam auf das Kissen zurück. Als sie noch ein Schlafmittel für den Patienten zubereitete, schlug der Mann plötzlich die Augen auf. Kathryn wunderte sich über den lebhaften, wachen Blick.

»Ich spreche Englisch«, flüsterte er.

»Wer seid Ihr?« fragte Kathryn.

»Ich habe viele Namen. Getauft wurde ich auf den Namen Matthias. In meiner Dummheit habe ich den Namen des Dämons Azrael angenommen.«

Vater Cuthbert schnappte nach Luft, und der Patient wandte sich direkt an den Priester.

»Der Herr möge mir vergeben, Vater. Ich war ein Hexer, habe mich in Schwarzer Kunst versucht. Ihr müßt mich von meinen Sünden freisprechen; es sind so viele – rot wie glühende Kohlen.« Der Mann blickte sich angstvoll im Zimmer um, als bedrängte ein unsichtbares Wesen seine Bettstelle. »Die Dämonen kommen«, krächzte er. »Sie wollen meine Seele holen. Oh, Jesus miserere!«

Vater Cuthbert griff nach der Hand des Mannes.

»Solange eine Seele um Rettung bittet«, verkündete er, »kann sie nicht verloren sein. Aber was wollt Ihr in Canterbury?«

»Ich bin zum Grab des Heiligen Thomas gepilgert. Nein, nein«, schnarrte der Mann. Er hielt inne und wandte den Kopf ab, als ihn ein Hustenkrampf schüttelte. »Vor vielen Jahren war ich in Paris ein Meister der Totenbeschwörung. Ich besaß ein Zauberbuch, mit dem ich viel Böses anrichtete, aber ich habe es an einen anderen Magier verloren, einen Mann mit schwarzem Herzen und ohne Seele. Er heißt Tenebrae.« Langsam fuhr er sich mit der Zunge über die Lippen. »Ich bin hergekommen, um es wieder an mich zu bringen und zu verbrennen.«

Vater Cuthberts altes, erschöpftes Gesicht verzerrte sich zu einer Maske aus Angst und Sorge.

»Tenebrae«, wiederholte der Sterbende eindringlich. »Habt Ihr von ihm gehört?«

»Ich warne meine Patienten vor ihm«, antwortete Kathryn nachdenklich. »Er steht in dem Ruf, ein sehr mächtiger Mann zu sein. Niemand wagt, gegen ihn vorzugehen.«

Der Patient ergriff ihre Hand. »Weil er Geheimnisse bewahrt«, sagte er. »Tenebrae foltert die menschliche Seele. Er entreißt ihr alles, was er wissen will, und benutzt es dann zu Erpressungen oder zum Schutz für sich selbst.«

Der Kranke begann so heftig zu husten, daß Kathryn und Vater Cuthbert ihn in den Kissen aufrichten mußten. Nach dem Hustenanfall war der Mann völlig erschöpft. Er ruhte sich aus und hob dann wieder den Kopf. »Ich bin nach Canterbury gekommen«, keuchte er, »wurde aber sehr krank. Eine gute Frau hat mich hierher gebracht.« Ein schwaches Lächeln erhellte sein Gesicht. »Der Herr möge sie segnen! Doch ich konnte nicht zu Tenebrae gehen und mein Buch zurückfordern.«

»Welches Buch?« fragte Kathryn.

»Das *Buch des Todes.* Das Zauberbuch des Honorius: Es enthällt geheime Anrufungen und Zaubersprüche, mit deren Hilfe Dämonen in unsere Welt eindringen können.« Sein Gesicht rötete sich, und seine Augen glänzten vor fiebriger Erregung. »Es muß vernichtet werden!«

»Nur ruhig.« Kathryn strich ihm über die Stirn, ließ sich von Thomasina das Schlafmittel reichen und führte es dem Mann an die Lippen. Er schüttelte den Kopf.

»Nein! Nein!« Er warf Vater Cuthbert einen flehenden Blick zu. »Gleich werde ich es trinken. Zuerst müßt Ihr mich lossprechen, Vater. Legt das Sakrament auf meine Zunge und gebt mir die letzte Ölung.« Er zwang sich zu einem schwachen Lächeln. »Dann, Mistress, werde ich Euren Trank zu mir nehmen.«

Kathryn mußte sich fügen. Sie reichte Vater Cuthbert den kleinen Becher. Thomasina packte Arzneien und Kräuter wieder in den Korb. Sie verließen die Kabine und gingen durch den Krankensaal zur Treppe. Das freundliche Gesicht des Priesters war jetzt erstaunlich hart.

»Ich weiß von diesem Tenebrae«, bemerkte er. »Ein finsterer Magier. Ich muß dem erzbischöflichen Gericht Meldung erstatten. Es ist ein Skandal, daß dieses Übel toleriert wird.«

»Aber warum wird es das?« fragte Thomasina, die unbedingt die Aufmerksamkeit des alten Mannes auf sich lenken wollte.

»Er hat reiche Klienten«, antwortete der Priester, »sowohl bei Hofe als auch in dieser Stadt, und, der Herr möge ihnen verzeihen, sogar in der Geistlichkeit.«

Vater Cuthbert nahm Kathryn beim Arm. »Aber Ihr habt getan, was Ihr konntet, Miss Swinbrooke. Ich danke Euch. Nun muß ich dem Mann die Beichte abnehmen.«

Kathryn verabschiedete sich von ihm und ging die Treppe hinunter. Thomasina zögerte noch. Sie drückte dem Priester die warmen, weichen Hände. Cuthbert schaute sie mit kindlichem, unschuldigem Blick an. »Was gibt's, Thomasina?«

»Geht es Euch gut?«

»Wie es besser nicht sein könnte, Gott sei Dank!«

»Ja, dann«, stammelte Thomasina, »dann gehe ich wohl besser.« Sie drehte sich um und machte einen Schritt die Treppe hinunter.

»Thomasina!«

Die alte Amme wandte sich um und schaute zu Vater Cuthbert hinauf. »Auch ich denke jeden Tag an Euch.«

Thomasina setzte ein tapferes Lächeln auf, ging dann noch langsamer weiter und wischte sich die brennenden Tränen aus den Augen. Draußen auf der Straße holte sie Kathryn ein. Sie hingen beide ihren Gedanken nach, bis Kathryn in der Hethenman Lane plötzlich beschloß, Wuf ein paar Süßigkeiten zu kaufen. Also schlugen sie den Weg in Richtung Jewry ein.

»Der Kleine hat es verdient«, erklärte Kathryn und hoffte, der Plauderton würde Thomasina von ihren traurigen Gedanken ablenken, die sie befielen, wenn sie Vater Cuthbert sah. »Wuf war ein braver Junge und ...« Sie blieb stehen, denn in der Jewry hatte sich eine große Menschenmenge angesammelt. Zwischen ihnen blitzten die Heroldsröcke und Uniformen der Stadtbüttel auf. Sie führten eine alte, an Armen und Händen mit Seilen gefesselte Frau ab, brüllten die Menge an und versuchten, sich mit ihren Stäben einen Weg zu bahnen. Doch aus der aufgebrachten Menge flogen Steine und Dreckklumpen, und die alte Frau, der die schmutzigen, grauen Haare ins Gesicht hingen, kauerte sich an eine Hauswand.

»Die verdammte Mörderin und Hexe!« ertönte eine Stimme. »Hängt sie auf!«

»Auf den Scheiterhaufen mit ihr!«

»Wer ist das?« fragte Kathryn eine Frau, die neben ihr stand.

Die Frau rückte vertraulich näher und schenkte Kathryn ein boshaftes Lächeln, das eine Reihe fauliger Zähne entblößte. Sie stank so sehr aus dem Mund, daß Kathryn sich beherrschen mußte, nicht zurückzuweichen.

»Na, die Sempler. Habt Ihr es noch nicht gehört? Sie hat Peter Talbot verflucht, hat ihn glatt durch die Luft fliegen lassen, bis er sich am Fuß der Treppe das Genick gebrochen hat!«

Kathryn seufzte. Mistress Sempler war ihr und Thomasina als großmäulige, stinkende und ziemlich schmuddelige alte Frau bekannt, die allein lebte. Doch unter ihrer rauhen Schale besaß sie ein Herz aus Gold und hatte Kathryn oft in ihr geheimes Wissen über Kräuter und Arzneien eingeweiht.

»Der Herr sei der armen Frau gnädig«, flüsterte Thomasina.

Kathryn fragte sich, ob sie einschreiten sollte. Wenn doch nur Colum oder der Stadtschreiber Luberon dagewesen wären. In diesem Augenblick kamen drei weitere

Büttel, angeführt von ihrem Hauptmann, der Kathryn irgendwie bekannt vorkam, mit langen Schritten und gezücktem Schwert anmarschiert. Sie wurden mit einem Pfeifkonzert begrüßt, aber angesichts des nackten Stahls und der entschlossenen Miene des Hauptmanns zerstreute sich die Menge rasch. Kathryn trat auf einen der Büttel zu.

»Stimmt das?« fragte sie.

Der Mann drehte sich um. Sein Gesicht war aufgedunsen und wässrig. Unter einem Auge prangte eine offene Schnittwunde. Er funkelte die Ärztin aus wütenden Schweinsaugen an.

»Macht, daß Ihr hier verschwindet, und kümmert Euch um Eure eigenen Angelegenheiten!«

Thomasina drängte sich zwischen die beiden. »So spricht man nicht mit einer Dame, Fettgesicht!« fuhr sie ihn an und näherte sich seinem Gesicht bis auf wenige Zentimeter. »Immerhin, du Made, steht hier Kathryn Swinbrooke, die Ärztin der Stadt, Freundin von Master Luberon und Colum Murtagh, dem Sonderbeauftragten des Königs, vor dir!«

Schreckensbleich trat der Büttel zurück, und der Hauptmann schaltete sich ein. Er zog seinen Hut aus Eichhörnchenfell und tänzelte förmlich von einem Fuß auf den anderen, als er versuchte, einen höflicheren Ton anzuschlagen.

»Entschuldigt, Mistress«, sagte er eilfertig. »Aber die Nachricht hat sich bereits in der ganzen Stadt herumgesprochen.«

Kathryn schaute sich zu der kauernden alten Frau um.

»Peter Talbot ist also tot?«

»Jawohl, kalt wie ein Stück Aas. Er ist heute morgen die Treppe hinabgestürzt. Seine Frau und die Anverwandten glauben an Hexerei.« Mit einem Kopfnicken deutete er auf die Sempler. »Sie hat gestanden, ihn mit einem Zauberbann belegt zu haben, den sie unter seine Tür geschoben hat.«

»Kann ich mit ihr sprechen?«

Der Hauptmann nickte und trat beiseite.

Kathryn beugte sich zu der Alten und rümpfte bei dem Gestank, der aus den schmutzigen Kleidern der Frau stieg, die Nase. »Mathilda!« Sie legte ihr beide Hände auf die Schultern. »Mathilda, ich bin's, Kathryn Swinbrooke.«

Die alte Frau teilte den Schleier aus dreckigem grauem Haar; ein Auge war blutunterlaufen, und die Unterlippe begann anzuschwellen. »Oh, tut mir nicht weh«, wimmerte sie.

»Hast du es getan?« fragte Kathryn.

»Ich habe ihn verwünscht«, jammerte die Frau. »Aber er hatte mich aus meinem Haus geworfen. Wie ein Hund mußte ich durch die Gassen laufen.«

Kathryn drückte die knochige Schulter der Frau. »Ich will sehen, was ich tun kann.«

Sie trat zurück, und die Büttel umringten Mathilda. Der eine zog an dem Seil, und sie schleppten die alte Frau weiter. Der Hauptmann wandte sich nochmal an Kathryn.

»Da können wir nichts machen, Mistress. Die Talbots sind mächtig. Sie hat ihre Schuld eingestanden.« Er senkte die Stimme. »Sie werden sie verbrennen. Das königliche Assisengericht soll in die Stadt kommen. Vor denen wird sie keine Gnade finden.« Dann machte er auf dem Absatz kehrt und marschierte davon.

Kathryn ging zurück zur Ottemelle Lane. Das Naschwerk für Wuf war vergessen. Thomasina versuchte, sie in ein Gespräch zu verwickeln, doch Kathryn war zutiefst verzweifelt. Mathilda Sempler war eine verrückte alte Frau, aber würde man sie tatsächlich wegen eines albernen Fluchs auf dem Scheiterhaufen verbrennen? Kathryn dachte an den Patienten im Hospiz für arme Priester, und der Frühlingstag verlor seine Frische. Ihr Vater hatte sie immer davor gewarnt, daß mit dem Ende des Winters, wenn Straßen und Wege wieder frei sind, die Säfte durch die Natur strömen und die Menschen den seltsamen Fantasien, die in ihren Seelen lauern, freien Lauf ließen: Zauberei, Magie und die Angst vor den Heerscharen der Hölle. Canterbury schien derart wunderlichen Mummenschanz geradezu anzuziehen. Kathryn erblickte eine große Bulldogge, die von ihrem wohlhabenden Besitzer über die Straße geführt wurde. Der Hund trug sicherheitshalber einen Maulkorb. Auf seinem Rücken ritt ein Zwerg mit einer gelben Schellenmütze auf dem Kopf und einer weißen Gerte in der Hand. Zwischen den Buden vor einer Häuserreihe verkündete ein Mann lauthals, er könne glühende Kohlen kauen. Ein Stück weiter rief eine alte Frau, sie könne fünf Liter Bier trinken und noch mehr wieder ausspucken. Merkwürdig gekleidete fahrende Sänger boten sich an, Gedichte vorzutragen oder Geschichten über sagenhafte Länder im Osten zu erzählen. An der Mündung einer Gasse vollführten zwei Blinde, Rücken an Rücken zusammengebunden, einen kuriosen Tanz über brennenden Kohlen. Die gierigen Flammen verfehlten knapp ihre Haut – sehr zum Vergnügen der kleinen Zuschauergruppe, die sich eingefunden hatte, um bei ihrem Verbrennen zuzusehen. Kathryn fielen Colums Worte ein.

»Auf Erden«, hatte der Ire einmal gesagt, »wandeln Engel ebenso wie Teufel. Leider sind es die Teufel, die sich bemerkbar machen.«

Sie bogen in die Ottemelle Lane ein und wären beinahe mit Colum und Luberon zusammengestoßen.

»Wir sind auf der Suche nach Euch.« Der Ire nahm Kathryn beim Arm und lächelte ihr zu. Dann wurde seine Miene wieder ernst.

»Warum?« fragte Kathryn.

»Der Magier Tenebrae«, verkündete Luberon. »Man hat ihn gefunden – hinterrücks ermordet!«

Zwei

Colum und Luberon begleiteten Kathryn nach Hause. Während Thomasina etwas Fleisch mit Pilzen zubereitete und das frisch gebackene Brot in Scheiben schnitt, erklärte Colum, warum er so plötzlich aus Kingsmead zurückgekehrt war.

»Master Luberon kam zu mir«, sagte er und deutete auf seinen Begleiter, »und berichtete, Tenebrae sei tot.«

»Wie ist das passiert?« fragte Kathryn.

»Ein Pfeil aus einer Armbrust steckte tief in seinem Hals.«

»Heute morgen erst«, teilte Kathryn ihm mit, »habe ich einen Patienten im Hospiz für arme Priester besucht, der unterwegs zu Tenebrae war.« Sie berichtete kurz über ihren Besuch bei Vater Cuthbert, und Luberons Miene verfinsterte sich. »Was ist an diesem Mann so wichtig?«

Luberon schlürfte seinen Wein und schenkte Thomasina ein scheues Lächeln. Sie wurde rot und lächelte einfältig zurück.

»Wenn Ihr dann soweit wärt?« forderte Kathryn den Stadtschreiber spöttisch auf.

Luberon stellte den Becher ab. »In unserem Leben, Kathryn«, sagte er, »ist alles überschaubar. Ich bin Simon Luberon, Schreiber Seiner Heiligkeit, des Erzbischofs zu Canterbury. Ich besitze ein kleines Haus, habe einen geregelten Tagesablauf und meine Freunde.« Er zwinkerte Thomasina zu. »Und dazu Menschen, an die ich ständig denken muß. Sonntags besuche ich die Messe, mitunter auch an Arbeitstagen. Ich zahle meine Kirchengelder und meine Steuern. Ich bemühe mich, nach den Geboten Gottes zu leben und die königlichen Gesetze einzuhalten.« Er hielt inne und atmete geräuschvoll durch seine fleischigen Nasenlöcher ein. Die sonst so fröhlichen Augen blickten nun düster. »Das ist die Welt, in der ich lebe, ebenso wie Ihr. Aber Tenebrae war ein Hexer. Seine Welt bestand aus Verwünschungen, Flüchen, Anrufungen, Wachspuppen, Blutopfern und blasphemischen Ritualen.«

»Und warum hat die Kirche ihn dann nicht hinter Schloß und Riegel gebracht?« unterbrach Kathryn ihn. Sein klagender Tonfall strapazierte ihre Geduld.

»Tenebrae war kein Dorfzauberer, der sich mit belanglosen Zaubersprüchen abgab«, erwiderte Luberon. »Er hat wirklich an die Schwarze Kunst geglaubt und sie praktiziert. Seine Kunden waren wohlhabend, und was noch wichtiger ist, Tenebrae verdiente sein Geld mit Erpressung. Er verschaffte sich Fakten über die Mächtigen dieses Landes, die besser verborgen geblieben wären. Deshalb ging ich nach Kingsmead und holte Colum Murtagh, den Beauftragten des Königs. Glaubt mir, sobald man in London von Tenebraes Tod erfährt, werden wir die Macht des Königs zu spüren bekommen.«

»Ich sehe nicht ein, warum«, sagte Kathryn. »Wahrscheinlich wird die Kirche voll sein mit Leuten, die Gott für Tenebraes Tod danken.« Sie schaute Colum an, der das Kinn auf eine Hand gestützt hatte und der Unterhaltung aufmerksam folgte.

Luberon strich sich die Krümel von der Samtweste. Sein fleischiges Kinn schwabbelte vor aufrichtiger Wut.

»Natürlich macht ihnen Tenebraes Tod nichts aus, aber er hatte ein Buch, einen dicken Band mit Zaubersprüchen, das Zauberbuch des Honorius.«

»Das *Buch des Todes*«, sagte Kathryn tonlos. »So hat es der Mann aus dem Hospiz für arme Priester genannt.«

Luberon nickte. »Ja, das *Buch des Todes.* Es enthielt nicht nur Zaubersprüche und Beschwörungsformeln, sondern auch Tenebraes dort festgehaltene Geheimnisse. Dieses

Buch ist verschwunden. Ob es Euch gefällt oder nicht, Kathryn, Colum wird damit beauftragt werden, den Todesfall zu untersuchen, während Ihr, die Ihr vom königlichen Rat als Ärztin eingesetzt seid, auch eine Rolle zu spielen habt.«

»Nicht unbedingt«, schaltete Colum sich ein. »Es besteht kein Grund, Kathryn in den Fall hineinzuziehen: Es ist schlicht und einfach Mord.«

Luberon hustete und warf dem dunkelhäutigen Iren einen kurzen Seitenblick zu. Der Schreiber war vor Colum stets auf der Hut. Oh, er mochte Murtagh mit seinem widerspenstigen Haarschopf, dem dunklen Gesicht und dem trockenen Humor. Doch wie Kathryn spürte auch Luberon die Härte des Iren, während er als kleiner Kanzleischreiber nur mit Pergament und Feder umgehen konnte und nicht mit Schwert, Dolch und Keule.

»Oh, weisester aller Schreiber«, murmelte Colum, »wenn ich noch länger die Luft anhalte, platze ich.«

Luberon rieb sich das Kinn. »Erstens, Master Murtagh, ohne Euch nahetreten zu wollen, hat Kathryn aufgrund ihres Scharfblickes und ihrer meisterhaften Sorgfalt bei Gericht inzwischen einen guten Namen. Zweitens ist Kathryn der Ratsversammlung der Stadt vertraglich verpflichtet. Wie Ihr Euch vielleicht erinnert, wurde die Ratsversammlung aufgelöst, weil Canterbury dem Hause Lancaster angehörte. Nun sind ihre Rechte und Privilegien wieder hergestellt worden. Die Ratsherren wollen den König in dieser Angelegenheit zufriedenstellen. Sie werden darauf bestehen, daß Kathryn an der Untersuchung beteiligt ist. Und schließlich«, Luberon hielt inne und kratzte sich nervös die Wange.

»Oh, kommt schon, Simon!« fuhr Colum ihn an und zwinkerte Kathryn zu.

»Mistress Swinbrooke«, fügte der Schreiber hastig hinzu, »weiß sehr viel über Kräuter.« Er lächelte gewinnend. »Faßt es bitte nicht als Beleidigung auf, aber von der Medizin bis zur Magie ist es nicht weit.«

»Der Teufel ist kein Arzt«, unterbrach Kathryn ihn scharf.

»Wohl wahr«, gab Luberon zu. »Vielleicht habt Ihr aber auch ein persönliches Interesse an der Geschichte. Was ist mit Eurem Gemahl Alexander Wyville? Es gab nicht viel, was Tenebrae nicht wußte. Ich frage mich, ob sein Zauberbuch auch Wissenswertes über ihn enthielt?«

Kathryn wandte den Blick ab. Thomasina stand am Herd mit dem Rücken zu ihnen, verfolgte aber aufmerksam jedes Wort. Agnes war draußen in der warmen Frühlingssonne und hängte Wäsche auf; Wuf hatte seine Zimmerarbeit beiseite gelegt und jagte Schnecken.

Hört denn die Vergangenheit niemals auf? dachte Kathryn. Alexander Wyville, warum stirbst du nicht und läßt mich in Ruhe?

»Mistress Swinbrooke!«

Kathryn schaute auf.

»Am besten fangen wir gleich an. Wir müssen so schnell wie möglich zu Tenebraes Haus. Die Ratsversammlung würde gern kundtun, daß sie die Sache im Griff hat.«

Zögernd willigte Kathryn ein. Colum trank seinen Wein aus und rief Thomasina zu, sie würden das Fleisch bei ihrer Rückkehr essen.

»Ich schaffe mir die Finger wund für Euch, Ire«, jammerte Thomasina, »und was bekomme ich dafür?«

»Knotige Hände, nehme ich an, Mistress Thomasina«, spottete Colum und trat rasch einen Schritt zur Seite, um dem Handtuch auszuweichen, das Thomasina nach ihm warf.

»Was für ein Temperament«, lachte Colum. »Master Luberon, habt Ihr je eine so stürmische Frau erlebt?«

Der kleine Schreiber wurde vor Verlegenheit rot und trat von einem Fuß auf den anderen. Kathryn kam mit dem

Umhang über dem Arm aus ihrer Schreibstube zurück; sie trug eine Ledertasche bei sich, die ihre Schreibutensilien enthielt. Colum nahm sie ihr ab und warf sie sich über die Schulter. Er war im Begriff, Thomasina weiter zu necken, als Luberon ihn am Ärmel zog.

»Auf ein Wort, Ire.«

Während Kathryn mit Thomasina redete, ging Colum hinter Luberon her durch den Flur zur Haustür.

»Was gibt's, Mann?« fragte Colum leicht gereizt.

Luberon schaute zur Küche zurück und wartete, bis Kathryn sich ihnen anschloß.

»Dieser Fall«, erklärte er dann, »wird wohl nicht auf Geheiß des Königs untersucht werden. Es kursieren Gerüchte, daß der verstorbene Hexer unter dem besonderen Schutz der Königin Elisabeth Woodville stand.«

Colum erschrak. Ein Schauer lief ihm über den Rücken, als wehte plötzlich ein kalter Wind durch das Haus.

»Was bedeutet das?« fragte Kathryn.

»König Edward«, antwortete Colum, »ist so großmütig, wie er lang ist. Am Montag platzt ihm der Kragen, und am Donnerstag hat er es bereits vergessen. Die Königin hingegen ist anders. Sie ist sehr gefährlich. Kein Unrecht, keine Kränkung, keine Drohung verschwindet je aus ihrem Gedächtnis.« Colum seufzte. »Sie wird sich in diesem Fall durchsetzen wollen. Wenn ich sie enttäusche, wird sie es mir nie verzeihen.«

Er riß die Tür auf, trat auf die Straße und reagierte nicht einmal mehr auf Thomasinas Abschiedsworte.

Kathryn und Luberon eilten ihm nach. Am Ende der Hethenman Lane bogen sie nach links in die King Street, die breite Durchgangsstraße, die auf die Heiligkreuzkirche am Westtor der Stadt zuführte. Kathryn hätte Luberon gern noch weiter ausgefragt, aber das erwies sich als unmöglich. Es war früh am Nachmittag, und an den Marktständen wurde lautstark gefeilscht, während die Pilger in

Scharen zu Beckets Grab strömten. Lehrburschen schrien sich die Seele aus dem Leib und boten Bänder, Tuch aus Gent, Nadeln aus London, Lederwaren und Flaschen aus Bristol feil.

»Was darf es sein?« riefen sie. »Was darf es sein?«

Auch in den Garküchen und Wirtshäusern herrschte Hochbetrieb: Die Luft war vom Duft nach frisch gekochtem und gesottenem Fleisch in scharfen, würzigen Soßen geschwängert. An jeder Straßenecke jammerten Bettler. Zwei Männer, die statt der Augen nur zwei schwarze Höhlen hatten, liefen Hand in Hand umher und behaupteten, sie seien auf ihrer Pilgerfahrt nach Jerusalem von den Türken grausam mißhandelt worden und nun auf Gedeih und Verderb auf die Barmherzigkeit guter Christenmenschen angewiesen. Ein Reliquienverkäufer, der seine Ware auf den Stufen einer Kirche ausgebreitet hatte, verkündete lauthals, er habe die heiligsten Artefakte, vom Papst persönlich gesegnet und vom Kardinalskollegium bestätigt: ein Mundtuch, das unser Herr Jesus Christus beim Letzten Abendmahl benutzt habe; einen Hocker, geschreinert vom Heiligen Joseph; die Reste eines Korbes von der Speisung der Fünftausend; ein Haar aus dem Barte des Elias; Davids Schleuder und, was Kathryn sehr verwunderte, ein Ohr des Riesen Goliath. Sie sah, daß viele Menschen mit offenem Mund den Ausführungen dieses schlauen Mannes folgten, und erkannte, wie leicht es für Menschen wie Tenebrae war, ein Vermögen mit dem dummen Aberglauben der Leute zu verdienen, während eine alte Frau wie Mathilda Sempler deshalb den Tod fand.

In der Saint Peter's Street waren bereits all die zusammengetrieben worden, die sich an der Gutgläubigkeit der Bürger und Pilger zu sehr bereichert hatten. Ein Wirt mußte sich in ein Faß voll Pferdepisse stellen – eine Warnung für alle, die ihr Bier mit Wasser verdünnten, wie es auf einem Schild um seinen Hals hieß. Neben ihm stand ein Metzger im Stock, drehte mit schmerzverzerrtem Gesicht den Kopf hin und her und sah traurig zu, wie die Büttel unter seiner Nase Würste verbrannten, während ein Ausrufer verkündete, ein gewisser Guido Armerger habe Katzenfleisch in seine Würste gestopft. Kleine Langfinger, betrunkene Lehrburschen und eine Hure, deren Kopf so kahl geschoren war wie ein Taubenei, waren im Stock eingesperrt. Heruntergekommene Straßenjungen hatten sich um sie geschart und bewarfen sie mit Abfall und Dreck aus dem Rinnstein in der Mitte der Straße. Kathryn wandte den Blick ab und hielt sich sogar die Ohren zu, als sie am Henker der Stadt vorbeikamen; er war gerade dabei, einen Gotteslästerer zu brandmarken und drückte dem aufschreienden Mann das heiße Eisen ins Gesicht. Das große G würde ihm ein Leben lang als Warnung dienen.

Hinter Blackfriars lichtete sich das Gedränge. Zwischen den überhängenden Häusern zu beiden Seiten, die mit prächtig bemalten Schildern verziert waren, trieben Hausierer kleine Packpferde vor sich her. Bauern verließen nach dem Marktgeschäft am Vormittag auf ihren zweirädrigen Karren die Stadt. Kathryn schaute Luberon kurz an – ihm wurde bereits warm, und auf dem fleischigen Gesicht tauchten die ersten Schweißtropfen auf. Kathryn rief Colum zu, er möge langsamer gehen. Der Ire blieb stehen und schaute sich nach ihr um.

»Tut mir leid«, sagte er. »Ich muß mit meinen Gedanken wohl weit weg gewesen sein.« Er zog Kathryn und Luberon in den Schatten eines Hauseingangs. »Wollt Ihr eine Pause einlegen?«

»Es ist nicht mehr weit«, keuchte Luberon. »Aber müßt Ihr denn so rennen?«

Colum grinste breit. »Ich will Euch ein Geheimnis verraten. Ich war Soldat und in blutige Kämpfe verwickelt, aber schwarze Magie, die Gesetze des Galgens und die geheimen Riten der Friedhöfe haben mir schon immer Angst eingejagt.« Er schaute zur anderen Straßenseite. »In Irland legt sich diese Magie quälend auf unser Leben. Ich will die Sache so schnell wie möglich hinter mich bringen.«

Kathryn befeuchtete den Zeigefinger und tippte Colum auf die Nasenspitze.

»Kommt schon, mein kleiner Sumpfnomade, hier geht es um Mord, weniger um Hexerei. Aber um der Barmherzigkeit willen, geht langsamer, sonst müssen wir den armen Luberon am Ende tragen!«

Sie gingen weiter und hielten einen sicheren Abstand zum Rinnstein, der inzwischen übergelaufen war und in dessen fauligem Abfall die Schweine wühlten. Hinter Friars of the Sack bogen sie in die Black Griffin Lane. Ein einäugiger Handwerksgeselle mit einem schnatternden Affen auf der Schulter, der Nadeln, Bänder und anderen Tand aus einem Bauchladen feilbot, wies ihnen den Weg. Kathryn bemühte sich, die dicke Schicht Kot auf den Schultern der schäbigen Weste nicht zu beachten, und folgte seinen einfachen Anweisungen.

»Biegt hier um die Ecke«, sagte der Mann mit kehliger Stimme. »Ihr könnt das Haus des Zauberers gar nicht verpassen; es ist groß und schwarz wie die Nacht.«

Colum verzog das Gesicht, als Kathryn sie weiterführte. Hinter der angegebenen Ecke erblickten sie Tenebraes Haus auf der anderen Straßenseite. Der Handwerksgeselle hatte es richtig beschrieben: ein großes, zweistöckiges, alleinstehendes Gebäude mit Garten, an dem zu beiden Seiten eine schmale Gasse entlangführte. Kathryn war seit Jahren nicht in dieser Straße gewesen und war überrascht und auch ein wenig erschrocken, als sie das Haus sah: Balken und Giebel schwarz lackiert, selbst der Putz in den Gefachen, die Simse und Fensterläden schwarz gestrichen. Das dicke Glas der hohen Fenster war dunkelgrau getönt, so daß niemand hineinschauen konnte. Über dem breiten Eingang hing ein Wappen mit einer rotgoldenen Alraunwurzel. Zwei Büttel in der Uniform der Stadt standen mit gezücktem Schwert am Gartentor und verwehrten einer Gruppe vornehm gekleideter Bürger und Bürgerinnen höflich den Eintritt. Colum zwängte sich durch die Menge. Die Büttel erkannten sowohl ihn als auch Luberon und befahlen den Leuten, zur Seite zu treten und Platz zu machen.

»Warum sollten wir?« rief ihr Wortführer, ein großer Mann mit fleischigem Gesicht und grauen Strähnen im Haar. Er trug weiche, mit Pelz verbrämte Wollkleidung; seine dicken, juwelengeschmückten Finger spielten an der goldenen Gildenkette, die um seinen Hals hing.

»Weil ich Colum Murtagh bin, der Sonderbeauftragte für Canterbury!« erklärte der Ire seidenweich. »Das hier ist Master Simon Luberon, Schreiber der Ratsversammlung der Stadt; die Dame ist Mistress Kathryn Swinbrooke, Ärztin. Und wer seid Ihr, Herr?«

Der Mann richtete sich zu seiner vollen Größe auf, spreizte sich wie ein Pfau, als wollte er allen sein kostbares Wams aus Florentiner Taft zeigen.

»Ich bin Sir Raymond Hetherington von der Cheapside«, antwortete der stattliche Kaufmann. »Meines Zeichens Bankier und wahrlich ein Freund Seiner Majestät, des Königs.«

Colum betrachtete die harten, kleinen Augen des Mannes, die dicken schwarzen Augenbrauen, die spitze Nase und den launischen Zug um den Mund. Er deutete eine Verbeugung an.

»Sir Raymond, ich habe von Euch gehört.« Dann warf er einen Blick auf den Rest der Gruppe. »Was führt Euch her?«

Hetherington schürzte die Lippen wie eine alte Frau.

»Wir waren heute morgen mit Master Tenebrae verabredet; sein Tod hat uns tief getroffen.«

»Seine Ermordung«, stellte Colum richtig.

Hetheringtons Hochmut verschwand. »Ja, natürlich«, murmelte er. »Seine Ermordung.«

Er schaute sich hilfesuchend zu seinen Begleitern um. Kathryn betrachtete sie aufmerksam, während Hetherington sie vorstellte. Thomas Greene, Goldschmied, dünn wie eine Bohnenstange und mit verdrießlichem, fahlem Gesicht. Kathryn fragte sich, ob er vielleicht an schlechten Körpersäften in der Leber litt. Witwe Dionysia in geziemendem Dunkelblau und vom Alter gezeichneten Gesichtszügen mußte in ihrer Jugend eine Schönheit gewesen sein. Neben ihr stand ein junger Mann, Richard Neverett, der einen kostbaren engen Überrock über einem hellen Batisthemd trug, grüne Kniehosen aus Wollstoff und teure spanische Lederstiefel. Seine Verlobte, Louise Condosti, sah mit ihrem Engelsgesicht, großen blauen Augen und dichtem blondem Haar wie eine Märchenprinzessin aus. Anthony Fronzac, ein kleiner, devoter Mann mit müden Augen und schlaffem Mund, stellte sich selbst als Zunftschreiber vor. Schließlich Charles Brissot, ein Arzt aus London; ein freundlich wirkender, rundlicher kleiner Mann mit funkelnden Augen und roten Wangen, einem sauber gestutzten Schnäuzer und feinem Spitzbart. Kathryn verbarg ein Lächeln; ihr Vater hatte sich über die Londoner Ärzte mit ihrer prunkvollen Garderobe und dem glänzenden Geschmeide stets lustig gemacht. Brissot gehörte ganz gewiß zu dieser Sorte. Er trug ein gestepptes, orangefarbenes Wams mit einer kleinen Leinenkrause am Halsausschnitt, eine enge Kniehose und elegante Schuhe, und über den Schultern hing eine ziemlich altmodische Houppelande, ein langer, bunter, mit Lammwolle gefütterter Umhang. Zunächst schnatterten alle nervös durcheinander, da der große, grimmige Ire ihnen ein wenig Angst machte. Kathryn mußte Colum sanft in den Arm zwicken, damit er die Anwesenden nicht wie Verbrecher behandelte.

»Warum laßt Ihr uns nicht hinein?« tönte Sir Raymond Hetherington mit hervortretenden Augen und froschähnlich aufgeblähten Wangen.

»Wer ist im Haus?« fragte Luberon einen der Büttel.

»Tenebraes Schreiber Morel«, antwortete dieser. »Und ein Lackaffe vom Hof. Ich habe seinen Namen nicht richtig verstanden, es ist so ein Großer, Dunkler.« Der Büttel drehte sich um und spuckte aus. »Auf mich wirkte er gefährlich.«

Colum schickte Sir Raymond und seine Begleiter in ein nahegelegenes Wirtshaus. Dann schritt er mit Kathryn und Luberon über den Gartenweg und hämmerte gegen die eisenbeschlagene Tür. Kathryn schaute sich im Garten um und schauderte.

»Er könnte so schön sein«, bemerkte sie. »Aber seht, Colum, hier wächst nur Unkraut.«

Colum ließ den Eisenklopfer in Form eines Teufelskopfes noch einmal fallen und folgte dann ihrem Blick.

»Nichts als Hanf und Flachs; selbst das Gras sieht matt aus«, flüsterte Kathryn. »Thomasina und ich könnten etwas daraus machen. Wir würden Kräuterbeete anlegen ...«

Kathryn verstummte, als sie Schritte hörte. Die Tür öffnete sich. Beim Anblick des Mannes, der dort stand, wäre Kathryn vor Schreck beinahe zurückgewichen; er hatte ein weißes, schwabbeliges Gesicht, wimpernlose Augen, dünne Augenbrauen, einen nahezu kahlen Schädel und blaue, wässrige Augen. Hätte er nicht ab und zu mit den Augenlidern gezuckt, dann hätte Kathryn schwören können, er sei entweder tot oder in einem Trancezustand. Mißtrauisch beäugte er Colum.

»Wer seid Ihr?« Der Mann bewegte beim Sprechen kaum die Lippen.

»Ich komme im Auftrag des Königs«, antwortete Murtagh und schob ihn zur Seite. »Und wer seid Ihr?«

»Morel, Master Tenebraes Schreiber, Diener, Türsteher, was immer Ihr wollt.« Morel trat rasch einen Schritt vor, um Colum den Weg zu versperren. »Und wenn Ihr nicht sofort hier verschwindet, drehe ich Euch den Hals um! Der Beauftragte des Königs ist bereits hier!«

Colums Hand glitt an den Dolch in seinem Gürtel.

»Aber, aber!«

Die Stimme war leise. Kathryn erblickte hinter Morel einen jungen, blassen Mann in dunkelrotem Wams und gleichfarbiger Hose, der kaum hörbar über den Flur auf sie zugekommen war. Er verschränkte die Arme und lehnte sich an die schwarz gestrichene Wand. Kathryn hätte nicht sagen können, ob sein Gesicht das eines Engels oder eines Teufels war; glatt rasiert, umrahmt von dunklem Haar, der üppige Mund zu einem Lächeln verzogen, ein spöttischer Blick, der zu sagen schien, ich glaube nur ein Bruchteil dessen, was ich sehe. Ein junges Gesicht, dachte Kathryn, aber die Augen uralt.

»Aber, aber!« wiederholte der Mann.

Seine Bewegungen waren träge, geziert wie die einer Frau, doch gerade das ließ ihn noch gefährlicher erscheinen. Er stellte sich neben Morel und steckte die Daumen in seinen silberbeschlagenen Kriegsgürtel. Schwert und Dolch hingen dort wie angewachsen.

»Habt Ihr noch etwas außer ›Aber, aber‹ zu sagen?« knurrte Colum. »Kommt schon, spannt uns nicht auf die Folter.«

Der Mann grinste, legte eine Hand ans Herz und verbeugte sich mit einem ironischen Lächeln vor Kathryn.

»Ich bin Theobald Foliot, Knappe und Beamter des königlichen Haushalts Ihrer Majestät, Königin Elisabeth Woodville.« Mit einer grazilen Handbewegung wandte er sich an den Iren. »Ihr seid wahrscheinlich der Ire Murtagh?« Sein Augen verengten sich zu Schlitzen. »Der König vertraut Euch, was bei einem Iren selten vorkommt.«

Ehe Colum antworten konnte, trat Foliot einen Schritt vor; er nahm Kathryns Hand, hob sie an die kalten Lippen und küßte sie formvollendet.

»Und Mistress Kathryn Swinbrooke, angesehene Ärztin der Stadt. Madame, ich freue mich, Euch kennenzulernen.« Er schenkte ihr ein sehr charmantes Lächeln. »Die Königin läßt Euch herzlich grüßen. Ich glaube, Ihr habt sie bereits kennengelernt.«

Kathryn errötete und stammelte vor Verlegenheit. Dann griff sie rasch nach Colums Handgelenk, der nach Foliots Kränkung vor Wut schnaubte. Dem Gesandten des Königs entging diese Bewegung nicht.

»Nein, laßt das.« Er streckte Colum die Hand entgegen und lächelte ihn ebenso entwaffnend an. »Ich habe nur ein wenig gestichelt und nicht die Absicht, Euch zu kränken, Ire.«

»Schon gut«, antwortete Murtagh und gab dem Mann die Hand.

»Ja, dann.« Foliot trat einen Schritt zurück. »Morel, wir wollen unsere Gäste in die Küche führen. Master Luberon«, sagte er und schüttelte dem kleinen Schreiber die Hand, »laßt uns diese schreckliche Angelegenheit untersuchen.«

Morel, der die ganze Zeit wie versteinert dagestanden hatte, führte sie achselzuckend über den dunklen Flur in eine sauber geschrubbte Küche. Kathryn blickte sich um. Die Küche war nach dem finsteren Eindruck, den sie vom Haus, von der Diele und dem Flur gewonnen hatte, eine große Überraschung. Boden und Tische waren gescheuert; blanke Tiegel und Fleischmesser hingen fein säuberlich an Haken an der Wand. Das Feuer war heruntergebrannt, und der Ofen war kalt, aber der angenehme Duft nach gewürztem Fleisch und frisch gebackenem Brot hing noch in der Luft. Foliot bat sie, sich an den großen, ovalen Eichentisch zu setzen, während Morel ihnen auf seinen Befehl hin gekühlten Rheinwein und eine Platte Marzipan vorsetzte. Er war im Begriff, hinauszugehen, aber Foliot schnippte mit den Fingern und zeigte auf einen Hocker.

»Nein, nein, Morel, Ihr bleibt hier bei uns. Nun?« Foliot stützte die Ellbogen auf den Tisch. »Ich bin Gesandter der Königin. Gestern abend bin ich in Canterbury angekommen und habe mich im Wirtshaus ›Zum Weißen Hirsch‹ einquartiert. Heute morgen, gleich nach der Frühmesse, kam ich hierher und stattete Master Tenebrae einen Besuch ab. Wir wechselten ein paar Worte hier unten in der Küche, wie Morel bezeugen kann. Ich bin dann wieder gegangen, weil Master Tenebrae noch andere Besucher erwartete. Ich nehme an, Ihr seid ihnen draußen begegnet.«

»Sir Raymond Hetherington und Begleitung?« fragte Colum.

»Genau«, murmelte Foliot. »Offenbar waren sie alle irgendwann heute vormittag zwischen acht und zwölf mit unserem verstorbenen Freund verabredet. Alle kamen zum vereinbarten Zeitpunkt.« Er lächelte auf Morel herab. »Und was geschah dann?«

Morel zog den Kopf zwischen die breiten Schultern. »Der Meister bat um halb eins um etwas Wein und Quittenbrot. Ich trug es nach oben, klopfte an die Tür, erhielt aber keine Antwort.«

»Und weiter?« fragte Colum.

»Dann ging ich wieder nach unten. Ich dachte, er hätte das Haus vielleicht durch die Hintertür verlassen. Trotzdem bin ich kurz darauf selbst hinters Haus gegangen und habe Bogbean gefragt.«

»Bogbean?« schaltete Kathryn sich ein.

»Oh, ja, das ist der Trunkenbold, den Tenebrae angestellt hat, damit er den Hintereingang des Hauses bewacht. Er sagte mir, der Meister sei nicht fortgegangen. Ich machte mir Sorgen, ging deshalb wieder hinauf, nahm ein Holzscheit aus dem Keller mit und schlug die Tür ein.« Morel blinzelte, aber davon abgesehen veränderte sich seine Miene nicht. »Die Kerzen brannten. Mein Meister saß hinter dem Tisch. Ich dachte, er wäre eingeschlafen. Ich sprach ihn an, aber er rührte sich nicht. Ich trat näher ...«

Zum ersten Mal zeigte Morel eine Art Gefühlsregung. Er starrte blicklos auf die Tischplatte, die Lippen bewegten sich lautlos. Kathryn fragte sich, ob er den Verstand verloren hatte oder an einer schweren Geistesschwäche litt.

»Der Meister saß zurückgelehnt auf seinem Stuhl«, fuhr Morel fort. »Er hatte Kapuze und Maske noch nicht abgesetzt, und der Armbrustpfeil steckte tief in seinem Hals. Es gab nur wenige Blutspritzer.« Morel erhob sich wie ein Schlafwandler. »Kommt, Ihr könnt es persönlich in Augenschein nehmen!«

Colum sah Foliot an, der gleichgültig die Achseln zuckte. Sie folgten dem Diener durch den Flur eine Treppe hinauf. Das Geländer und der Pfosten am Ende der Treppe waren schwarz gestrichen. Ein gekrümmter Teufel grüßte sie auf halber Höhe; der aus Holz geschnitzte Dämon in Gestalt eines Frosches mit menschlichem Antlitz warf Kathryn lüsterne Blicke zu. Sie fröstelte. Oben an der Treppe führte ein Flur nach rechts zu zwei Zimmern, aber Morel ging geradeaus in eine kleine Nische, stieß eine Tür auf und ging ihnen in Tenebraes Zimmer voran. Kathryn hatte das Gefühl, die Finsternis der Hölle zu betreten. Sprachlos schaute sie sich um. Der langgestreckte Raum war blitzsauber. Die Wände waren mit Holz verkleidet, und die Dielenbretter mit glänzender schwarzer Farbe lackiert. Die an die Holztäfelung festgeschraubten Kerzenhalter waren ebenso schwarz wie die Kerzen selbst. Sie schaute zur Decke. Angesichts des furchteinflößenden, blutüberströmten Ziegenbocks, den unzählige Dämonen umgaben, stockte ihr der Atem: da gab es Gestalten mit dem Kopf eines Affen und dem Körper einer Frau; andere hatten das Gesicht einer Ziege und kindliche Gliedmaßen.

»Es ist kalt«, sagte Kathryn. Dann fiel ihr der Geruch auf. Zunächst roch es nach einem muffigen Parfüm, doch darunter lag etwas anderes, der Gestank nach Fäulnis und Verwesung.

Colum legte ihr einen Arm um die Schultern und drückte sie an sich. »Der Herr sei uns gnädig, Kathryn!«

Kathryn blickte in die Runde. Luberon sah richtig krank aus, das Gesicht nur noch eine weißliche Masse. Er wischte sich die feuchten Hände an seinem Überzieher ab. Morel blieb wie eine Statue stehen, während Foliot sein Unwohlsein dadurch zu verbergen suchte, daß er die Arme vor der Brust verschränkte und ungeduldig mit dem Fuß auf den Boden klopfte.

Kathryn zwang sich, weiterzugehen und sich dem mit einem violetten Tuch bedeckten Tisch zu nähern; auf dem Stuhl dahinter nahm sie undeutlich Tenebraes Leichnam wahr. Ihre Schritte klangen hohl, wie Trommelschläge. Kathryn starrte unverwandt auf den Stuhl, grub die Fingernägel tief in die Handflächen und versuchte, tief durch die Nase einzuatmen.

Es ist wie ein Traum, dachte sie, wie einer jener Alpträume, in denen ich durch einen Flur auf etwas zufliege, das mir im Dunkeln auflauert. Morel schnappte hörbar nach Luft, und Kathryn schaute zu Boden. Sie stand in einer Art magischem Kreis, in dem sie das Dreieck und andere kabbalistische Zeichen sowie weitere Blutspuren entdeckte. Kathryn blieb stehen.

»Oh, mein Gott!« rief sie aus.

Um ihren Gefühlen Luft zu machen, und noch ehe jemand sie daran hindern konnte, durchquerte Kathryn den Raum, öffnete die Fensterläden und warf die Schließbalken zu Boden. Das Fenster dahinter war fest verschlossen, aber Kathryn öffnete die Haken und hob die Klinke. Sie atmete tief ein, als Luft und Licht in den Raum fluteten.

»Das dürft Ihr nicht tun!« jammerte Morel und gestikulierte wild mit den fleischigen Händen.

Kathryn wirbelte zornig zu ihm herum. »Ich tue, was ich will!« fuhr sie ihn an. »Dieses Zimmer ist schlecht, es stinkt nach allem, was von Übel ist!«

Colum und Luberon folgten ihrem Beispiel, und bald waren die Fenster an beiden Zimmerseiten geöffnet. Frische Luft und Sonnenlicht vertrieben die Schatten und die bedrohliche Atmosphäre. Dann ging Kathryn zum Tisch zurück und betrachtete die Artefakte, die auf der violetten Oberfläche verstreut lagen: eine schwarze Kerze, ein Würfelspiel aus Knochen, eine Rabenfeder, ein Tintenfaß in Form eines Schädels und Tarotkarten. Kathryn versuchte, die schwarz verhüllte, auf dem Stuhl kauernde Leiche nicht zu beachten, raffte das Tischtuch wie einen Sack zusammen und warf es mitsamt dem ekelhaften Inhalt zu Boden. Sie schaute zu Foliot auf und verzog das Gesicht.

»Ich finde das Zeug abscheulich«, preßte sie hervor. »Diese Herrscher der Galgen, die sich am Aberglauben und der Gier der Menschen gütlich tun wie Ratten an ihrer Beute, verachte ich zutiefst.«

Sie öffnete ihre Gürteltasche, zog einen Rosenkranz hervor, der einmal ihrer Mutter gehört hatte, und legte ihn sich um den Hals. Dann warf sie Morel, der jetzt wie ein Kind mit hängenden Armen dastand, einen kurzen Blick zu.

»Habt Ihr denn das alles geglaubt?«

Morel starrte sie wortlos an.

»Wenn er so mächtig war«, sagte Kathryn mit lauter Stimme, »warum hat er sich dann ermorden lassen? Wenn er in die Zukunft sehen konnte, warum hat er nichts gegen den eigenen Tod unternommen?«

Morel hob die fleischigen Finger zu einem merkwürdigen Zeichen.

»Oh, um Himmels willen!«

Kathryn bat Colum, eine Kerze aus einem der Kerzenhalter zu holen und zog die schwarze Maske vom Gesicht des Toten.

»Der Tod macht alle Menschen gleich«, hatte ihr Vater einmal gesagt. In diesem Fall mußte Kathryn ihm Recht geben. Tenebraes Gesicht sah nicht anders aus als das vieler anderer, die vom Tod überrascht wurden. Die Augen waren in die Höhlen zurückgesunken, der Unterkiefer hing herab, der Mund stand offen. Die wächsernen Wangen waren schlaff. Nichts Auffallendes, bis auf das ungute Gefühl, das Kathryn beschlich, sobald sie in die blicklosen Augen schaute, und den großen Blutfleck, der sich von dem gezackten Loch im Hals zur Brust hin ausbreitete.

»Das Blut ist geronnen«, konstatierte Kathryn. »Wie spät ist es jetzt?«

»Ungefähr zwei Uhr«, antwortete Luberon.

Kathryn berührte das Gesicht des Mannes. »Morel, um wieviel Uhr seid Ihr heraufgekommen?«

»Etwa eine halbe Stunde nach Mittag, als mein Meister läutete.«

»Und Ihr habt an die Tür geklopft«, hakte Kathryn nach.

»Ja, habe ich doch schon gesagt. Mein Meister bat mich, ihm eine Erfrischung zu bringen.«

»Seid Ihr sicher, daß nur er im Zimmer war?«

»Natürlich«, sagte Morel. »Bogbean hat gesagt, daß die letzte Besucherin, Witwe Dauncey, schon fort war.«

Kathryn wandte sich vom Tisch ab und ging zur Tür zurück, die aus schwerem Eichenholz gezimmert und mit Eisenbändern und Metallnägeln beschlagen war. Sie untersuchte das zertrümmerte Schloß. Morel folgte ihr wie ein Hund. Kathryn, die vor dem Schloß in die Hocke gegangen war, schaute zu ihm auf.

»Ihr habt das hier aufgebrochen?«

»Oh, ja!«

»Und die Tür kann nur von innen verschlossen und geöffnet werden?«

»Wie ich schon sagte, mein Meister hat die Schlösser an dieser Tür und die an der anderen extra von einem Schlosser von der Cheapside anfertigen lassen.«

Kathryn untersuchte den Türgriff, das verbogene Schloß und den Schlüssel, der auf dem Boden lag. Sie öffnete die Tür und betrachtete die andere Seite.

»Euer Herr und Meister muß ein mißtrauischer Mann gewesen sein. Ich glaube, nicht einmal der Königliche Schatzmeister in London besitzt Türen, die nur auf der Innenseite Griffe und Schlösser haben.« Sie durchquerte den Raum und ging zur anderen Tür, die Luberon bereits in Augenschein nahm.

»Hier ist es genauso!« rief er. »Schaut her!«

Kathryn ging am Tisch vorbei, an dem Colum und Foliot noch die Leiche untersuchten. Luberon trat zur Seite, und Kathryn stellte fest, daß Tür, Schloß und Griff mit der Eingangstür übereinstimmten. Langsam öffnete sie die Tür und trat, gefolgt von Luberon, hinaus in den kleinen Vorraum, der zur Hintertreppe führte. Auf der linken Seite des Raums befand sich ein Fenster. Kathryn prüfte es, aber es war verschlossen und verriegelt. Beim Öffnen sah sie, daß Haken und Klinke fest saßen. Sie gingen die Treppe hinunter. Die Tür am unteren Ende glich denen, die sie auch oben bereits untersucht hatten, Griff und Schloß an der Innenseite. Sie öffneten die Tür und traten in eine kleine Gasse, die mit Unrat übersät war und nach Katzen stank. Kathryn schloß die Tür und ging kopfschüttelnd wieder die Treppe hinauf in Tenebraes Zimmer.

Drei

»Nun«, sagte Colum, »Tenebrae ist so tot wie ein geschlachteter Hammel.« Er hob die Hand der Leiche und zeigte ihr die glitzernden Ringe. »Alle noch da, und auch der Geldbeutel hängt an seinem Gürtel, also war es kein Raubmord.«

»Nur das Zauberbuch des Honorius ist gestohlen worden«, schaltete Foliot sich ein.

Kathryn bedeutete Morel mit einem Wink, näherzutreten. »Seht her.« Sie wählte ihre Worte mit Bedacht. »Schaut Euch in diesem Raum um, Master Morel. Ist außer dem Zauberbuch noch etwas gestohlen oder in Unordnung gebracht worden?«

Morel schlurfte durch das Zimmer, das nun etwas von seinem Schrecken verloren hatte. Bei Tageslicht sah die Einrichtung wie billiger Tand aus, und der große Magier, der nun im Tod zusammengekrümmt mit einem Pfeil im Hals auf seinem Stuhl saß, wirkte eher rührend. Morel trat wieder zu Kathryn und schüttelte in feierlichem Ernst den Kopf.

»Alles ist noch an seinem Platz, Mistress.«

»Dann stehen wir vor einem Rätsel«, sagte Kathryn seufzend. »Dieser Raum liegt im ersten Stockwerk des Hauses. Die Fenster auf beiden Seiten sind fest verschlossen, die Fensterläden verriegelt, beide Türen des Zimmers und die Tür unten an der Treppe ebenfalls. Niemand konnte diesen Raum ohne Tenebraes Erlaubnis betreten, ja, nicht einmal die Hintertreppe hinaufgehen, da alle Türen nur von innen zu öffnen sind. Offenbar war Tenebrae noch gesund und munter, als Master Foliot ihn heute morgen aufsuchte. Dann hat er seine Gäste empfangen, die wir draußen flüchtig kennengelernt haben. Alle kamen zum vereinbarten Zeitpunkt. In welchem Zeitraum, Master Morel?«

»Zwischen neun und zwölf.«

»Sie alle führten ihr Gespräch«, fuhr Kathryn fort und wich Morels starrem Blick aus. »Sie kamen die Treppe herauf, so wie wir. Tenebrae läßt sie durch den Hintereingang wieder hinaus.« Kathryn führte die anderen zur Tür am Ende des Raumes, die auf den kleinen Vorraum ging. »Sie gehen hinunter und zur Hintertür hinaus, damit niemand sie sieht. Wer also hat Tenebrae umgebracht?« Sie zeigte auf das Fenster im Vorraum. »Das ist gesichert. Gibt es ganz bestimmt keine anderen Eingänge?«

Colum sagte, er sei sich nicht sicher. Deshalb kehrten sie ins Totenzimmer zurück und durchsuchten es noch einmal sorgfältig. Am Ende bestätigten sich jedoch nur Morels Einwände, der ihr Unterfangen von vornherein für sinnlos gehalten hatte. Die Wandtäfelung war unversehrt, und weder in der geschmacklos bemalten Decke noch im schwarz lackierten Boden waren versteckte Türen oder geheime Eingänge zu finden.

Kathryn trat wieder an den Tisch und betrachtete Tenebraes Leiche.

»Irgend jemand«, sagte sie, »der Himmel mag wissen, wer, kam mit einer Armbrust und einem Bolzen hier herein, erschoß Tenebrae, stahl das Zauberbuch und verschwand wieder.«

»Vielleicht war es ja auch Magie«, meldete sich Morel rasch zu Wort.

»Wie kommt Ihr auf Magie?« fragte Kathryn.

Morel spreizte die Finger. »Mein Meister hat immer gesagt, es könnte sein, daß er einmal durch Magie umkommt.«

Kathryn trat einen Schritt auf ihn zu. »Seid Ihr eigentlich nicht traurig, Morel? Beklagt Ihr den Tod Eures Herrn und Meisters nicht?«

Der Mann setzte ein verschlagenes Lächeln auf und beugte sich vor, so daß er Kathryns Gesicht ganz nah kam. Sie schaute ihm in die wässrigen, ausdruckslosen Augen; Morel, dachte sie im stillen, ist völlig verrückt.

»Mein Herr hat immer gesagt, der Tod würde ihn nicht halten. Ein anderer Magier wird kommen und ihn aus dem Grab befreien.« Morel atmete mit bebenden Nasenflügeln ein. »Deshalb muß ich jetzt gehen. Das Haus muß sauber gehalten werden. Ich habe zu tun.«

Ohne ein weiteres Wort tappte Morel hinaus und schloß die Tür hinter sich.

»Glaubt Ihr, er hat seinen Herrn umgebracht?« fragte Foliot.

Kathryn schüttelte den Kopf. »Ich weiß nicht. Aber seid freundlich zu ihm. Morel leidet an einer schrecklichen geistigen oder seelischen Krankheit, der Herr mag wissen, woran.« Sie warf Luberon einen raschen Blick zu. »Das Haus sollte untersucht werden.«

»Oh, das habe ich bereits getan«, schaltete Foliot sich ein. »Und welche Schätze ich dabei entdeckt habe: Kelche, Pokale, Teller, Krüge, kostbare Vorhänge und Gewänder.« Er schüttelte den Kopf. »Aber sonst nichts.«

Kathryn dachte an das Durcheinander und die Unordnung in ihrem eigenen Haushalt.

»Keine Rechnungen?« rief sie. »Keine Verträge, keine Briefe?«

»Nichts«, erwiderte Foliot.

»Tenebrae und seinesgleichen halten es so«, meinte Colum. »Bei ihnen steht alles im Zauberbuch. Stimmt's, Master Foliot?«

Der Gesandte der Königin verzog das Gesicht. »Deshalb wollen wir das Zauberbuch ja wiederhaben.«

»Wie groß ist es?« fragte Kathryn.

»Ihre Königliche Hoheit sagte mir, es habe den Umfang eines großen Meßbuches«, sagte Foliot. »Dreißig Zoll hoch und ebenso breit; sie sagte, die Dicke entspreche der Höhe einer Türschwelle.«

Kathryn drehte sich im Kreis und deutete mit einer ausladenden Handbewegung in die Runde. »Und wer bekommt das hier?«

»Ich habe bereits die Archive überprüft«, sagte Luberon. »Es liegen weder ein letzter Wille noch eine Vollmacht vor ...«

»Demnach fällt dieses Haus und die bewegliche Habe an die Krone«, meldete sich Foliot zu Wort. »Das Wesen dort unten kann noch eine Weile bleiben.« Er deutete auf Luberon. »Ihr, Master Luberon, seid der Stadtschreiber, und Ihr, Murtagh, der Beauftragte des Königs.« Er trat gegen das Tischtuch, das Kathryn zu Boden geworfen hatte. »Tenebraes Handwerkszeug kann verbrannt werden, aber seine gesamte Habe ist unter Verschluß zu nehmen, zu versiegeln und nach Westminster zu schicken. Wer hier aus diesem Hause etwas entwendet, beraubt die Krone, und das ist Verrat.«

»Und Tenebraes Tod?« fragte Kathryn.

Foliot kam langsam auf sie zu. Er hatte die Arme noch immer verschränkt. Kathryn sah den Spott in seinen Augen.

»Tenebrae ist tot«, sagte er. »Möge er in der Hölle schmoren. Es gibt vielleicht keinen Gott im Himmel, Mistress Kathryn, aber es gibt bestimmt einen Teufel in der Hölle. Weder ich noch die Königin noch der König scheren uns einen Deut darum: Tenebrae war ein Magier und Erpresser, der am Ende bekam, was er verdiente. Um jedoch noch einmal auf das Zauberbuch des Honorius zurückzukommen, das *Buch des Todes*, das so viele Geheimnisse birgt, darunter wohl auch Hinweise auf den Verbleib von Tenebraes Vermögen: Ich werde Canterbury nicht ohne dieses Buch verlassen. Deshalb werdet Ihr beide, denen die Königlichen Hoheiten so viel Vertrauen entgegenbringen, Tenebraes Mörder und das Zauberbuch finden.« Foliot ließ die Arme sinken. »Ich wohne im ›Weißen Hirsch‹ in Queningate, aber seid unbesorgt, wenn Ihr mich nicht aufsucht, werde ich ganz gewiß Euch aufsuchen.« Er verneigte sich vor Kathryn, nickte Murtagh zu und schlenderte aus dem Raum.

»Wer ist das?« fragte Kathryn.

»Einer der Gefolgsleute der Woodville«, antwortete Colum. Er hielt inne und suchte nach den richtigen Worten. »Die Königin ist eine Bürgerliche, die Witwe von Sir John Woodville. Sie hat den König mit ihrer Schönheit betört und weiß ihn nun geschickt zu halten – manche behaupten sogar, durch Hexerei. Als sie aufstieg, folgten ihr andere, Männer wie Foliot zum Beispiel, die nach Macht gieren. Sie kennen nur eine Treue, eine Religion, eine Pflicht: den Willen der Elisabeth Woodville.«

»Gehörte Tenebrae zu ihren Anhängern?«

»Nein«, sagte Colum. »Er war ein Geschöpf der Finsternis. Wir wissen nicht, wie Tenebrae wirklich hieß oder woher er kam. Wenn er unter der Erde liegt, wird es nur sehr wenige Menschen bekümmern. Master Luberon!«

Der kleine Schreiber watschelte herbei.

»Bitte, bleibt hier und schaut Euch um. Vergewissert Euch, daß Foliot die Wahrheit gesagt hat. Laßt Tenebraes Leiche in die nächste Kirche bringen. Setzt all Euren Einfluß ein und sorgt dafür, daß der arme Bastard beerdigt wird.«

»An seinem Grab wird kein Priester die Messe lesen wollen«, erwiderte Luberon bitter.

»Ein Sarg und ein Segen; das ist alles, worum ich bitte.«

»Und Ihr?« fragte Luberon.

Colum schaute Kathryn an, die den lüsternen Ziegenbock unter der Zimmerdecke betrachtete.

»Ich glaube, wir sollten uns Tenebraes Gönner vornehmen. Wo ist das nächste Wirtshaus?«

»Die ›Bischofsmitra‹«, sagte Luberon. »Ein Stück weiter unten in der Black Griffin Lane.«

»Dann werden wir sie dort aufsuchen. Nicht wahr, Kathryn?« Sie war einverstanden. Sie ließen Luberon zurück und gingen die Treppe hinunter. Morel wartete unten auf sie. Er würdigte Colum keines Blickes; Kathryn aber hielt er am Kleid fest.

»Mistress.« Er schaute Kathryn flehentlich aus wässrigen Augen an.

»Was ist los, Mann?« fragte Colum.

»Ich habe nicht mit Euch gesprochen!« zischte Morel, dessen Miene sich plötzlich verfinsterte.

»Was ist denn, Morel?« fragte Kathryn ihn ruhig.

»Wann kommt er zurück?«

Kathryn starrte in die verrückten Augen.

»Mein Meister, Tenebrae. Wann kommt er zurück?« Morel lächelte sie verschwörerisch an. »Ihr seid auch eine Magierin«, flüsterte er. »Ihr habt die Macht. Das weiß ich.«

Kathryn fröstelte, zeigte es aber nicht. »Ich weiß nicht.« Sie tätschelte Morel die Hand. »Aber seid getrost.«

»Ich werde warten«, rief Morel hinter ihnen her, als sie zur Tür gingen. »Ich vertraue Euch, Mistress Swinbrooke, genauso wie meinem Meister.«

Kathryn schloß die Augen und schlug sie erst wieder auf, als Colum die Tür hinter ihnen geschlossen hatte. Sie atmete tief durch und schaute sich in dem verwilderten Garten um.

»Er ist verrückt«, flüsterte sie.

»Aber er glaubt«, erwiderte Colum. Sanft hakte er sich bei ihr unter und führte sie hinaus auf die Black Griffin Lane. »Ihr habt kalte Hände. Angst, Kathryn? So wie ich?«

Kathryn zwang sich zu einem Lächeln.

»Glaubt Ihr an Tenebraes Zauberkraft?« fragte Colum.

»Ich glaube«, sagte Kathryn und ging langsam die Straße entlang, ohne Colums Hand loszulassen, »es gibt mehr Dinge auf unserer Welt, Ire, als wir mit bloßem Auge erkennen können. Mächte des Lichts ebenso wie Mächte der Finsternis. Aber Zauberei?« Sie drückte den Arm des Iren. »Colum, der Herr ist mein Zeuge, ich weiß nicht einmal, wie der Körper funktioniert. Warum zirkuliert das Blut im Körper? Was bewirkt, daß das Herz immer schlägt? Und der Verstand, die Seele? Ganz zu schweigen von ihren Krankheiten? Es hängt damit zusammen, was die Leute glauben.« Sie hielt inne, weil sie sich an etwas erinnerte, dann fuhr sie fort. »Vor Jahren, als ich noch ein Kind war, nahm mein Vater mich einmal mit zum Buttermarkt. Er wollte ein paar Kräuter kaufen. Als wir dort eintrafen, herrschte auf dem Platz helle Aufregung, weil ein Mann in Ziegenhäuten angekommen war, die Haut von der Sonne tief gebräunt. Er trug in der einen Hand einen Stab, in der anderen eine Glocke, mit der er ununterbrochen läutete, während er die Umstehenden lauthals aufforderte, Buße zu tun. Er nannte sich Jonas. Er glaubte, er sei der wiedergeborene biblische Prophet und Canterbury sei Ninive. Irgend jemand bat meinen Vater, den Mann zu heilen.« Am Eingang des Wirtshauses ›Zur Bischofsmitra‹ atmete sie noch einmal tief durch. »Wißt Ihr, was mein Vater ihm antwortete? Er sagte, wenn er glaube, er sei Jonas und hier sei Ninive, würde nicht einmal ein Engel im Himmel wagen, ihm zu widersprechen.« Sie fuhr sich mit der Zunge über die Lippen, die nach dem Besuch des unheimlichen Totenzimmers noch immer trocken waren. »Genau daraus beziehen Tenebrae und seinesgleichen ihre Macht. Sie beherrschen den Verstand. Sie bauen eigenartige Welten auf, bevölkern sie mit Dämonen, Kobolden und Elfen. Der Herr stehe allen bei, die sich in eine solche Welt begeben. Sie werden dort eingesperrt und finden nicht wieder hinaus.«

Colum legte ihr den Arm um die Schultern und drückte sie an sich. »Ihr hättet einen wunderbaren Priester abgegeben, Kathryn, weil Ihr die Macht des Wortes besitzt, wie man in Irland so schön sagt.«

»Jawohl, Colum Murtagh«, erwiderte sie scharf, »und Ihr steht mir in nichts nach. Ein Märchenerzähler, wie Thomasina sagt.«

Colum schmunzelte. »Ich habe Euch nur gelobt.«

»Schmeichelei ist wie Parfüm«, entgegnete Kathryn. »Man riecht es, Ire, aber nur ein Narr würde es trinken. Und nun kommt, wir müssen Fragen stellen.«

Sie gingen durch den Flur in den geräumigen Schankraum. Jetzt, am Nachmittag, war Ruhe eingekehrt, obwohl es immer noch sehr warm war und der Duft nach Gekochtem und Gesottenem aus der dahinter liegenden Küche die Luft erfüllte. Hetherington hatte das Kommando übernommen und einen großen Tisch neben das einzige große Fenster stellen lassen. Der Bankier und seine Begleiter hatten gut gespeist. Die Tischplatte war übersät mit Flaschen, Krügen, Hühnerknochen, Brotkrumen und Gemüseresten. Als Colum an den Tisch trat, machte sich Hetherington nicht die Mühe, aufzustehen, sondern schnippte mit den Fingern und rief einen humpelnden, schwitzenden Schankgehilfen herbei.

»Unsere Gäste«, verkündete er wichtigtuerisch.

»Noch zwei Stühle, Mann!« Er schaute mißmutig zu Colum auf. »Wollt Ihr etwas essen?«

Nach einem Blick auf den verschmierten Mund des Kaufmanns beschloß Kathryn, daß sie ihren Hunger noch zügeln konnte.

»Vielleicht etwas Wein. Mit Wasser verdünnt.«

»Und ich hätte gern einen Krug Ale«, fügte Colum hinzu.

Er half Kathryn auf den dreibeinigen Hocker, den der Schankgehilfe herbeigeschafft hatte.

»Nun?« Hetherington faltete die Hände über der Wölbung seines Bauches und lehnte sich zurück. »Wir haben bereits viel Zeit vergeudet. Unsere Gruppe hatte einen Besuch am Grab des Heiligen Märtyrers geplant.«

»Warum seid Ihr nicht hingegangen?« entgegnete Colum, den die Arroganz des Kaufmanns ärgerte.

»Ihr habt uns gebeten, hierzubleiben.« Hetherington schürzte die Lippen und riß zornig die Augen auf.

»Ich bat Euch, zu bleiben«, sagte Colum, »weil ihr vor Tenebraes Haus gewartet habt. Was hat Euch denn dorthin geführt?«

»Wir«, stammelte Hetherington, »wir ...«

Mistress Dauncey meldete sich zu Wort. »Wir waren doch die letzten, die Tenebrae besucht haben, bevor ...«

»Bevor er ermordet wurde?« beendete Colum ihren Satz und betrachtete die verblühte Schönheit der Witwe. »Was hat Euch dazu veranlaßt?«

»Wir haben uns Sorgen gemacht«, sagte Fronzac, der Schreiber, und wischte sich das verschmierte Kinn am Aufschlag seines Wamses ab. »Master Tenebrae hatte mächtige Schutzherren.«

»Wer von Euch hat Tenebrae zuletzt gesehen?« schaltete sich Kathryn beschwichtigend ein.

»Ich«, antwortete Witwe Dauncey. »Der Türsteher Bogbean hat mich gesehen, als ich das Haus verließ.«

Kathryn nahm sich im stillen vor, diesen ominösen Türsteher ausfindig zu machen.

»Er hat mich hinausgelassen. Dann bin ich in unsere Unterkunft zurückgekehrt.«

»Und die wäre?« fragte Colum.

»Der ›Turmfalke‹, auf der anderen Seite von Westgate«, antwortete Hetherington.

Kathryn war im Begriff, mit der Befragung fortzufahren, als sie bemerkte, daß der Schankgehilfe, der die Hocker gebracht hatte, noch immer im Schankraum herumlungerte und offenbar begierig lauschte. Fronzac folgte ihrem Blick und beugte sich über den Tisch.

»Müssen wir uns hier unterhalten?« flüsterte er heiser. »Sir Raymond, wir sitzen hier seit über einer Stunde. Die Schankgehilfen und Knechte kannten Tenebrae, und ich glaube, sie belauschen uns.«

Kathryn schaute sich im Wirtshaus um. Wenn auch außer ihnen nur wenige Gäste anwesend waren, mußte sie wohl oder übel zustimmen. »Wir halten heute abend im ›Turmfalken‹ ein Bankett ab«, posaunte Hetherington. »Mistress Swinbrooke, Ihr und Master Murtagh seid herzlich dazu eingeladen.«

Er zwinkerte vergnügt mit den Augen, und Kathryn lächelte zurück. Hinter seiner Großspurigkeit schien Hetherington ein freundlicher, liebenswerter Zeitgenosse zu sein. Sie schaute Colum an, der ihr zunickte.

»Wir nehmen Eure Einladung dankend an«, antwortete sie. »Obwohl wir Euch gern noch ein wenig näher kennengelernt hätten.«

»Mein Geschäft befindet sich auf der Cheapside«, erklärte Hetherington, »und ich bin dritter Zunftmeister. Meine Aufgabe besteht darin, in der Prozession den silbernen Amtsstab zu tragen, und bei allen Banketten sitze ich immer zur Rechten des Ersten Zunftmeisters.«

Kathryn stieß Colum mit dem Knie an. Der Ire hatte einen ganz eigenen Sinn für Humor, und wenn er einmal lachte, hörte er so schnell nicht wieder auf. Hetherington strahlte Kathryn an, fest davon überzeugt, sie mit dieser Enthüllung vollkommen überwältigt zu haben.

»Sir Raymond«, schaltete Colum sich ein. »Ihr seid hier in Canterbury wohlbekannt.«

Hetherington fühlte sich durch die Lüge geschmeichelt.

»In diesem Jahr bin ich mit einem Besuch am Grabmal des Heiligen an der Reihe. Master Neverett hier ist mein Gehilfe. Er hat seine Lehrzeit beendet und wird, so Gott will, im nächsten Jahr vielleicht als Vollmitglied der Zunft zugelassen.« Er klopfte dem jungen Mann liebevoll auf die Schulter. »Ich habe keinen Sohn«, sagte er und beugte sich über den Tisch. »Und zum Trost hat mir der Herr Richard geschickt. Louise«, damit wandte er sich nach links. Das junge Mädchen schenkte ihm ein einfältig-schüchternes Lächeln. »Louise ist meine Nichte. Sie ist mit Richard verlobt. Sie sollen im Mai heiraten. Master Fronzac und Brissot sind natürlich hochgeschätzte Amtsträger der Zunft. Mistress Swinbrooke, Ihr habt doch gewiß von dem guten Ruf des Arztes Brissot gehört? Er hat schon oft meine Körpersäfte beruhigt und exakte Prognosen gestellt, nachdem er meinen Schleim und meinen Urin untersucht hatte.«

Hetherington sah Kathryn mißtrauisch an, denn sie biß sich nun heftig auf die Lippe.

»Auch ich bin Mitglied der Zunft«, schaltete Dionysia Dauncey sich ein. Sie zwinkerte Kathryn kurz zu. »Mein Mann ist vor zehn Jahren gestorben. Trotzdem ist es mir gelungen, mich allein über Wasser zu halten, was viele nicht für möglich gehalten hätten«, sagte sie und warf Hetherington einen verächtlichen Blick zu.

»Und wie lange seid Ihr schon in Canterbury?« fragte Kathryn.

»Wir sind vor zwei Tagen eingetroffen«, antwortete Hetherington. »Die Sehenswürdigkeiten haben wir schon alle besichtigt. Ich habe die Überreste von Beckets Hemd geküßt und die Mönche im Kloster zu Christchurch besucht. Wir hoffen, morgen unsere Rückreise nach London antreten zu können.«

»Ich fürchte, daraus wird nichts«, sagte Colum und hob die Hand, um den Tumult zu besänftigen. »Im Zuständigkeitsbereich der Rechtsprechung dieser Stadt ist ein Verbrechen verübt worden.«

»Wollt Ihr etwa uns beschuldigen?« fuhr Brissot ihn an.

»In London warten Geschäfte auf uns«, erklärte Neverett.

»Wenn Ihr Canterbury verlaßt«, erwiderte Colum, »könnte es als Flucht ausgelegt werden. Schließlich wart Ihr die letzten, die Master Tenebrae lebend gesehen haben.«

»Es ist wohl besser, wenn Ihr bleibt«, beharrte Kathryn höflich. »Wenn Ihr nach London zurückkehrt, übernehmen vielleicht noch größere Rauhbeine als Master Murtagh die Aufgabe, das Verbrechen aufzuklären. Habt Ihr den Königlichen Gesandten Theobald Foliot kennengelernt?«

Hetherington nickte. »Jawohl. Das ist wahrlich ein finsterer Gesell, Mistress Swinbrooke.« Er fuhr sich mit der Zunge über die dicken Lippen. »Gut, wir bleiben«, sagte er abschließend und war im Begriff, aufzustehen, aber Kathryn bedeutete ihm mit einer Handbewegung, sitzenzubleiben.

»Wir gehen gleich«, sagte sie. »Doch etwas ist mir noch unklar.«

»Und das wäre?« fragte Fronzac.

»Ihr alle seid Mitglied einer Londoner Zunft, wohlhabende Frauen und Männer, treue Untertanen des Königs und der Heiligen Mutter Kirche.« Kathryn legte besonderen Wert auf die Betonung der letzten drei Worte.

»Und deshalb stellt sich die Frage, was wir mit Leuten wie Tenebrae zu schaffen hatten?« fragte Witwe Dauncey.

»Genau.«

»Oh, das ist sehr einfach«, erklärte Hetherington. »Wir sind Goldschmiede, Mistress Swinbrooke, und der unsichere Gang des Schicksals nimmt oft überraschende Wendungen. Wir stellen wertvolle Objekte her und verkaufen sie, aber wir verleihen auch Geld.« Er blickte auf seine dicklichen Finger, die auf der Tischplatte ruhten, und seufzte laut. »Der Bürgerkrieg ist vorbei.« Er schaute auf. Sein Blick war kalt und berechnend. »Was geschieht mit den Goldschmieden, Ärztin, die dem Hause Lancaster Geld geliehen haben? Und wie sieht die Zukunft aus? Die Partei der Lancastertreuen ist noch am Leben, wenn auch im Exil. Wie heißt es doch so schön in der Bibel: Der kluge Mann baut vor.«

Kathryn wußte genug über die fürstlichen Kaufleute, die sich ausrechneten, wer die Macht in Händen hielt, wer auf dem aufsteigenden und wer auf dem absteigenden Ast saß. Sie hatte außerdem den Verdacht, daß Hetherington und seinesgleichen vielleicht eine Menge zu verbergen hatten.

»Und Tenebrae konnte in die Zukunft sehen?« fragte sie.

Hetherington lachte in sich hinein. »Ach, kommt, Mistress Swinbrooke, wir sind doch alle nüchtern denkende Menschen. Natürlich hatte Master Tenebrae gewisse Talente. Was aber noch wichtiger war, er hatte scharfe Ohren: Hofklatsch, Gerüchte aus dem Ausland, Skandale in Kirche und Staat.«

»Er war auch ein Erpresser«, sagte Colum.

Hetheringtons Miene verfinsterte sich.

»Er kannte Geheimnisse«, sagte Kathryn. »Nicht nur über Menschen bei Hofe, sondern vielleicht sogar über die angesehenen Mitglieder einer Zunft.«

»Unsinn!« brach es aus Neverett heraus. Er knallte seinen Becher auf den Tisch. Kathryn betrachtete den arroganten, jungen Mann, der sie seit ihrer Ankunft verächtlich gemustert hatte.

»Seid Ihr sicher, Master Neverett?« fragte Kathryn. »Könnt Ihr schwören, daß niemand an diesem Tisch etwas zu verbergen hat?«

Sir Raymond klatschte in die Hände. »Es reicht, Mistress Swinbrooke. Ich werde für heute abend auch eine Einladung an Master Foliot schicken. Wir haben im ›Turmfalken‹ einen abgeschlossenen Raum reserviert.«

»Ja«, stimmte Kathryn ihm zu und erhob sich. »Wir wollen derartige Fragen lieber dort stellen.«

»Um wieviel Uhr, Sir Raymond?«

»Nach der Abendmesse, wenn die Glocken der Kathedrale mit dem Läuten aufgehört haben.«

Kathryn dankte ihnen mit einem Lächeln. Dann verabschiedete sie sich und ging mit Colum zurück zur Black Griffin Lane.

»Nun, meine Heilerin mit dem Adlerblick«, murmelte Colum. »Was haltet Ihr von denen?«

»Wohlhabend und mächtig«, antwortete Kathryn. »Kann sein, daß sie eine Menge zu verbergen haben.«

»Auch einen Mord?«

»Vielleicht.« Sie schaute zu Murtagh auf. »Womit sich folgende Fragen stellen: Erstens, was stand in dem Zauberbuch? Und zweitens, wird der neue Besitzer die Geheimnisse verwenden?«

»Wenn er oder sie das tut«, stellte Colum fest, »dann wette ich, daß Tenebrae nicht der einzige sein wird, der sterben muß.«

Sie kamen an Tenebraes Haus vorbei. Colum wollte schon in Richtung Saint Peter's Street weitergehen, als Kathryn stehenblieb und zu dem abstoßend wirkenden Haus des toten Magiers emporschaute.

»Freut Ihr Euch auf heute abend, Colum?«

»Auf einen Abend mit Euch?« erwiderte Colum. »Gutes Essen und Wein; vielleicht interessante Gesellschaft? Für viele Männer wäre das der Himmel auf Erden.«

»Schmeichler«, neckte Kathryn ihn. Sie zog ihn am Ärmel und zeigte auf die Gasse, die an Tenebraes Haus entlang führte. »Wir wollen noch einmal dort nachsehen.«

Colum folgte ihr durch den schmalen, stinkenden Rinnstein, der knapp zwei Schritte breit war. Zu ihrer Linken erhob sich das fensterlose Fachwerk des Nachbarhauses, zu ihrer Rechten Tenebraes Hauswand. Kathryn blieb an der Ecke der Gasse stehen und zeigte auf das verschlossene Fenster über ihnen.

»Das ist das Fenster, das wir vom Vorraum aus untersucht haben.« Sie setzten ihren Weg um die Rückseite des Hauses fort und sahen die Tür und die Holztreppe, die nach unten führte.

»Hetherington und seine Begleiter haben diese Treppe benutzt«, erklärte Kathryn.

Sie schaute auf den Unrat, der sich in der Gasse häufte: Lumpen, der faulige Inhalt von Nachtgeschirren, verschimmelte Essensreste, Pergamentfetzen.

»Tenebrae muß die Gasse hier als Abfallhaufen benutzt haben«, rief Kathryn und hielt sich die Nase zu.

Sie gingen weiter. Beim Aufblicken bemerkte Kathryn das verschlossene Fenster im ersten Stock.

»Tenebraes Zimmer«, erklärte sie. »Sieht so aus, als hätte Morel die Fensterläden wieder geschlossen.«

»Ich kann keine anderen Eingänge entdecken«, sagte Colum.

Sie gingen wieder zurück zur Black Griffin Lane. Der einäugige Kesselflicker stand noch immer an der Ecke und hustete heiser. »Ein paar Nadeln! Nadeln und Faden zu verkaufen! Bänder und Schleifen!« Er winkte Colum zu sich und nahm ein Stück rosa Seide in die Hand. »Für Eure Dame, Master? Das gibt eine hübsche Schleife. Oder vielleicht eine Brosche?«

Colum schüttelte den Kopf und war im Begriff, weiterzugehen. Kathryn jedoch nahm dem Mann das rosa Band aus der Hand und gab ihm einen Penny. Ein Lächeln erhellte das schmutzige Gesicht des Kesselflickers. »Kommt morgen wieder.«

»Zuerst«, sagte Kathryn und wies auf die entzündeten Stellen an den schmutzigen Händen des Mannes, »kaufst du dir etwas Feigenkraut oder Mangold, mit Wasser verdünnt, und deine Frostbeulen werden verschwinden.«

Der Kesselflicker schaute sie neugierig an. »Das ist unerschwinglich für mich!«

Kathryn reichte ihm noch einen Penny. »Komm zu mir in die Ottemelle Lane. Frage nach Thomasina. Sie wird es dir kostenlos geben. Aber das hier ist für deinen Bauch: Kauf dir eine heiße Brühe.«

»Und was verlangt Ihr dafür?« fragte der Kesselflicker mißtrauisch.

»Wo hält sich Master Bogbean auf?«

Der Kesselflicker lächelte und entblößte sein lückenhaftes Gebiß. Er deutete auf eine schmuddelige Schenke.

»Da drinnen trefft Ihr ihn an, voll wie ein Eimer. Bogbean hat zwei Wohnungen. Die Kneipe, wo er die Bierkrüge wahrscheinlich in der eigenen Pisse ausspült, so daß ich dort nicht einen Tropfen anrühren würde, und die Gasse hinter dem Haus des Magiers. Spendiert ihm einen Schluck, und er wird Euch alles erzählen. Gebt ihm zwei aus, und er gehört Euch ein Leben lang!«

Kathryn bedankte sich bei ihm. Zusammen mit Colum betrat sie die schmuddelige Schenke, die eigentlich nur ein niedriger Holzschuppen mit einem schmalen Fenster, ein paar wackeligen Tischen und kleinen, umgedrehten Fässern war, die als Hocker dienten. Die schäbig gekleideten Gäste schauten auf, als sie eintraten.

»Bogbean!« rief Colum. »Ich will Bogbean einen ausgeben!«

Ein zerlumpter, dicker Mann erhob sich von seinem Sitzplatz und wankte betrunken gegen die Wand. Dann schwankte er auf sie zu. Kathryn schaute ihn verwundert an: Er war klein und untersetzt, das Gesicht rund und rot wie eine Beere, von bläulichen Adern durchzogen; die feuerrote Nase schließlich wies ihn als den geborenen Säufer aus. Beim Anblick seiner Haare jedoch blieb Kathryn vollends der Mund offen: Schwarz und verfilzt standen sie ihm wie Stacheln vom Kopf ab.

»Bogbean heiß ich«, lallte er. »Und was kann ich für Euch tun, mein Herr?«

»Mir ein paar Fragen beantworten.« Colum drückte ihm eine Münze in die harte, schwielige Hand.

Bogbean starrte ihn ungläubig an und grinste schief. Er schwankte gefährlich, als stünde er an Deck eines Schiffes. »Fragt ruhig«, sagte der Mann tonlos und sah Kathryn lüstern an, »und ich werde Euch ehrliche Antworten geben. Aber setzt Euch um Himmels willen hin!« Er schaute sich kläglich um. »Das verdammte Ding hier fängt an zu schaukeln!«

Kathryn, die ein Kichern unterdrücken mußte, setzte sich an den fleckigen Tisch. Das kleine Faß war ihr nicht ganz geheuer. Bogbean rief einer schmalgesichtigen Schlampe etwas zu, und das Mädchen setzte ihnen überschwappende Bierkrüge vor. Kathryn dachte an den guten Rat des Kesselflickers; sie weigerte sich, das Gefäß auch nur anzurühren. Bogbean leerte seinen Krug und setzte anschließend Kathryns an die Lippen.

»Nun«, schmatzte er mit Bierschaum auf den Lippen, »stellt Eure Fragen.«

»Hast du für Tenebrae gearbeitet?«

»Jawohl, und jetzt ist er tot, der Dreckskerl. Und was noch schlimmer ist, Bogbean hat keine Arbeit mehr.«

»Was mußtest du tun?« fragte Kathryn.

»Türsteher am Hinterausgang«, verkündete Bogbean wichtigtuerisch. »Immer, wenn Master Tenebrae Besuch hatte.« Er beugte sich näher zu ihnen. »Und glaubt mir, Mistress, der hatte Gäste! Die Großen und Mächtigen, Kirchenfürsten.« Er blinzelte und tippte sich an die fleischige Nase. »Was Bogbean sieht, vergißt Bogbean nicht!«

»Und was war deine Aufgabe?« fragte Kathryn.

»Ich habe die Tür bewacht. Niemand ging hinein.« Er schlürfte erneut von seinem Krug. »Das ging ja auch nicht. Trotzdem, niemand kam ohne Bogbeans Wissen heraus.«

»Und heute morgen?«

»Tja, es regnete in Strömen. Sir Raymond Hetherington

und seine Leute kamen. Morel hat sie mir angekündigt.« Bogbean lehnte sich zurück und verengte die Augen zu Schlitzen. »Habt Ihr Morel kennengelernt?« Er schüttelte den Kopf. »Der ist so merkwürdig wie sein Herr: Der hat sie doch nicht alle, der Mann.«

»Sir Raymond Hetherington?« hakte Colum nach.

»Oh, ja, der Goldschmied. Sie sind alle heruntergekommen: Hetherington zuerst, dann Neverett, Condosti, Brissot, Fronzac und Greene. Zuletzt diese alte Witwe, ich hab' ihren Namen vergessen.« Er tippte sich an den Kopf. »Mein Hirn weicht auf. Ach, ja, Dauncey.«

»Woher kanntest du die Namen?«

Bogbean zog ein schmutziges Pergamentstück aus seinem noch schmutzigeren Ärmelaufschlag und legte es auf den Tisch.

»Können wir das mitnehmen?« fragte Kathryn und betrachtete es genauer.

»Es ist eine Namensliste«, erklärte Bogbean. »Und ich kann lesen. Als Junge hab' ich die Schule der Kathedrale besucht. Master Tenebrae hat mir immer eine Liste der Leute gegeben, die ihn besuchten, in der Reihenfolge, in der sie kamen.«

»Und das hier ist die Liste?« wollte Kathryn wissen.

Bogbean zuckte die Achseln. »Sie schlichen alle auf leisen Sohlen und haben kein Wort mit mir geredet, außer der Alten, Dauncey; sie hat gelächelt und mir eine Münze gegeben. Sie hat ihren Geldbeutel fallenlassen. Ich hab' ihr geholfen, die Pennies aufzulesen. Sie hat sich bedankt und gesagt, ich würde sie, so Gott wolle, im nächsten Jahr wiedersehen.«

»Und sonst nichts?«

Bogbean schüttelte den Kopf. »Nein. Warum auch?«

»Ist jemand durch die Tür hineingegangen?« fragte Colum.

Bogbean schüttelte wieder den Kopf. »Keine Maus, kein

Spatz. Master Tenebrae war ein strenger Meister. Hätte ich meinen Platz verlassen, und wenn es auch nur zum Pissen gewesen wäre, hätte er mir den Kopf abgerissen!«

Colum legte eine Münze auf den Tisch.

Sie verließen die Schenke und gingen zurück zur Saint Peter's Lane. Morel, der in der schattigen Ecke eines Ladeneingangs stand und gierige Blicke hinter Kathryn herschickte, bemerkten sie nicht.

Vier

Kathryn und Colum kehrten in die Ottemelle Lane zurück. Der Ire hatte beschlossen, es sei zu spät, noch nach Kingsmead zu gehen. »Holbech wird sich um alles kümmern«, sagte er. Holbech war sein Leutnant. Colum kaute auf der Unterlippe. »Trotzdem sind Abrechnungen fällig; der Königliche Schatzmeister will sie noch vor Mariä Verkündigung haben.«

Auch für Kathryn gab es Arbeit, denn eine ganze Reihe Patienten suchten sie auf: Der erste war der Bettler Rawnose, dessen Kopfhaut völlig verschorft war, was seiner Geschwätzigkeit jedoch keinen Abbruch tat. Er ließ sich nicht davon abhalten, Kathryn den neuesten Stadtklatsch zu berichten.

»In Bean Wood hat man Feen um den aufrecht stehenden Stein tanzen gesehen. Auf einem Hof in der Nähe von Maidstone wurde letzte Woche ein Lamm mit zwei Köpfen geboren. Es heißt, der König wird Frankreich den Krieg erklären, und seine Bevollmächtigten werden bald Truppen ausheben ...«

Kathryn hörte Rawnoses Geschwätz nur mit halbem Ohr zu. Endlich schickte sie ihn fort, nachdem sie die Kopfhaut mit Johanniskrautöl eingerieben hatte. Rawnose war glücklich. Der nächste war Bäcker Mollyns, der sich über einen bitteren Geschmack im Mund beklagte. Er bekam einen Auszug aus Gundelrebe. Unter den Wartenden befand sich auch der Metzger Peterkin, der sich ins Handgelenk geschnitten hatte. Während Kathryn einen Breiumschlag zubereitete, schimpfte Thomasina lautstark mit dem Mann, warum er mit seinen Messern nicht ein bißchen besser aufpassen könnte.

Kathryn fiel es schwer, sich zu konzentrieren. Sie mußte immer wieder an das finstere Zimmer und Tenebraes zusammengesunkene Leiche denken. Auf welche Weise hatte man ihn umgebracht? fragte sich Kathryn. Niemand hatte sich gewaltsam Zutritt verschafft, und der Magier war noch am Leben, als Morel hinaufging, nachdem alle Besucher gegangen waren.

»Ihr träumt mit offenen Augen!« fuhr Thomasina sie an. »Doch nicht schon wieder von dem Iren? Der macht Euch noch völlig verrückt! Ich weiß noch, was mein Vater immer über Iren gesagt hat ...«

»Thomasina! Ich kenne die Äußerungen deines Vaters über Iren nur zu gut.«

»Na ja, er mußte es schließlich wissen«, erwiderte Thomasina. »Er war ja selbst Ire.«

Kathryn war verblüfft. »Das habe ich nicht gewußt, Thomasina.«

»Oh, ja, ein paar Jahre hat er beim Herzog von Cambridge gedient. Als Bogenschütze war er in Frankreich.«

Thomasina war im Begriff, mit ihrer Familiengeschichte fortzufahren, als es an der Tür klopfte. Ein alter, gebeugter, weißhaariger Mann schlurfte herein.

»Oh, es ist Hecken-Jack!« rief Thomasina.

Sie half dem Besucher, auf einem Hocker am Tisch Platz zu nehmen. Jack schenkte ihr ein zahnloses Lächeln. Die tränenden Augen zwinkerten vor Vergnügen.

»Thomasina, rund und fröhlich wie immer, was? Ein knuspriger Happen zwischen den Laken, he?«

Thomasina versetzte dem alten Mann einen freundschaftlichen Klaps auf die Hand, während Kathryn vor ihm in die Hocke ging. Sie hatte nie seinen richtigen Namen erfahren, aber alle Welt nannte ihn Hecken-Jack, denn er lebte draußen auf den Feldern in einer Lehmhütte am Stour.

»Was fehlt Euch, Jack?« fragte Kathryn.

»Ich habe Schmerzen«, klagte der alte Mann. Er öffnete den Mund und zog die trockene Lippe hoch, um ihr die entzündeten Kiefer zu zeigen. »Ich dachte, es würde von allein weggehen. Es hat mir immerzu wehgetan, das. Als ich mit König Hai nach Agincourt ging, hat mir das Zahnfleisch höllische Schmerzen bereitet.«

Kathryn mußte über den alten Mann lächeln. Niemand wußte genau, wie alt er war, aber er behauptete, er sei im Jahr 1415, als König Heinrich V bei Agincourt die Franzosen besiegte, ein kleiner Junge gewesen. Kathryn gab ihm etwas Hagebuttensirup, ein entzündungshemmendes Mittel aus wilder Hagebutte, sowie ein kleines Stück Baumwolle, mit dem er es auf das Zahnfleisch tupfen konnte. Sie schaute ihm in die listigen, alten Augen.

»Eigentlich seid Ihr aber nicht wegen Eures Zahnfleisches hier, oder, Jack?«

»Sie haben mir mein Ruhegeld nicht gezahlt«, stammelte der Alte. »Die Mönche in Christchurch. Auf das Geld habe ich ein Anrecht.« Er zog ein zerknittertes Pergament mit einem alten Siegel aus der Tasche. »Drei Schillinge alle drei Monate. Die gerissenen Kerle tun so, als wäre ich tot.«

Kathryn steckte dem alten Mann eine Münze zu.

»Nehmt den Hagebuttensirup, Jack. Thomasina wird Euch etwas zu essen einpacken. Morgen geht Thomasina zum Abt von Christchurch, das verspreche ich Euch.«

»Und ob«, sagte die Amme. »Ich werde diesem kahlgeschorenen Leisetreter von Almosenpfleger sagen, er soll seine Truhen aufmachen. Dann komme ich zu dir, Jack, mein Alter. Sorge dafür, daß genug Holz für ein warmes Feuer da ist.«

»Wenn du dableibst«, flüsterte Jack ihr zu, »ist es warm genug.«

»Pfui!« rief Thomasina in gespieltem Entsetzen.

Kathryn suchte das Weite, als Wuf in die Küche gestürmt

kam. Während Thomasina das Essen einpackte, nahm der Junge Jack mit in den Garten, damit er ihm noch einmal, wie schon so oft, seine berühmten Abenteuer erzählte.

Allmählich wurde es dunkel. Kathryn zog sich in ihr Zimmer zurück, um sich zu waschen und ihr bestes Kleid aus dunkelgelbem Taft anzuziehen, das an Ärmeln und Hals mit weißem Leinen eingefaßt war. Sie setzte sich auf ihr Bett und kämmte sich. Was würden sie wohl beim Abendessen der Pilger erfahren? Colum klopfte an die Tür, sagte, er sei fertig.

»Ich komme gleich«, rief Kathryn zerstreut.

Sie zog eine Wollhose über, prüfte nach, ob ihr Unterkleid richtig saß und legte ein wenig Farbe auf. »Das Vergolden der Lilie«, wie Colum es nannte. Dann steckte sie die Haare hoch, setzte eine dunkelblaue Haube auf und holte ein Paar weiche Lederstiefel aus dem Schrank. Colum wartete in der Küche auf sie. Er hatte ein schwarzes Wams angezogen, eine dazu passende Hose und lederne Reitstiefel. Um den Hals trug er seine silberne Amtskette, als wollte er die mächtigen Goldschmiede auf seine Position hinweisen; den großen, ledernen Kriegsgürtel hatte er über die Schulter gehängt. Als er Kathryn erblickte, fuhr er sich mit beiden Händen über Kinn und Wangen.

»Um Eurer Frage zuvorzukommen, Mistress, ich bin frisch gewaschen und rasiert.« Er strich sich über den Kopf. »Ich habe mir sogar meine goldenen Locken gekämmt.«

»Wozu soll das schon gut sein«, fauchte Thomasina. »Schließlich kann man aus einem Schweinsohr kein Seidentäschchen machen!«

Colum lachte.

»Ist Hecken-Jack schon fort?« fragte Kathryn, ehe Thomasina das Wortgefecht fortsetzen konnte.

»Oh, ja, der ist mopsfidel von dannen getrabt.«

Kathryn setzte sich neben Colum.

»Muß das sein?« fragte sie und deutete auf den Kriegsgürtel mit Schwert und Dolch.

»Canterbury ist heutzutage ein gefährliches Pflaster«, erwiderte Colum. »Wo Pilger sind, gibt es auch Diebe, Langfinger und Räuberbanden, die für einen Penny selbst einem Kind die Kehle aufschlitzen würden.«

Kathryn war im Begriff zu widersprechen, als es an der Tür klopfte. Agnes öffnete, und Kathryn zog ein langes Gesicht, als sie Foliots Stimme erkannte. Er schlenderte in die Küche, wie üblich ganz in Schwarz, als sei es unter seiner Würde, auch nur den Anschein zu erwecken, er wolle sich dem Anlaß entsprechend kleiden.

»Ihr habt eine Einladung erhalten«, sagte er und küßte Kathryn, die sich zur Begrüßung erhoben hatte, die Hand.

Zuvorkommend verneigte er sich vor Colum. »Da dachte ich mir, wir könnten doch gemeinsam gehen.« Er klopfte mit der Stiefelspitze auf den Boden und schaute sich um. »Euer Ruf als Ärztin, Mistress Swinbrooke, eilt Euch voraus. Es muß sehr schön sein, ein Zuhause zu haben, einen Ort, an den man sich zurückziehen kann.«

»Habt Ihr denn kein Zuhause?« fragte Kathryn.

Foliot lächelte und zeigte auf Colum. »Fragt den Iren. Bei Hofe kann man sich nicht zurückziehen. Nun ja.« Er hielt inne, als die großen Glocken der Kathedrale zu läuten begannen. »Unsere Gastgeber erwarten uns.«

Colum, der über das Eintreffen Foliots nicht gerade begeistert war, murmelte, er wolle die Pferde holen. Kathryn verabschiedete sich von den anderen und führte Foliot auf die Straße hinaus. Colum kam mit den Pferden aus dem Stall eines nahegelegenen Wirtshauses. Foliot half Kathryn galant beim Aufsteigen. Dann brachen sie auf und ritten zu dritt über die Ottemelle Lane in die Saint Margaret's Street. Colum saß mit steifem Rücken auf seinem Pferd, während Kathryn sich über Foliots Schweigsamkeit wunderte. Sie beugte sich zu ihm hinüber.

»Kennt Ihr einen der Goldschmiede?«

»Nein, Mistress, aber ich kenne Menschen ihres Schlages: Ich erkenne den Typ – reich und mächtig, Nährboden für Leute wie Tenebrae. Wißt Ihr, Bankiers und Goldschmiede lieben die Macht. Sie bevorzugen Stabilität, die jedoch während des Bürgerkriegs nicht gegeben war. Infolgedessen verhandelten sie über dunkle Kanäle mit beiden Seiten. Heute haben sie Angst, daß ihre geheimen Sünden ans Tageslicht kommen.«

»Aber Tenebrae kannte ihre Geheimnisse?«

»Wahrscheinlich. Außerdem die Skandale aus ihrem Privat- oder Familienleben. Ich wette mit Euch um die besten Glacéhandschuhe, Mistress Swinbrooke, daß Tenebrae wegen seiner Gier nach Macht und Reichtum ermordet wurde.«

»Wie sagte doch Chaucers Ablaßkrämer«, rief Colum ihnen über die Schulter hinweg zu, »›Der Hang zu Reichtum ist die Wurzel allen Übels‹.«

»Ihr kennt Chaucer, Ire?«

Colum zügelte sein Pferd. »Ich habe seine *Canterbury-Erzählungen* gelesen.«

»Mein Großvater hat ihn persönlich gekannt«, erwiderte Foliot. »Der Dichter arbeitete als Lehrbursche im Zollamt.«

Kathryn unterdrückte ein Lächeln. Foliot hatte ins Schwarze getroffen und Colums Interesse geweckt. Die beiden Männer begannen, sich darüber zu ereifern, welche Geschichte die beste sei, und ob die Erzählungen besser seien als *Das Parlament der Vögel* oder *Das Buch der Herzogin.* Kathryn ließ sie streiten und klopfte ihrem Pferd den Hals; zuweilen fand sie Colums ständiges Zitieren Chaucers ermüdend, war aber jetzt froh, daß er Zerstreuung fand. Sie schaute sich auf der Saint Margaret's Street um. Die Pilger eilten zu dieser Zeit in Scharen in die Schenken und Gasthäuser zurück und schnatterten munter aufeinander ein. Manche kamen aus der Nähe, andere wiederum aus Grafschaften noch nördlich des Trent. Diejenigen unter ihnen, die breitrandige Hüte trugen, einen Stab und Jakobsmuscheln bei sich hatten, waren weithin als Berufspilger erkennbar, welche die Grabstätten der Heiligen Ursula in Köln oder des Heiligen Johannes in Compostela besucht hatten.

Die Händler hatten ihre Stände abgebaut. Nur vereinzelt hielten noch Hausierer oder dürre Bettler nach Kundschaft Ausschau. Am Hetzpfahl für Bullen vorbei gelangten sie auf den Buttermarkt von Burghgate. Dort hatte sich eine Gruppe Neugieriger um eine Bettlersfrau geschart, die einen verrückten Tanz auf glühenden Kohlen aufführte, welche man aus einem Kohlebecken entwendet hatte. Die arme Frau hielt eine Zeitlang durch, doch als die Schmerzen zu stark wurden, mußte sie zu einer Pferdetränke laufen und sich die verbrannten Fußsohlen kühlen. Kathryn hätte gern angehalten, aber Foliot schaute sich nach ihr um.

»Die Welt ist eben grausam, Mistress Swinbrooke. Daran können wir nichts ändern!«

Zufällig kam ein Mönch vorbei, der sich der Verrückten annahm. Sie durchquerten Burghgate und erreichten den großen, gepflasterten Hof des ›Turmfalken‹. Es war ein geräumiges, wohlhabendes Wirtshaus, dessen untere Etage aus roten Ziegelsteinen gemauert war. Die drei oberen Stockwerke bestanden aus schimmerndem rosa Putz und glänzenden schwarzen Balken unter breiten, hölzernen Dachtraufen. Die Fenster im Erdgeschoß waren aus gerahmtem Glas, manche sogar getönt oder bunt gefärbt. Entlang der Mauer standen hübsch angestrichene Ställe und Außengebäude. Stallburschen und Pferdeknechte waren eifrig damit beschäftigt, die Pferde zu füttern und für die Nacht fertig zu machen. Kathryn und ihre Begleiter stiegen ab, reichten den wartenden Stallburschen die Zügel und betraten die geräumige Eingangshalle aus frisch gescheuertem, honigfarbenem Sandstein. Gefache und Holzwerk waren erst vor kurzem gestrichen. Sir Raymond Hetherington und die anderen Pilger hatten an einem Fenstertisch im großen Schankraum Platz genommen. Sie hatten sich herausgeputzt, und die geröteten Gesichter, die blitzenden Augen, die schrillen Töne ihrer lebhaften Unterhaltung zeigten, daß alle schon ziemlich tief ins Glas geschaut hatten. Colum entschuldigte ihr Zuspätkommen, aber Hetherington winkte ab.

»Seid willkommen, willkommen!«

Ohne ein weiteres Wort zu verlieren, ging Hetherington allen voran eine breite, geschwungene Treppe hinauf in einen eigens für sie reservierten Raum im ersten Stock. Die Wände waren mit schimmernder, dunkelbrauner Eiche getäfelt. Ein kleines Feuer brannte im Kamin. In der Mitte des Raumes hatte man eine große Holzplatte auf Böcken aufgestellt und mit goldbesetzten, cremefarbenen Leinentüchern bedeckt. Über den Wandpaneelen flackerten und blakten Fackeln, und auf dem Tisch standen Bienenwachskerzen und Öllampen. Hetherington wies ihnen die Plätze zu: Kathryn zu seiner Rechten, Colum und Foliot zu seiner Linken, die übrigen Gäste nahmen entsprechend der Rangordnung Platz, derzufolge Fronzac und Brissot unterhalb des polierten, silbernen Salzfäßchens in Form eines Schiffes zu sitzen kamen. Rasch wurde das Essen aufgetragen; Brietarte, Pilzpastetchen, eine Rahmsuppe aus Schweinefleisch, Huhn in Rosenwasser, Gans, gerösteter Fasan und Kapaun in Pfeffersoße. Der Wirt, der sich auf einen beachtlichen Gewinn freute, ließ seine Diener und Schankgehilfen springen. Zunächst verlief das Gespräch im Plauderton, obwohl Brissot, der Kathryn imponieren wollte, seinen Tischgenossen in weinseliger Laune eine Lektion über die Vorzüge von Salbei hielt.

»Es wird unter dem Einfluß von Jupiter gepflanzt«, posaunte er hinaus, »und ist gut für Leber und Blut. Salbei fördert den Urin, reinigt den Magen von Geschwüren und heilt Blutspucken und Auswurf.«

Kathryn schickte einen Blick ans Tischende und nickte wissend. Foliot nutzte das verlegene Schweigen und klopfte mit einem versilberten Zinnlöffel auf den Tisch.

»Sir Raymond, wir danken Euch für die Gastfreundschaft.« Er zwinkerte Kathryn, die nur wenig gegessen und noch weniger getrunken hatte, schalkhaft zu. »Aber wir müssen Euch noch ein paar Fragen zu Tenebraes Tod stellen.«

Er hielt inne und trank einen Schluck aus seinem Becher. Kathryn spürte, wie die Stimmung im Raum umschlug. Wenn diese mächtigen Leute gehofft hatten, Tenebraes Tod sei eine vorübergehende Erscheinung gewesen, dann wurden sie nun bitter enttäuscht.

»Ihr alle habt zwischen neun und zwölf Uhr mittags bei Tenebrae vorgesprochen«, fuhr Foliot fort. »Und wenn ich mich nicht irre, wart Ihr der erste Besucher, Sir Raymond?«

Der dicke Goldschmied rülpste zustimmend.

»Dann kamen Neverett, die hübsche Mistress Condosti, dann ich und Fronzac!« dröhnte Brissot lauter als beabsichtigt. »Zuletzt waren Master Greene und Witwe Dauncey bei ihm.«

Die anderen stimmten ihm im Chor zu.

»Seid Ihr sicher, daß es Tenebrae war?«

»Natürlich!« fuhr Greene ihn mit essigsaurer Miene an. »Was glaubt Ihr wohl, wen Ihr vor Euch habt, Mistress? Bauerntölpel?«

Seine Worte lösten eine Welle der Heiterkeit aus.

»Und wer hat die Reihenfolge festgelegt?« fragte Kathryn.

»Nun, wir alle«, schaltete Neverett sich ein. »Als wir nach Canterbury kamen, traf Master Fronzac, unser Schreiber, die Verabredungen für uns. Jedem von uns wurde die gleiche Zeitspanne eingeräumt, ungefähr zwanzig Minuten mit kurzen Pausen dazwischen. Auch die Kosten waren dieselben, mindestens ein Silberstück.«

»Und wie hat Master Tenebrae diese Unterredungen durchgeführt?« fragte Kathryn.

»Ihr habt ja sein Zimmer gesehen«, begann Louise Condosti mit einfältigem Lächeln. »Manchmal konnte es furchterregend zugehen. Master Morel führte uns die Treppe hinauf und klopfte dreimal an die Tür. Immer dasselbe: Tenebrae fragte, wer da sei, und Morel antwortete: ›Jemand, der die Wahrheit sucht.‹«

»Und dann?« fragte Colum, der an der Vorstellung, wie leichtgläubig diese reichen, intelligenten Menschen waren, sichtlich Gefallen fand.

»Das hing von den jeweiligen Umständen ab«, antwortete Witwe Dauncey schnippisch. »Ich habe auf dem Hocker von Master Tenebrae gesessen. Man tauschte ein paar Höflichkeiten aus, aber dann stellte ich meine Fragen.«

»Welche zum Beispiel?« hakte Kathryn nach.

Die Witwe war verärgert und holte tief Luft, so daß die Nasenflügel bebten.

»Müßt Ihr das wirklich wissen?« fragte sie leise. Mit einem raschen Blick auf Foliots ungehaltene Miene seufzte sie. »Na schön, wenn Ihr darauf besteht. Es waren Fragen, die wohl jeder einem solchen Mann stellen würde: die Zukunft ...« Witwe Dauncey hielt inne und Kathryn war klar, daß sie sehr vorsichtig war. Fragen nach der Stabilität des Königshauses oder der Gesundheit des Königs konnten als Verrat ausgelegt werden. Witwe Dauncey versuchte, ihre Verwirrung zu verbergen und nahm einen Schluck aus ihrem Kelch. »Welche Märkte gedeihen würden«, fügte sie hastig hinzu. »Welche Gefahren ich zu erwarten hätte.«

»Und wie hat Tenebrae darauf geantwortet?«

»Er benutzte die Tarotkarten: das Münz As steht für Glück; die Schwert Fünf bedeutet Verlust; die Münz

Drei Gewinn; die Stab Fünf Bedrängnis.« Witwe Dauncey zuckte die Achseln.

»Und was hält die Zukunft für Euch bereit?« fragte Colum.

»Wohlstand!«

»Gilt das auch für die anderen hier?« fragte Foliot.

»Gefahr besteht immer«, fuhr Hetherington ihn an.

»Was ist mit dem Zauberbuch?« fragte Kathryn und beobachtete genau die Reaktion der Pilger. »Wozu hat Tenebrae das Zauberbuch des Honorjus benutzt?«

»Er las immer daraus vor«, meldete sich Greene. »Er sprach eine Beschwörungsformel, ehe er die Karten auslegte.«

Kathryn warf Colum einen kurzen Blick zu. Sie lügen, sagte ihr Blick, wir werden nie die Wahrheit aus ihnen herausbekommen.

»Wie sah das Zauberbuch aus?« fragte Colum.

»Ungefähr so groß wie ein Meßbuch, mit seltsamen Edelsteinen besetzt und in eine Art Kalbsfell eingebunden«, antwortete Greene.

»Ihr seid also alle zum vereinbarten Zeitpunkt zu Tenebrae gekommen?« fragte Kathryn.

»Ja«, antwortete Neverett. »Wie Witwe Dauncey bereits sagte. Wir saßen vor dem Tisch. Tenebrae war immer ganz in Schwarz, trug eine Maske und hatte die Kapuze tief ins Gesicht gezogen. Er sprach leise, aber tief und eigentlich nicht im Plauderton. Es wurde kein Wein gereicht. Tenebrae ließ mich zur Hintertür hinaus in den kleinen Vorraum. Von dort ging ich die Treppe hinunter zum Ausgang und trat in die Gasse hinaus, in der dieser Bogbean wartete.« Neverett lachte nervös auf. »Tenebrae legte stets großen Wert darauf, daß niemand, der ihn um Rat befragte, jemandem begegnete, der gerade das Haus verließ.«

»Habt Ihr seiner Weisheit denn Glauben geschenkt?«

fragte Kathryn und schaute in die Runde. »Mächtige Goldschmiede! Ist Euch niemals in den Sinn gekommen, daß Tenebrae ein Spion war, der seine Hand überall – landauf, landab – im Spiel hatte? Daß er Einblicke gewann, die er unter dem Deckmantel der Magie weiterverwendete?«

»Wenn das nicht rechtens war«, fragte Hetherington, »warum hat man Tenebrae dann nicht ins Gefängnis gesteckt? Ich glaube, Master Foliot, selbst Ihre Majestät die Königin, der Herr möge sie beschützen, hatte mit dem Magier zu tun.«

»Die Geschäfte Ihrer Majestät in dieser Angelegenheit«, entgegnete Foliot, »sind kein Gegenstand für Plaudereien und gehören nicht in gewöhnliche Berichte.«

»Nun«, entgegnete Hetherington, dessen Gesicht inzwischen rot angelaufen war, bissig, »dann gehen unsere Geschäfte auch niemanden etwas an, Sir! Ja, wir waren bei Tenebrae, aber das ist schließlich kein Verbrechen. Wir waren vielleicht die letzten, die ihn lebend gesehen haben, aber beweist das schon einen Mord? Ihr seid seinem Diener Morel begegnet. Er ist eines Mordes ebenso fähig wie jeder andere. Und woher wissen wir, Master Foliot, was gesprochen wurde, als Ihr ihn am frühen Morgen aufgesucht habt? Ihr wart doch bei ihm, oder?«

In diesem Augenblick verlor der Gesandte der Königin zum ersten Mal ein wenig die Fassung. Foliot öffnete den Mund zu einer Antwort, besann sich aber eines besseren.

»Ach, kommt!« spielte sich Brissot auf. »Master Tenebrae war ein mächtiger Mann und hatte seine Feinde.« Er setzte ein altväterliches Lächeln auf. »Und ich bin sicher, die Wahrheit wird bald herauskommen.« Er streckte sich und gähnte. »Aber der Abend naht. Wie wäre es, wenn wir unseren Wein draußen im Garten trinken?«

Damit waren alle einverstanden. Die Atmosphäre im Raum wurde allmählich drückend, die Nerven lagen blank. Sie nahmen ihre Weinkelche und gingen die Treppe hinunter, durch den verlassenen Schankraum, in dem erschöpfte Küchenjungen sich auf Strohsäcken ein Nachtlager bereiteten. Draußen hinter der Schenke befand sich ein kleiner, gepflasterter Hof, der von einer Mauer und einem Gartentor umgeben war. Die Nachtluft war angenehm kühl und erfrischend nach dem überhitzten, stickigen Festsaal. Kathryn schaute bewundernd zu den Sternen hinauf, die den dunklen Himmel erhellten. Sie gingen durch das Tor und kamen in einen Kräutergarten. Der Duft von Zitronenmelisse, Petersilie, Rosmarin, Schafgarbe stieg Kathryn in die Nase. Nachdem sie an den Hühnerställen und Taubenschlägen vorbei gegangen waren, blieb sie plötzlich stehen und rümpfte die Nase über den beißenden Gestank. Brissot, der neben ihr ging und sie mit der Aufzählung zahlreicher wundersamer Heilungen erquickte, hielt in seinem Monolog inne. Auch Foliot fluchte und hielt sich die Nase zu, während Colum nur lachte.

»Habt Ihr denn noch nie Schweine gerochen?« fragte der Ire.

»Zum Wirtshaus gehört ein eigener Bauernhof«, erklärte Fronzac und zeigte auf einen kleinen Pferch, der durch einen hohen Zaun abgetrennt war. Kathryn hörte das Grunzen, Schaben und Stoßen der Schweine dahinter. Colum, dem der Schalk im Nacken saß, nahm sie beim Ellbogen.

»Kommt weiter, Kathryn«, flüsterte er ihr zu. »In Irland haben sich diese Geschöpfe als großartige Spaßmacher erwiesen.«

Colum führte sie zum Zaun, Fronzac und Foliot folgten ihnen, die anderen blieben stehen. Sie stellten sich auf einen Baumstumpf, und Kathryn warf einen neugierigen Blick über den Zaun. Sie schaute in ein Heer wütender Augen, borstiger Schnauzen, büscheliger Ohren, fetter Bäuche und vor Wut hoch erhobener Schwänze. Hastig stieg sie wieder herunter.

»Spaß, Ire?«

Trotz der Dunkelheit konnte Kathryn erkennen, daß Colum von einem Ohr zum anderen grinste.

»Mein Vater hatte einen kleinen Bauernhof«, sagte er. »Hin und wieder haben wir diese Tiere nur so aus Spaß freigelassen. Es sind keine Wildschweine; Hausschweine sind wütend und beißen. Man muß wie ein Windhund rennen, will man ihnen entkommen.«

Kathryn ging zu den anderen zurück. Louise Condosti, die sich ein Tuch vor Mund und Nase hielt, hatte sich schüchtern an ihren Verlobten gelehnt.

»Ich kann diese Tiere nicht ausstehen.«

»Fronzac ist begeistert von ihnen«, bemerkte Greene gehässig.

»Meinem Vater gehörte eine Schenke wie diese hier«, sagte der Schreiber. »In der Nähe von Mapledurham an der alten Straße nach Westen. Stundenlang konnte ich ihnen beim Fressen zuschauen.«

»Soll das unser einziger Zeitvertreib sein?« polterte Hetherington los und wandte sich an Colum und Foliot. »Wie lange, Sir, müssen wir denn in Canterbury bleiben?«

Colum schaute den Gesandten des Königs an.

»Heute ist Dienstag«, erwiderte Foliot bedächtig. »Wenn Tenebraes Tod auch Ende der Woche noch ein Rätsel bleibt, dann könnt Ihr abreisen.« Er hob eine Hand, um die Proteste zu unterbinden. »Aber wenn Ihr zurück in London seid, werden sich die Königlichen Gerichte mit der Angelegenheit befassen.«

Danach verabschiedeten sich Colum, Foliot und Kathryn. Kathryn hatte das sichere Gefühl, daß die Pilger froh waren, sie von hinten zu sehen. Sie bestiegen ihre Pferde und ritten hinaus auf die vom Mond hell erleuchteten Straßen von Burghgate. Überall waren jetzt die Fensterläden geschlossen, und sie trafen unterwegs nur auf die eine oder andere streunende Katze und gelegentliche Bettler, die aus der Dunkelheit um Almosen baten.

Schweigend bogen sie in die Saint Margaret's Street ein. Foliot zügelte plötzlich sein Pferd und drehte sich zu Kathryn und Colum um.

»Nun«, fragte er. »Was schließt Ihr aus dem Ganzen?«

»Sie lügen«, sagte Kathryn. »Sie haben an den Magier geglaubt. Oh, nicht etwa, weil er ein Magier war, sondern weil er viel wußte, Tatsachen aufschnappte, Klatsch hier und Tratsch da.«

Foliot nickte. »Stimmt. Das ist die Arbeitsweise solcher Männer. Man geht zu ihnen und bekommt beim ersten Mal Honig ums Maul geschmiert. Sobald sie aber Euren Namen und Eure gesellschaftliche Stellung erfahren haben, ziehen sie Erkundigungen ein und sammeln Wissenswertes. Tenebrae war da nicht anders.«

»Glaubt Ihr, der Mörder war einer von ihnen?« fragte Colum.

Kathryn antwortete nachdenklich: »Was ist, wenn sie ihn alle zusammen umgebracht haben?«

Colum schaute zwischen den überhängenden Häusergiebeln hindurch in den sternenklaren Himmel.

»Aber Morel ging nach ihnen hinauf; er hat mit seinem Herrn gesprochen.«

Kathryn schüttelte den Kopf. »Woher wollen wir denn wissen, ob das stimmt? Tenebrae war ganz in Schwarz gekleidet und hatte das Gesicht hinter einer Maske und unter einer Kapuze verborgen; einer von den Kaufleuten hätte seine Stimme durchaus nachahmen können.«

Foliot lachte. »Ihr seid zu scharfsinnig, Mistress Swinbrooke.«

»Um Eure Frage zu beantworten, Colum«, fügte Kathryn freimütig hinzu, »ich glaube noch immer, daß einer von ihnen, wenn nicht sogar alle gemeinsam, Tenebrae umgebracht haben. Auf welche Weise oder wann, bleibt rätselhaft. Auch der Wein, das gute Essen und die Artigkeiten können nicht darüber hinwegtäuschen, daß eine gewisse Spannung und Wachsamkeit herrschen. Sie trauen einander nicht über den Weg.«

»Wie wollen wir also fortfahren?« fragte Foliot. »Ich könnte in die Schenke zurückkehren und sie durchsuchen, bis ich das Zauberbuch gefunden habe.«

Kathryn schüttelte den Kopf. »Das *Buch des Todes* ist irgendwo versteckt.« Sie kaute auf der Unterlippe. »Nein, wir müssen nur den losen Faden finden. Daran müssen wir ziehen, damit die Wahrheit aufgeribbelt wird.«

»Dann sputet Euch.« Foliot nahm die Zügel wieder auf. Er beugte sich vor und reichte Kathryn die Hand. »Wenn ich mit dem Zauberbuch nach London zurückkehre, wird Ihre Majestät ein Leben lang Eure Freundin bleiben, wenn nicht ...«

»Was, wenn nicht, Sir?« fuhr Kathryn ihn unfreundlich an. »Wollt Ihr mir etwa drohen?«

Im Schein einer Fackel, die an dem Türpfosten eines Hauses angebracht war, sah Kathryn Foliots traurigen Blick, der seine Gesichtszüge weicher erscheinen ließ.

»Ich würde Euch niemals drohen«, versprach er. »Aber die Königin. Sagt mir, Mistress Swinbrooke, was wäre Canterbury noch für Euch, wenn man Master Murtagh nach London zurückbeordert?«

Foliot wartete die Reaktion auf seine Worte nicht ab, sondern trieb sein Pferd zurück in Richtung Queningate. Kathryn schaute ihm nach. Der Magen krampfte sich ihr zusammen, und ihr Mund wurde trocken.

»Können sie das denn?« murmelte sie.

Colum schaute sie finster an.

»Antwortet mir!« fuhr sie ihn an. »Wären sie dazu in der Lage?«

Colum schlang die Zügel um eine Hand.

»Nach der Schlacht bei Tewkesbury«, sagte er, »hat der König mir zugesichert, daß ich diese Stellung lebenslang bekleiden würde. Es wäre jedoch nicht das erste Mal, daß eine solche Garantie zurückgenommen oder für ungültig erklärt wird.«

»Würdet Ihr denn zurückgehen?« Für Kathryn spielten weder die dunkle Straße noch Tenebraes Tod eine Rolle mehr.

Colum lächelte. »›Um meine Dame zu lieben‹«, zitierte er aus Chaucers *Ritter*, »›die ich liebe und der ich diene und stets dienen will, bis mein Herz nicht mehr schlägt‹.«

»Macht Euch nicht über mich lustig, Ire!«

Colum wurde ernst. »Nein. Ich habe Euch meine Antwort gegeben. Foliot und seine Herrin sollen bleiben, wo der Pfeffer wächst.« Er nahm Kathryns Zügel in die Hand und trieb beide Pferde vorwärts. »Ich für meinen Teil werde einen Laden in Canterbury eröffnen und Heilmittel verkaufen«, fügte er hinzu.

Kathryn funkelte ihn zornig an. Ihr war kalt geworden, nachdem Foliot seine Drohung ausgesprochen hatte. Sie war wütend, daß seine Worte ihr so viel ausmachten, doch dann erinnerte sie sich an seinen traurigen Blick und erkannte, daß Foliot sie stillschweigend warnen wollte.

»Glaubt Ihr, es gibt eine Lösung?« fragte Colum.

»Gegen jede Krankheit gibt es ein Mittel«, antwortete sie kurz angebunden. »Nur gegen die eine nicht.«

»Welche?«

»Ein gebrochenes Herz!«

Kathryn trieb ihr Pferd weiter, ohne auf die in die Straße hineinragenden Wirtshausschilder zu achten. Sie bogen in die Ottemelle Lane ein. Kathryn stieg ab, warf Colum die Zügel zu und ging in die Küche, während er die Tiere in den Stall brachte. Thomasina döste in der Herdecke vor sich hin. Sie zuckte zusammen und erhob sich geschwätzig, aber Kathryn bestand darauf, daß sie sich zurückzog.

»Nicht vor dem verdammten Iren, ganz sicher nicht!« brabbelte Thomasina vor sich hin. »Ich kenne seinesgleichen, weinselig wie sie sind, und ab geht die Post!«

»Thomasina!«

Die Amme schaute in Kathryns blasses Gesicht mit der energischen Kinnpartie und den Fältchen um die Augen. »Ich gehe zu Bett, Mistress«, sagte sie versöhnlich. »Mir scheint, das solltet Ihr auch.« Sie trat zu Kathryn und nahm ihre Hände. »Ist es der Ire?«

Kathryn nickte. »Kann sein, daß sie ihn nach London zurückholen.«

»Unsinn!« erwiderte Thomasina. »Kommt, Kathryn, soll sich der Ire doch allein zurechtfinden. Ich werde das Haus abschließen. Geht zu Bett und macht Euch keine Sorgen. Wie man in Irland sagt. ›Wir werden die Brücke verbrennen, wenn wir da sind‹.«

Auch Morel fand keinen Schlaf. Er saß in Tenebraes dunklem, magischem Zimmer auf einem Hocker und starrte auf den Stuhl, auf dem er seinen ermordeten Herrn gefunden hatte. Morel versuchte, den Ereignissen, die seine Welt hatten einstürzen lassen, einen Sinn zu geben. Tenebrae war ein harter Herr gewesen, aber der einzige, den Morel hatte. Vor vielen Jahren, als er noch von fahrendem Volk als Monstrum ausgestellt wurde, hatte Tenebrae ihn losgekauft. Oh, Tenebrae hatte ihn geschlagen, ihn in Angst und Schrecken versetzt. Dennoch hatte der Magier ihn gekleidet, ihn verköstigt, ihm ein weiches Bett mit einer Federdecke sowie Schränke, Truhen und Beutel voller Münzen gegeben. Morel war glücklich gewesen und hatte wie eine Fledermaus im Schatten von Tenebraes Größe Schutz gefunden. Jetzt war der Meister nicht mehr da. Morel konnte das nicht verstehen: Sein Meister konnte nicht sterben! Natürlich hatte er den Pfeil in Tenebraes Hals gesehen, und das *Buch des Todes* war verschwunden, aber das gehörte doch gewiß zu einem geheimen Plan? Hatte sein Meister nicht gesagt: »Morel, ich kann kommen und gehen, wie ich will, kann sogar das Tal des Todes durchwandern und wieder zurückkehren!«

Morel starrte auf den leeren Stuhl und lauschte auf die Geräusche des Hauses. Etwas war ihm immer merkwürdig erschienen: Tenebrae hatte keine Haustiere, weder eine Katze noch einen Hund, aber in all den Jahren, die sie schon hier in diesem Haus lebten, hatte Morel nicht eine einzige Maus zu Gesicht bekommen, keine Ratte und keine Spinne.

»Wo seid Ihr, Meister?« flüsterte er in die Dunkelheit hinein.

Als wollte sie ihm antworten, stimmte die alte Zwergohreule, die in der Gasse unter dem Fenster nach Beute jagte, ein trauriges Geheul an. Morel seufzte. War das seine Antwort? Der Meister würde zurückkommen! Aber brauchte er dazu Hilfe? Würde er Morels Hilfe benötigen? Der Diener wurde unruhig. Wenn Tenebrae tatsächlich zurückkäme, würde der Magier ihn vielleicht belohnen? Ein Fest veranstalten? Ihm vielleicht ein paar Münzen geben? Oder würde er, wie es hin und wieder vorgekommen war, Morel eine Hure besorgen – ein unverbrauchtes, molliges Mädchen – und ihnen bei ihren Kapriolen im großen Bett seines Zimmers zusehen? Morel leckte sich die Lippen. Die Art und Weise, wie sein Meister gestorben war, verwirrte ihn. Er war sicher gewesen, daß Tenebrae alle Gäste aus der Goldschmiedezunft empfangen und wieder entlassen hatte. Bogbean sagte das auch. Morel hatte Bogbeans Erinnerungsvermögen etwas auf die Sprünge geholfen: Er hatte ihn mit einer Hand so lange gewürgt, bis der Türsteher mit blau angelaufenem Gesicht und hervortretenden Augen Morel keuchend versichert hatte, daß kein Betrug vorläge. Es gab keine geheimen Eingänge oder Ausgänge im Haus. Daher kam Morel nun zu dem

Schluß, daß Tenebrae seinen eigenen Tod für einen bestimmten, ihm nützlichen Zweck inszeniert hatte. Der Diener rutschte auf dem Hocker hin und her und schaute zum roten Ziegenbock an der Zimmerdecke auf. Und die anderen? Der Ire, dessen Hände immer nervös am Dolch spielten? Und der scharfäugige Foliot, frisch vom königlichen Hof? Morel grunzte verächtlich. Aber Mistress Swinbrooke? Morels Augen verengten sich zu Schlitzen. Er wiegte sich sanft vor und zurück. Die Swinbrooke war gerissen: Sie hatte die Macht. Sie würde ihm helfen, Meister Tenebrae zurückzuholen.

Fünf

Kathryn wachte früh am nächsten Morgen auf. Sie hatte die ganze Nacht kaum ein Auge zugetan und sich unruhig von einer Seite auf die andere gewälzt, denn zum einen hatte Foliot ihr mit seiner Drohung Angst eingejagt, zum anderen versuchte sie, sich ein Bild davon zu machen, was an dem Morgen, als Tenebrae starb, geschehen war. Sie richtete sich auf, lehnte sich in die Kissen zurück und schloß die Augen. Noch einmal rief sie sich die dunkle Treppe in Erinnerung, die zum Zimmer des Magiers hinaufführte. Wenn Morel anklopfte, pflegte Tenebrae zu öffnen und den jeweiligen Besucher einzulassen. Sobald die Unterredung beendet war, ließ Tenebrae den Mann oder die Frau zum Hintereingang hinaus. Sie gingen dann im Vorraum an dem geschlossenen Fenster vorbei die Treppe hinunter. Waren sie einmal draußen, sorgten sowohl die verschlossene Tür als auch Bogbean dafür, daß sie nicht wieder hineingehen konnten. Trotz aller Bemühungen fiel Kathryn keine Lösung zu diesem Rätsel ein. Sie hämmerte mit den Fäusten auf die Decken, die sich vor ihr aufbauschten.

»Einer der Pilger«, flüsterte sie vor sich hin, »ist der Mörder.«

Da sie wußte, welche Gefahr das Grübeln mit sich brachte, stand sie auf, wusch sich, zog sich rasch an und ging hinunter in die Küche, wo Thomasina bereits damit beschäftigt war, das Feuer im Kamin anzufachen. Kathryn aß etwas Käse, Obst und altbackenes Brot und antwortete nur einsilbig auf Thomasinas scharfe Fragen.

»Erwarten wir heute morgen Patienten?« wollte Kathryn dann wissen. »Ich meine, etwas Ernstes?«

Ehe Thomasina antworten konnte, pochte es laut an der Tür. Thomasina machte auf und kam wieder in die Küche.

»Da steht so ein eingebildeter Amtsdiener aus dem Rathaus vor der Tür«, verkündete sie. »Großmeister Luberon möchte Euch sprechen. Ich sehe nicht ein, warum er nicht herkommt. Ihr habt genauso viel zu tun ...«

»Still!« unterbrach Kathryn sie lächelnd. »Ist Colum schon fort?«

»Ausgeflogen wie ein Vogel«, antwortete Thomasina. »Er sah ungefähr so glücklich aus wie Ihr. Soll ich mitkommen?«

Kathryn schüttelte den Kopf, nahm ihren Umhang, drückte Thomasina gedankenverloren einen Kuß auf die Wange und trat auf die Ottemelle Lane hinaus.

Witwe Gumple rauschte vorüber und schenkte Kathryn ein falsches Lächeln. Kathryn nickte der selbstgerechten, einflußreichen Angehörigen des Gemeinderats von Saint Mildred zu. Wenn diese Frau sich doch nur nicht so lächerlich machen würde! Ständig stolzierte sie in ihren bauschigen Röcken durch die Straßen, schwankend wie ein Lastpferd, und ihr reichlich verzierter Kopfschmuck blähte sich wie ein Segel.

»Du wirst wie Thomasina«, sagte sich Kathryn leise.

Bettler Rawnose stand an der Ecke zur Hethenman Lane. Er winkte Kathryn zu sich und zeigte ihr den Schorf auf dem Kopf.

»Es ist schon viel besser«, plapperte er los und verzog das arme, entstellte Gesicht zu einem Lächeln. »Die reinste Zauberei. Ihr könnt zaubern, Mistress Swinbrooke.«

Kathryn war im Begriff, weiterzugehen, aber Rawnose hielt sie an der Hand fest.

»Habt Ihr schon gehört, daß Master Tenebrae tot ist?« Der selbsternannte Herold von Canterbury schürzte die Lippen und schüttelte das weise Haupt wie ein Königlicher Richter. »Die Dämonen sind mitten unter uns. Habt

Ihr von dem Geistlichen in Maidstone gehört, der versucht hat, den Erzdiakon mit Hilfe einer Wachspuppe umzubringen? Er hat die Puppe mit Nadeln gespickt und ins Feuer geworfen. Angeblich soll er einen Teufel in einer Flasche bei sich tragen, der die jungen Mädchen in der Gemeinde ausspioniert. Aber das ist noch gar nichts«, plapperte Rawnose weiter, »verglichen mit einem Ratsherrn in Dover. Der hat drei Wachspuppen und etwas Gift bei einem Magier gekauft. Die Puppen wurden auf die Namen des Sheriffs und zweier leitender Beamter getauft, in Pergament eingewickelt und zusammen mit dem Gift in Brotlaiben versteckt, die ins Rathaus geschmuggelt wurden. Und habt Ihr schon gehört ...?«

»Genug jetzt«, unterbrach Kathryn ihn. »Rawnose, meine Arznei mag ja deinen Kopf geheilt haben, aber dein Mundwerk bleibt leider Gottes nicht stehen. Geh jetzt zu Thomasina. Sag ihr, ich hätte dich geschickt. Du kannst dort etwas essen und dich am Feuer wärmen.«

Kaum hatte sie den Satz zu Ende gesprochen, fegte Rawnose auch schon wie der Blitz um die Ecke. Kathryn ging weiter durch die Hethenman Lane. Der Tag würde schön werden; die Sonne schien warm vom wolkenlosen Himmel. Die Glocken verschiedener Kirchen riefen zur Messe. Über das Pflaster rumpelten Karren auf dem Weg zum Markt. Zwei einarmige Bettler schoben einen einfachen Schubkarren voll glänzender Steine vor sich her, die sie verkaufen wollten. Ein Mönch in staubbedeckter Kutte betete hinter ihnen den Rosenkranz. Eine Pilgergruppe versuchte, eine erschöpfte, bleiche Dirne, die auf dem Rückweg zu ihrem Bordell in Westgate war, nach dem Weg zu fragen. Auf beiden Straßenseiten stellten Händler und Kaufleute ihre Stände auf, stinkende Nachttöpfe wurden auf die Straßen entleert, und ein paar verwahrloste Kinder schrien vor Vergnügen auf, als sich der Inhalt eines Nachtgeschirrs über einen wichtigtuerischen Kaufmann ergoß. Kathryn erblickte den betrübt dreinschauenden Schreiber Goldere, der sich den vorstehenden Hosenlatz hielt. Rasch bog sie in eine Gasse ab; Goldere mit seinen immer neuen Beschwerden, die er ihr in allen Einzelheiten nur zu gern schilderte, konnte sie jetzt beim besten Willen nicht ertragen. Als sie die High Street erreichte, stellte Kathryn zu ihrer Überraschung fest, daß die Händler sich ruhig verhielten und der Hauptdurchgang von Pilgern frei war; selbst die herumstreunenden Hunde und Schweine hatte man verscheucht.

»Die Wandernden Richter des Königs«, flüsterte eine Frau ihr zu, »sind gerade in Canterbury eingetroffen.«

Kathryn blieb eine Weile stehen, während die große Richterprozession sich vom Rathaus zur Burg begab. Allen voran ritten zwei Herolde auf braunen Zeltern. Sie trugen große Banner mit den königlichen Wappen von England und waren in ihren blau-rot-goldenen Heroldsröcken prächtig anzusehen. Ihnen folgten zwei Amtsdiener mit weißen Stäben, ein Trompeter und vier Pagen, die in feierlichem Rhythmus auf Pauken schlugen, die fast so groß waren wie sie selbst. Dann kamen die Richter in ihren scharlachroten, mit Hermelin besetzten Roben und schwarzen Käppchen; sie waren umringt von einer Schar eigener Schreiber und Sekretäre. Den Schluß bildete der Karren, der bei den Zuschauern Grauen auslöste. Er hatte hohe Seitenwände und wurde von zwei riesigen Lastpferden mit gestutzten Mähnen und schwarzem Geschirr gezogen. Auf dem Karren stand der Scharfrichter, von Kopf bis Fuß in Schwarz und Rot gekleidet, das Gesicht hinter einer Maske verborgen. Neben ihm stapelten sich Werkzeuge für Folter und Strafe: ein provisorischer Galgen, ein Block, eine Axt und ein Schwert, Zange, Eisen und Handfesseln. Die Richter würden mindestens zwei Wochen in Canterbury bleiben und alle Fälle, die man ihnen vorlegte, einer genauen Prüfung unterziehen. Man würde Männer und Frauen hängen, auspeitschen, brandmarken, verstümmeln oder mit einer Geldstrafe belegen, wie es den freundlich dreinschauenden alten Männern in ihren weiten roten Roben gerade in den Sinn kam. Kathryn mußte plötzlich an die alte Hexe Mathilda Sempler denken und nahm sich fest vor, mit Luberon darüber zu sprechen. Sobald die Richter vorbeigegangen waren und die High Street wieder freigegeben wurde, eilte sie zum Rathaus und stellte überrascht fest, daß Luberon sie bereits auf der Treppe erwartete. Kathryn strich sich die Haare aus dem Gesicht.

»Tut mir leid, aber ...«, versuchte sie sich heftig atmend zu entschuldigen. Die kleinen Augen des Schreibers strahlten vor Freude. Er nahm Kathryns Hände und errötete, als sie ihn auf die Wange küßte. Beinahe hüpfend führte er sie durch den stinkenden Korridor des Rathauses zu seinem Zimmer. In jedem Regal und auf jeder verfügbaren freien Fläche in dem weißgetünchten Raum stapelten sich Handschriften. Mit weitausholender Geste bat Luberon Kathryn, auf dem einzigen Stuhl im Zimmer Platz zu nehmen, während er selbst auf einen hohen Hocker kletterte. Als er mit vor Aufregung leuchtenden Wangen auf sie herablächelte, mußte Kathryn unwillkürlich an einen freundlichen Kobold denken.

»Zunächst einmal«, verkündete Luberon und überreichte ihr eine kleine, beigefarbene Schriftrolle, die mit einem roten Band zusammengehalten war, »habe ich hier Eure Zulassung als Apothekerin und Gewürzhändlerin.«

Kathryn nahm die Rolle an sich, schloß die Augen und seufzte erleichtert auf.

»Simon, ich könnte Euch küssen!«

Der kleine Schreiber lief vor Verlegenheit rot an.

»Oh nein, nicht hier.« Er zwinkerte ihr zu. Dann wurde er wieder ernst, beugte sich vor und durchwühlte die Papiere auf seinem Schreibtisch. Schließlich hielt er eine kleine Wachsfigur in die Höhe. »Ihr solltet sie nicht berühren«, warnte er Kathryn.

Sie betrachtete das schwarze Wachs, den runden, vorgewölbten Kopf, in dem ein Nagel steckte und das große T, das in den Körper geritzt war. »Das ist ja Tenebrae!« rief sie aus. »Sein Wachsebenbild, mit einem Nagel durchbohrt!«

Luberon warf es zu Boden und wischte sich die Finger an seinem Wams ab.

»Einer der Marktbüttel hat es gestern morgen gefunden. Es war an das Kreuz beim Buttermarkt genagelt. Er hat es mir erst gebracht, nachdem Tenebraes Tod bekannt geworden war.«

»Wer tut so etwas?« fragte Kathryn. »Warum macht sich einer die Mühe und stellt ein Abbild her, durchbohrt es und hängt es dann in der Öffentlichkeit auf?«

Luberon rutschte unruhig auf seinem Hocker hin und her. »Mir ist eingefallen, daß mein Vater mir einmal von dem Fall Bolingbroke berichtet hat, dem berühmten Londoner Zauberer, der auf dem Kirchhof von Saint Paul's in London hingerichtet wurde. Bolingbroke hat offenbar unablässig Krieg gegen andere Magier geführt. Jedenfalls«, fuhr Luberon fort, »muß man, um einen Magier umzubringen, zuerst ein Ebenbild herstellen, aus dem ersichtlich ist, wie er sterben soll, und es dann in der Öffentlichkeit aufhängen.«

»Damit steht fest«, überlegte Kathryn, »daß Tenebraes Mörder, wer immer es war, mit dem Mut der Verzweiflung gehandelt hat.«

»Das heißt aber auch, daß es ein vorsätzlicher Mord war. Tenebrae *sollte* gestern sterben. Aber wartet.« Luberon stieg von seinem Hocker. »Da ist jemand, mit dem Ihr sprechen solltet.«

Er huschte aus dem Zimmer. Kathryn stieß die schwarze Wachspuppe mit der Stiefelspitze fort. Sie öffnete die Pergamentrolle und lächelte vor sich hin, während sie den

Text in verschnörkelter, gestochen scharfer Schrift und die Siegel darunter betrachtete, die ihr das Recht einräumten, ein Geschäft als Apothekerin zu eröffnen. Kathryn schickte ein stummes Dankgebet zum Himmel. Seit über einem Jahr bemühte sie sich nun schon um diese Urkunde und hatte sich sowohl der Gegnerschaft der Kaufleute erwehren müssen – allen voran ihr Verwandter Joscelyn, der selbst auch mit Gewürzen handelte –, als auch jener, die sie schlichtweg um ihr Glück beneideten. Gedankenverloren betrachtete sie den Staub, der auf einem Pergamentstoß lag, und stellte eine kurze Berechnung an: Wenn sie ihre Arbeit als Ärztin sowohl für sich selbst als auch im Auftrag der Stadt fortsetzte, könnte sie sich mit den Erträgen aus dem Verkauf ein angenehmes Leben machen. Dann fiel ihr Foliots Drohung bezüglich Colum wieder ein.

»Wenn Colum fortginge«, flüsterte sie, »wäre alles sinnlos.«

»Mistress Swinbrooke?«

Kathryn fuhr zusammen, als Luberon einen untersetzten Mann mit sandfarbenem Haar in den Raum schob. Er trug einen langen, schmutzigen, mit Sägemehl bedeckten Umhang. Der Mann trat von einem Fuß auf den anderen und schenkte Kathryn ein verlegenes Lächeln.

»Darf ich Euch Thawsby vorstellen«, erklärte Luberon, »einen der besten Handwerker und Möbelschreiner von Canterbury. Er hat von Tenebraes Tod gehört und kam heute morgen früh zu mir, um mir eine merkwürdige Geschichte zu erzählen. Nun los, Mistress Swinbrooke möchte sie hören!«

»Was ist mit dem Iren?« maulte Thawsby. »Ich dachte, der Ire wäre hier. Ihr wißt schon, der Sonderbeauftragte des Königs?«

Kathryn lächelte. »Er wird von mir erfahren, was Ihr zu berichten habt, Master Thawsby.«

Der Mann schloß die Augen. »Vor einer Woche, nein, vor zehn Tagen – oder waren es neun …?«

»So fahrt schon fort!« zischte Luberon.

»Oh, ja, vor acht Tagen kommt Master Tenebrae in meine Werkstatt. Ich kenn ihn, Mistress, und ich hab' Angst vor ihm. Deshalb hab' ich ihn mit meinem Lehrburschen reden lassen, aber er hat mich natürlich in seiner üblichen anmaßenden Art zu sich gebeten. ›Master Thawsby‹, sagte er.« Der Zimmermann schlug die Augen auf und schaute Luberon an. »Ja, so hat er mich genannt, Master Thawsby. ›Ich möchte, daß Ihr mir ein Bett für meine Hochzeit anfertigt. Das größte und breiteste, das es gibt.‹ Er gab mir zwei Goldmünzen, beschrieb genau, was er wollte, und ging wieder. Gestern hab' ich mir Gedanken gemacht, weil ich sein Gold habe, aber er noch kein Bett.«

»Ich habe Euch doch gesagt«, murmelte Luberon, »daß Ihr das verdammte Gold behalten könnt!«

Kathryn mußte plötzlich an Colum denken und schmunzelte.

»Und Ihr solltet auch die Pläne für das Hochzeitsbett im Kopf behalten, Master Thawsby. Man weiß ja nie, wer der nächste Kunde sein wird.« Luberon schaute sie fragend an.

»Ich kenn Euch«, sagte Thawsby. »Ihr seid doch die Tochter von dem Arzt Swinbrooke. Ein guter Mann. Einmal …«

»Ja, ja«, unterbrach Kathryn seinen Redefluß, »aber seid Ihr sicher, daß Tenebrae um ein Bett für seine Hochzeit bat?«

»So sicher wie ich weiß, daß meine Frau Leberflecken auf dem Hintern hat.«

»Er ist nicht noch einmal gekommen?« fragte Kathryn.

»Nein. Jetzt braucht er wohl kein Bett mehr, oder?«

Kathryn bedankte sich bei ihm, und Luberon führte ihn hinaus.

»Nun«, sagte er schnaufend, nachdem er zurückgekommen war und die Tür hinter sich geschlossen hatte. »Was fangt Ihr damit an, Mistress Kathryn?«

»Was will ein Mann wie Tenebrae mit einem Hochzeitsbett?« murmelte Kathryn.

»Thawsby hat noch etwas vergessen«, erwiderte Luberon. »Tenebrae hat gesagt, seine zukünftige Frau sei nicht aus Canterbury.«

Sogleich fiel Kathryn die hübsche Louise Condosti ein.

»Ich weiß, woran Ihr denkt.« Luberon hüpfte fröhlich von einem Fuß auf den anderen. »Die liebreizende junge Maid, die mit den Goldschmieden gekommen ist. Sie ist so rein, daß man meinen könnte, Butter würde in ihrem Mund nicht zergehen.«

Kathryn nickte. »Wenn Tenebrae heiratet, dann jemanden wie Louise. Jung, hübsch und reich.«

»Aber ob sie ihn umgebracht hätte?« fragte Luberon.

Kathryn zuckte die Achseln. »Ich glaube nicht, daß Hetherington von der Verbindung begeistert gewesen wäre, ganz zu schweigen von ihrem Verlobten Neverett. Und wie hätte der verrückte Morel wohl die neue Braut seines Meisters empfangen?«

»Sollen wir sie dazu befragen?« wollte Luberon wissen.

»Nein, ich will erst darüber nachdenken.« Kathryn erhob sich. »Aber Ihr könnt mir einen Gefallen tun, Simon. Was ist mit Mistress Sempler?«

Luberon stöhnte.

»Ihr habt die Richter gesehen«, antwortete er. »Mathildas Fall wird noch in dieser Woche verhandelt. Sie hat gestanden, Groll gegen Talbot zu hegen. Sie hat zugegeben, ihn verwünscht und einen Fluch niedergeschrieben zu haben.« Er hob die Schultern. »Wie Ihr wißt, ist Talbot gestürzt und hat sich das Genick gebrochen.«

»Habt Ihr es ihr vorgehalten?«

»Ja.«

»Und?«

»Nichts, nur einfältiges Lächeln. Sie will nichts zurücknehmen.«

»Wo ist sie untergebracht?« fragte Kathryn.

Luberon deutete nach unten. »Im Kerker. Ich bringe Euch hinunter.«

Kathryn folgte ihm aus seinem Schreibzimmer. Er führte sie an die Rückseite des Rathauses, wo ein Büttel an einer großen, eisenbeschlagenen Tür Wache stand. Luberon befahl ihm zu öffnen, nahm eine Fackel von der Wand und führte Kathryn auf glitschigen Stufen hinab in die stinkende Dunkelheit. Ein Wächter erhob sich und stellte sich ihnen in den Weg; ein dicker Mann mit knolliger Nase, der seinen Beruf offenbar sehr ernst nahm. Er rasselte mit den Schlüsseln und nickte theatralisch mit dem Kopf, als Luberon ihm etwas zuflüsterte. Dann führte er sie durch einen Gang, warnte sie vor den Pfützen auf dem Boden, öffnete eine Zellentür und winkte sie hinein. Mathilda saß auf ein paar Lumpen, die man auf verschimmeltes Stroh geworfen hatte. Sie war unverändert: helle Augen, das schmutzige Gesicht voller Narben, strähniges, graues Haar, das ihr auf die Schultern herabhing. Zunächst befürchtete Kathryn, die Frau hätte den Verstand verloren. Doch dann fing Mathilda plötzlich an zu gackern und beugte sich vor. Im Schein der Fackel bot ihr Gesicht einen garstigen Anblick.

»Ihr seid doch die Kleine vom Swinbrooke. Ich hab' Euren Vater gekannt. Ich hab' Euch etwas über Heilmittel erzählt.«

»Ja«, antwortete Kathryn. »Deshalb bin ich auch hier. Mathilda, die Richter des Königs sind nach Canterbury gekommen. Ihr werdet des Mordes und der Hexerei bezichtigt.«

Die alte Frau gackerte erneut.

»Mord ist Mord«, sagte sie geheimnisvoll. »Talbot hat bekommen, was er verdient hat.« Sie zuckte die Achseln.

»Sie können mir nicht beweisen, daß ich ihn umgebracht habe.«

»Ihr habt ihn verwünscht.«

»Wenn ein Fluch eine Sünde ist«, entgegnete die Alte, »dann wäre jeder Kerker im ganzen Königreich bis zum Überlaufen voll.«

»Habt Ihr denn keine Angst?«

»Ach, ich bin nur eine alte Frau. Sie werden mich schon freilassen.« Sie beugte sich vor und berührte Kathryns Gesicht. »Ihr habt gute Augen, Kind. Ihr seid gekommen, um zu fragen, ob Ihr mir helfen könnt, nicht wahr?« Sie warf einen kurzen Blick über Kathryns Schulter auf Luberon, der hinter ihr stand. »Und Ihr seid der Stadtschreiber. Könnt Ihr diese Höllenhunde hier um ein ordentliches Stück Brot und einen Krug frischen Wein bitten?« Sie senkte den Kopf und schaute Luberon schräg an. »Wenn Ihr das für mich tut«, flüsterte sie, »dann werde ich Euch nie verwünschen.«

»Seid nicht boshaft«, entgegnete Kathryn. »Mathilda, ich werde Euch ein sauberes Kleid und etwas zu essen schicken.«

»Und ich werde dafür sorgen, daß man es Euch ein wenig bequemer macht«, versprach Luberon.

»Noch etwas?« fragte Kathryn.

»Ja.« Mathilda beugte sich vor. »Sagt diesem Weibsbild, dieser Mistress Talbot, daß es viele Arten von Hexen gibt.«

»Was wollt Ihr damit sagen?«

»Richtet es ihr einfach aus!«

Kathryn verabschiedete sich, verließ den Kerker und ging durch das Rathaus zurück zur Eingangstreppe.

»Man wird sie bestimmt hängen!« sagte Luberon mit Nachdruck.

»Ich weiß«, antwortete Kathryn. »Aber ich werde Mistress Talbot aufsuchen. Vielleicht hat sie Mitleid mit einer alten Frau und zieht die Anzeige zurück!«

Luberon schüttelte den Kopf, aber Kathryn eilte bereits die Stufen hinunter. Sie wußte, wo die Talbots wohnten und überlegte sich, was sie sagen wollte, während sie sich einen Weg durch die überfüllten Straßen und Gassen bahnte. Dabei achtete sie nicht auf das Geschrei der Lehrburschen, die gern hinter den Ständen hervorschossen und ihre Kundschaft am Ärmel oder am Kleid packten. Es war warm geworden, und die Straße war von Händlern und Pilgerscharen auf dem Weg zur Kathedrale versperrt. Nur einmal mußte sie für einen kleinen Leichenzug stehenbleiben. Ein Mönch mit staubiger Kutte, dessen Gebete weithin vernehmbar waren, führte ihn zu einem der Friedhöfe. Der Junge, der vor ihm herging, blieb immer wieder stehen und läutete eine Glocke. Dann verkündete der Mönch:

Bedenkt, ihr Menschen, aus Staub seid ihr gemacht,
und zu Staub sollt ihr werden.

Die Trauernden stapften hinterdrein; die meisten hatten beim Leichenschmaus zu tief ins Glas geschaut. Schließlich erreichte Kathryn das Haus der Talbots. Es war ein alleinstehendes, großes, zweistöckiges Gebäude mit Gitterfenstern und leuchtend rotem Putz. Vor dem Haus und an den Seiten waren Verkaufsstände aufgebaut, in denen sich Lederwaren stapelten, die von zwei Gesellen und einer Reihe Lehrburschen bewacht wurden.

»Selbst im Angesicht des Todes wird der Handel fortgeführt«, murmelte Kathryn.

Sie ging auf die große Eingangstür zu, über der zum Zeichen der Trauer ein Gebinde in Form eines Kreuzes hing, und klopfte laut an die Tür. Eine Magd öffnete und bat Kathryn in den Flur, in dem die Zeichen der Trauer deutlicher waren. An den Wänden und über den polierten Möbeln hingen schwarze Tücher. Aus dem kleinen

Empfangsraum, in den man Kathryn führte, hatte man alle Bilder und Wandbehänge entfernt. Der Raum war in eine Leichenkammer verwandelt worden. Der Boden war frei von Binsen, die Wände mit purpurroten und schwarzen Tüchern verhängt. Auf einem Tisch neben dem Kamin brannten zwei violette Kerzen vor einem offenen Triptychon, das den leidenden Christus darstellte.

»Ihr wollt mich sprechen?«

Kathryn fuhr zusammen, als Isabella Talbot eintrat, gefolgt von ihrem Schwager Robert. Man stellte sich kurz vor, und Kathryn beschlich sogleich ein unbehagliches Gefühl. Robert wirkte traurig und verweint, Isabella hingegen, mit schwarzem Kopfschmuck, Schleier und einem modischen Kleid aus schwarz abgesetztem Rot, sah fantastisch aus; sie hatte ein hübsches Gesicht mit scharfen, arroganten Zügen, die Mundwinkel verächtlich nach unten gezogen, als sei die Welt und alles, was darin war, weit unter ihrer Würde.

»Was wollt Ihr?« fragte Isabella scharf.

Kathryn sank der Mut; von Isabella konnte sie kaum Mitleid erwarten. »Ich heiße Kathryn Swinbrooke und bin Ärztin.«

»Das wissen wir«, unterbrach Robert sie unwirsch.

»Ich habe eine Bitte an Euch«, sagte Kathryn und wurde rot. »Ich war im Rathaus und habe Mathilda Sempler aufgesucht. Sie ist eine verrückte alte Frau. Dennoch wollt Ihr vor Gericht gehen und sie der Hexerei und des Mordes bezichtigen.«

»Das ist die Wahrheit!« fuhr Isabella sie an. »Sie hat ihre Pacht nicht bezahlt, deshalb hat mein Gemahl sie aus ihrer Kate geworfen. Sie hat ihn vor Zeugen bei der Kirche verwünscht. Dann war sie so unklug, einen Fluch zu schreiben und ihn unter unsere Tür zu schieben. Mein Gemahl ...« Isabella hielt inne und blinzelte heftig, als wollte sie Tränen unterdrücken, aber Kathryn durchschaute ihre

Falschheit. »Mein Gemahl«, fuhr Isabella fort, »war ein wohlhabender Kaufmann, überall hoch angesehen und geachtet. Mistress Semplers Angriffe haben seine letzten Tage überschattet und zu seinem Tod geführt. Die Macht von Hexen ist hinlänglich bekannt, Mistress Swinbrooke. Unsere Heilige Mutter Kirche«, schloß sie mit scheinheiligem Augenaufschlag, »lehrt uns, daß der Teufel wie ein Löwe über die Erde streift und nach Beute sucht, um sie zu verschlingen. Glaubt Ihr etwa nicht daran?«

»Ja, und Unsere Heilige Mutter Kirche lehrt uns Barmherzigkeit und Gerechtigkeit gegenüber allen Menschen. Mistress Sempler ist also, wie Ihr sagt, vor der Kirche an Euren Mann herangetreten?«

»Ja!«

»Die alte Frau hat demnach die Messe besucht und die Sakramente entgegengenommen?« fragte Kathryn.

»Die Lehre der Kirche besagt auch«, erwiderte Isabella schlagfertig, »daß der Teufel sogar als ein Engel des Lichts erscheinen kann.«

»Wie ist Euer Gemahl gestorben?«

»Er ist die Treppe hinuntergefallen.«

»Kann ich mir die einmal anschauen?«

Noch ehe Isabella antworten konnte, rauschte Kathryn an ihr vorbei auf den Flur und stieg die Treppe hinauf. Diese plötzliche Wendung hatte die Talbots völlig aus der Fassung gebracht. Robert stammelte einen Protest und lief hinter Kathryn her, die jedoch die steile Treppe erklomm und sich, oben angekommen, auf den Treppenpfosten stützte. Isabella und Robert traten in den Flur und beobachteten sie gespannt.

»Ja«, sagte Kathryn, ehe die beiden den Mund aufmachen konnten, »diese Treppe ist lang und steil. Ein Sturz könnte einen Mann ernsthaft verletzen oder gar töten.« Sie sah Isabella an. »Aber wäre es nicht möglich, daß er ausgerutscht ist?«

»Macht Euch doch nicht lächerlich!« erwiderte Isabella. »Tausendmal ist er die Treppe hinuntergegangen!«

»Das meine ich ja gerade«, sagte Kathryn. »Wieso ist er dann an jenem Tag so heftig gestürzt?« Zufrieden stellte sie fest, daß sich auf Isabellas Gesicht Verblüffung abzeichnete. »Ihr habt gerade selbst zugegeben«, fuhr Kathryn fort, »daß er die Treppe ständig benutzte. Und wenn ich vor Gericht erscheine, um das Wort für Mathilda Sempler zu ergreifen, werde ich auf diesen Umstand hinweisen.«

»Aha!« Isabella lächelte herablassend. »Aber darauf wollen wir ja hinaus, denn warum hätte er ausgerechnet zu diesem Zeitpunkt stürzen sollen, wenn nicht ein Fluch auf ihm lastete?«

»Welche Kleidung trug er?« fragte Kathryn.

»Normale Stiefel.«

»Wo sind sie?«

Isabellas Augenlider flatterten gequält.

»Wir haben sie den Armen gespendet.«

»Warum hatte Euer Gemahl es so eilig?«

»Wir haben in unserem Zimmer miteinander geredet«, antwortete Isabella. »Ich habe aus dem Fenster geschaut und gesehen, daß ein paar Gassenjungen etwas aus den Verkaufsständen stehlen wollten. Fragt ruhig die Lehrburschen, die werden es Euch bestätigen. Ich eilte hinaus, und mein Mann folgte mir. Danach habe ich einen Schrei gehört.« Sie hob die Schultern. »Der Rest ist Euch bekannt. Und, Mistress Swinbrooke, wo ist das Problem?«

»Ich versuche nur, mir Klarheit zu verschaffen«, sagte Kathryn. »Da ist ein Mann, der in solidem Schuhwerk die eigene Treppe hinunter eilt. Trotzdem rutscht er aus. Er hätte seinen Sturz doch bestimmt aufhalten und sich ans Geländer klammern können?«

»Genau.« Robert beugte sich vor und kratzte sich das Kinn. »Aber das hat er nicht getan, Mistress, weil er verwünscht war. Das nächste Mal, wenn Ihr ins Rathaus geht, seht Euch unsere beeidigte Aussage an. Was wir Euch gerade mitgeteilt haben, ist inzwischen allgemein bekannt.« Er warf seiner Schwägerin einen Blick über die Schulter zu. »Deshalb bitten wir Euch jetzt, uns zu verlassen, wenn Ihr keine weiteren Fragen habt.«

Kathryn folgte seiner Bitte und ging die Treppe hinunter. Sie spürte die bohrenden Blicke der Talbots im Rücken. Niemand brachte sie zur Tür. Auf der Straße blieb sie noch eine Weile stehen und blickte zum Fenster hinauf, dann zu den Ständen. Als sich eine Hand auf ihre Schulter legte, zuckte sie zusammen, drehte sich um und schaute in Colums grinsendes Gesicht.

»Laßt das, Ire! Ihr schleicht Euch an wie eine Katze. Was macht Ihr hier?«

»Ich war im Rathaus«, antwortete Colum, hakte sich bei ihr unter und führte sie sanft über die Straße. »Luberon war nicht da, aber ein Schreiber sagte mir, daß Ihr ein Gespräch mit ihm hattet und anschließend zu den Talbots gegangen seid. Deshalb bin ich hergekommen. Gibt es etwas Neues?«

»Ich habe meine Handelszulassung bekommen.«

Colum brach in Freudenrufe aus, womit er die Aufmerksamkeit aller Umstehenden auf sich zog, zumal er Kathryn fest in den Arm nahm und leidenschaftlich auf beide Wangen küßte. Kathryn versetzte ihm einen leichten Tritt gegen das Schienbein.

»Laßt mich los, Ire!«

Colum gab sie frei. »Freut Ihr Euch?«

»Ja«, sagte sie kurz angebunden. »Außerdem habe ich über Master Foliots Drohung nachgedacht. Ihr seid glattzüngig, Ire, und würdet einen ausgezeichneten Händler abgeben.«

Colum lächelte verlegen, und noch ehe er sie weiter necken konnte, berichtete Kathryn ihm, was sie von Luberon erfahren hatte und wie ihr Besuch bei den Talbots verlaufen war. Colum blieb stehen und pfiff leise durch die Zähne.

»Die Talbots sind mir gleichgültig. Sie sind einflußreich und haben Beweise.« Er schaute Kathryn traurig an. »Am besten appelliert Ihr an ihre Barmherzigkeit. Aber Tenebrae wollte heiraten, wie? Fragt sich nur, wer die Unglückliche war?«

Kathryn wiederholte ihren Verdacht hinsichtlich Louise Condosti.

»Das können wir nicht beweisen«, sagte Colum. »Die zukünftige Braut könnte jede Frau im Königreich sein.«

»Aber er hat das Bett erst kürzlich in Auftrag gegeben«, verteidigte Kathryn ihren Standpunkt. »Überlegt doch einmal, Colum. Louise ist genau die Frau, an die sich Tenebrae heranmachen würde: jung, liebreizend, reich und verletzlich.«

»Durch Erpressung?« fragte Colum. »Was könnte er denn über eine so junge Frau wissen?«

»Das ist das Rätsel«, antwortete Kathryn. »Doch ich habe vor, es zu lösen.« Sie schaute die Hethenman Lane entlang. »Kommt, wir wollen uns beeilen. Da vorn sehe ich Rawnose – zweimal am Tag seine Neuigkeiten anzuhören, kann selbst der liebe Gott nicht verlangen.«

Kathryns Laune wurde nicht besser, als sie zu Hause ankamen. Wuf stürmte aus der Haustür und sprang aufgeregt auf und ab.

»Lublon ist da! Lublon ist da!«

»Du meinst Luberon?« fragte Kathryn.

»Ja, der kleine Dicke«, antwortete Wuf frech.

»Ich bin vielleicht klein, aber nicht dick!« Luberon kam ihnen mit hochrotem Gesicht schnaufend entgegen. »Gott sei Dank, daß ich Euch gefunden habe, Mistress, und Euch auch, Master Murtagh. Wir werden im ›Turmfalken‹ gebraucht.«

»Wieso?«

»Fronzac ist tot. Ist heute morgen munter wie ein Fisch im Wasser aufgestanden, hat gefrühstückt, und ist dann zu den wilden Schweinen gegangen.« Luberon zog Kathryn am Ärmel und schob sie dann förmlich durch die Ottemelle Lane. »Er muß ausgerutscht sein.«

Kathryn rief sich den kleinen, graugesichtigen Schreiber in Erinnerung. »Oh Gott! Der Arme!«

»Tot«, fuhr Luberon fort. »Die Schweine haben ihn getötet. Der Himmel möge uns bewahren, Mistress, ich weiß, der Herr wird uns alle zu sich rufen, aber manchmal wählt er seltsame Wege.«

»War es ein Unfall?« fragte Colum.

Luberon zuckte die Achseln. »Ich weiß nicht. Foliot ist bereits dort. Er glaubt, daß böse Absicht im Spiel war.«

Luberon bat gar nicht erst um eine Wiederholung von Colums undeutlicher Entgegnung, sondern eilte weiter und ließ sich wortreich über die Gefahren aus, die einem von Schweinen drohte. Im ›Turmfalken‹ war es merkwürdig still; der Hof vor den Ställen war menschenleer. Auch im Schankraum hielt sich außer der Gruppe um Hetherington niemand auf. Sie hockten mit schreckensbleicher Miene an einem Tisch. Am Kopfende thronte Foliot wie ein Racheengel.

»Mistress Swinbrooke, ich grüße Euch.«

Er führte sie an den Tisch und rief einem blassen Küchenjungen zu, er möge etwas gewässerten Wein bringen.

»Was ist geschehen?« fragte Kathryn.

Hetherington nahm die Hände vom Gesicht und schaute sie über den Tisch hinweg an.

»Er stand auf, wie wir alle«, antwortete er, »kam herunter und nahm sein Frühstück ein.«

»Ich war bei ihm«, erklärte Neverett. »Er sagte, er wolle ein wenig an die Luft. Ich wußte, wohin er ging, denn das hat er jeden Morgen gemacht.«

»Und dann?«

Kathryn ließ Louise Condosti, die wie versteinert wirkte, nicht aus den Augen. Das grüne Kleid und der goldverbrämte Kopfschmuck hoben ihre bleiche Schönheit noch hervor.

»Keiner hat etwas gehört!«, sagte Hetherington mißmutig. »Bis ein Diener hereingelaufen kam. Er hatte festgestellt, daß die Schweine aufgeregter als sonst grunzten und umherliefen. Als er auf den Zaun stieg, wollte er seinen Augen nicht trauen: Fronzac lag im Pferch, von den Hauern der Schweine aufgespießt. Der Wirt und ein paar Knechte haben die Leiche herausgeholt.« Hetherington verbarg das Gesicht wieder in den Händen. »Der Herr sei mit uns!« stöhnte er. »Der Körper war eine einzige offene Wunde!«

Kathryn stand auf. »Ein Diener hat ihn gefunden?«

»Ja, was soll die Frage?« fuhr Brissot sie an.

»Merkwürdig«, antwortete Kathryn. »Warum hat Fronzac sich nicht bemerkbar gemacht? Oder geschrien? Oder um Hilfe gerufen?« Sie warf Foliot einen Blick zu. »Und wo ist die Leiche?«

»Im Nebengebäude. Ich zeige Euch den Weg.«

Luberon flüsterte ihr zu, er wolle lieber nicht mitgehen, aber Kathryn und Colum folgten Foliot über den kleinen Hof, in dem sie sich am Abend zuvor aufgehalten hatten. Ein übermüdeter Knecht hockte mit dem Rücken vor einer Tür zum Nebengebäude. Als sie sich näherten, sprang er auf und öffnete die Tür. Foliot blieb stehen und schaute Kathryn an.

»Ich hoffe, Ihr könnt etwas vertragen, Mistress«, murmelte er. »Selbst auf dem Schlachtfeld habe ich keine Leiche wie diese gesehen!«

Sechs

Kathryn betrat die kleine Hütte. Rings um das blutdurchtränkte Laken auf dem Tisch hatte man Öllampen aufgestellt. Kathryn achtete nicht auf den durchdringenden Gestank. Unter dem Laken erkannte sie Fronzacs Gliedmaßen: beim Anblick des blutigen Stumpfs, wo sich die scharfen Schweinezähne tief in den Fuß des Schreibers eingegraben hatten, wurde ihr übel.

»Nehmt das Laken fort!« flüsterte sie. »Und paßt auf die Öllampen auf!«

Colum deckte ihn auf und wandte sich sofort von dem zerfetzten, blutigen Gesicht des toten Schreibers ab.

»Jesus erbarme dich!« hauchte Kathryn.

Sie trat näher und dachte daran, was ihr Vater sie gelehrt hatte. »Schalte deine Gedanken aus, Kathryn. Denk nicht nach. Fleisch ist Fleisch, auf die Seele kommt es an.« Kathryn hatte Mühe, seinem Rat zu folgen: In Fronzacs Wangen und im Genick fehlten große Fleischstücke; die Finger sahen aus, als wäre er auf einem Streckbett gefoltert worden, ein Augapfel war von einem scharfen Huf eingedrückt worden. Colum drehte sich wieder um.

»Der Herr steh uns bei!« flüsterte er. »Der Mann war ein Narr, was wollte er so dicht bei den Tieren?«

»Helft mir, den Körper umzudrehen!« befahl Kathryn.

Colum gehorchte. Kathryn untersuchte den Rücken der Leiche sehr sorgfältig. Sie betrachtete die Stelle, an der der Schädel eingedrückt war.

»Was ist los?« fragte Colum.

»Dreht ihn wieder um!«

Colum folgte. Kathryn deutete auf Fronzacs Messer, das noch in der Scheide steckte.

»Rührt es nicht an!« sagte sie. »Wir wollen uns diese schrecklichen Schweine einmal ansehen!«

Luberon wartete vor der Hütte auf sie und redete mit dem Knecht.

»Mistress Swinbrooke«, sagte er. »Dieser Mann hier fand die Leiche.«

Kathryn gab dem Knecht die Hand. Sein pockennarbiges Gesicht war weiß wie eine Wand. Die Augen tränten, denn er hatte sich übergeben.

»Ich habe bei Towton gekämpft, Mistress«, begann er, »in dem schrecklichen Schnee; die Leichen stapelten sich hüfthoch, aber so etwas hat es da nicht gegeben!«

»Sagt mir, was passiert ist.«

Kathryn trat zu Colum, der sich die Hände unter einer Pumpe abwusch. Sie folgte seinem Beispiel und trocknete sich die Hände an der Innenseite ihres Umhangs. Der Knecht stand vor ihr und kratzte sich den Kopf. »Ich versuche gerade, es zu vergessen«, murmelte er.

»Bitte«, sagte Kathryn. »Wißt Ihr, der arme Mann dort« – sie zeigte auf die Hütte –, »starb nicht durch einen Unfall. Er wurde ermordet. Jedenfalls glaube ich das.«

Dem Knecht blieb der Mund offen stehen.

»Bitte«, wiederholte Kathryn.

»Ich wollte Wasser holen.« Der Knecht deutete auf den Schweinepferch. »Ich hörte sie aufgeregt grunzen, das kommt schon mal vor. Da sie keine Ruhe gaben, wurde ich neugierig. Ich kletterte auf den Zaun und schaute zu ihnen hinunter. Die Schweine liefen im Kreis herum. Auf den Flanken der Tiere sah ich Blut. Dann entdeckte ich einen Stiefel. Ich nahm ein paar Steine und warf sie auf die Schweine. Als sie sich zurückzogen, lag da die Leiche des armen Teufels.«

»Wie?« fragte Kathryn.

»Na ja, wie man eben so liegt.«

Kathryn zog eine Silbermünze aus der Börse und

drückte sie dem Mann in die Hand. Sie deutete auf ein kleines Rasenstück.

»Zeigt es mir!«

Der Mann zuckte die Achseln, gehorchte aber. Er ging hinüber und legte sich mit gespreizten Beinen ins Gras, das Gesicht nach oben.

»Danke.« Kathryn half ihm auf die Beine. »Wie heißt Ihr?«

»Catgut.« Der Mann griente. »Na ja, zumindest nennt man mich so, es ist mein Spitzname.«

Kathryn lächelte. »Sagt mir, Catgut, wenn Ihr in den Pferch fallen würdet, was würdet Ihr tun?«

»Versuchen, herauszukommen.«

Kathryn lachte. »Nein, Ihr seid ein Kämpfer. Tragt Ihr einen Dolch bei Euch?«

»Klar!« flüsterte Catgut. »Der Mann hat seinen nicht einmal gezogen.«

Kathryn wandte sich an Colum. »Würdet Ihr das nicht auch tun?«

»Ich würde um mein Leben kämpfen.«

»Und was noch?«

Colum verzog das Gesicht. »Schreien und brüllen.«

Er lächelte. »Natürlich, keiner hat Fronzac schreien gehört!«

»Und was noch?« hakte Kathryn nach.

Colum schloß die Augen.

»Sagen wir, Ihr habt Euren Dolch verloren«, fuhr Kathryn fort. »Ihr könnt den Zaun nicht erreichen. Ihr würdet Euch doch bestimmt herumrollen, um Kopf und Gesicht zu schützen. Dennoch hat Fronzac vorn die meisten Verletzungen davongetragen, bis auf den schrecklichen Schlag auf den Hinterkopf.«

Kathryn ging, gefolgt von den anderen, am Schweinepferch entlang. Sie stieg auf den Baumstumpf neben dem Zaun und schaute hinüber; die Schweine bewegten sich im Kreis, borstige Rücken, Ohren mit Haarbüscheln, kurze, erhobene Schwänze, kleine, wütende Augen. Sie betrachtete die kurzen Beine und die kleinen Hauer zu beiden Seiten der vorstehenden Schnauzen.

»Gott sei Dank!« murmelte sie vor sich hin. »Wenigstens wurde Fronzac dieses Entsetzen erspart.«

Sie schaute sich um. Der Schweinepferch war ein weiträumiges Viereck, von starken Planken umzäunt, die an tief im Boden sitzende Pfosten genagelt waren. Außer einem Wassertrog und einem Futterbehälter stand sonst nichts in dem zertrampelten Morast. Auf der gegenüberliegenden Seite erblickte Kathryn ein kleines Tor, das etwas niedriger als der eigentliche Zaun war. Sie stieg herab und ging mit vorsichtigen Schritten um den Schweinepferch herum.

»Wonach suchen wir?« fragte Colum.

Kathryn blieb stehen und warf einen Blick zurück auf das Wirtshaus. Sie sah die Flügelfenster hoch oben im zweiten Stock unter dem Ziegeldach. Auf der anderen Seite des Pferchs jedoch war ihr der Blick auf das Wirtshaus versperrt. Sie folgte dem Pfad zu einer kleinen Pforte in der hohen Ziegelmauer, hob den Riegel und warf einen Blick in die Gasse.

»Wohin führt die?«

»In die Stadt«, antwortete Colum.

Kathryn schloß die Pforte und lehnte sich mit dem Rücken dagegen.

»Colum, habt Ihr einen Penny?«

»Natürlich. Ich habe sogar zwei. Wollt Ihr sie haben?«

»Nein, aber Catgut«, sagte Kathryn. »Ich möchte«, sagte sie und wandte sich an den Knecht, »daß Ihr die Büsche zu beiden Seiten des Schweinepferchs absucht.«

»Wonach soll ich denn suchen?«

»Das wißt Ihr, wenn Ihr es seht. Ein dicker Stock, ein Holzscheit; vielleicht ist es blutverschmiert und es kleben noch ein paar Haare des Toten daran.«

Catgut ließ sich nicht lange bitten. Eilfertig kroch er in die Büsche und begann, geschäftig zu rascheln. Foliot, der offenbar ins Wirtshaus zurückgekehrt war, während sie die Leiche Fronzacs untersucht hatte, kam mit raschen Schritten um die Ecke des Schweinepferchs. Nach einem kurzen Blick in Kathryns Augen und auf die hübschen, geröteten Wangen lächelte er.

»Es war Mord, nicht wahr?« fragte er. Er schaute zu den Büschen, unter denen Catgut noch immer im Laub raschelte.

»Ja, es war Mord«, sagte Kathryn. »Erstens war Fronzac nicht dumm; er ist auf dem Land aufgewachsen. Er wußte, wie gefährlich Schweine sind. Er würde nie auf den Zaun klettern und seine Beine wie ein Kind in den Pferch baumeln lassen. Nein, Fronzac kam auf diese Seite des Pferchs, weil sein Mörder ihn hierher bestellt hatte. Als er ihm den Rücken zuwandte, schlug der Mörder zu und traf ihn mit einem Holzscheit oder einem Stock auf den Hinterkopf. Das war nicht schwer; der Schweinepferch verhindert den Einblick vom Wirtshaus aus, während die Grundstücksmauer allen Passanten in der Gasse dahinter den Blick versperrt.«

»Deshalb hat Fronzac wohl auch nicht geschrien?«

»Genau«, antwortete Kathryn. »Entweder hat man seine Leiche über den Zaun geworfen oder sogar durch das Tor geschleppt. Die Schweine, die der Geruch des Blutes rasend machte, vollendeten die Arbeit des Mörders. Wäre Fronzac abgerutscht, hätte er seinen Dolch gezogen, hätte um Hilfe geschrien und bestimmt versucht, herauszuklettern.«

»Ich hab's!« rief Catgut und sprang aus den Büschen, das Gesicht von Dornen zerkratzt. Er hielt einen dicken Weißdornknüppel in die Höhe. »Das ist er!« rief er, schwenkte ihn in der Luft und lief zu Kathryn zurück.

Sie prüfte den Knüppel sorgfältig und deutete auf die Stelle, an der rotes, verfilztes Haar klebte.

»Also«, murmelte sie, »nun haben wir die Leiche und die Waffe, und wir wissen, wie der Mord ausgeführt wurde. Es bleiben noch zwei Dinge. Wer und warum?« Sie schaute Foliot an. »Ich wette um einen Beutel voll Silbermünzen, daß der Mörder jetzt dort im Schankraum sitzt.«

Colum drückte dem erfreuten Catgut rasch die Münzen in die Hand und trat wieder zu ihnen, ebenso Luberon, der noch immer blaß um die Nase war. Er warf einen ängstlichen Blick zurück auf den Schweinepferch.

»Heute habt Ihr etwas gelernt, Simon«, neckte Colum ihn freundlich. »Haltet Euch von Schweinen fern.«

»Ich werde es mir merken«, sagte Luberon mit erstickter Stimme. »Und Ihr könnt mir glauben, Ire, es wird lange dauern, bis ich wieder Appetit auf Schweinefleisch oder Schinken habe.«

»Geht zurück, Simon«, wies Kathryn ihn an, »und sagt den anderen Pilgern, sie sollen auf uns warten.«

Luberon eilte davon. Kathryn nahm Colums Hand, hielt sie fest und schaute Foliot an. Sie wollte ihn wegen seiner Drohungen vom gestrigen Abend zur Rede stellen, doch ehe sie das Wort ergreifen konnte, übernahm Colum es für sie.

»Ihr habt uns gestern einfach stehenlassen, Master Foliot.« Er ließ Kathryns Hand los und griff nach dem Dolch an seinem Gürtel. Der Ire trat einen Schritt vor; Foliot rührte sich nicht, ließ ihn jedoch nicht aus den Augen. »Ihr habt gesagt, daß ich vielleicht nach London zurückgerufen werde, wenn es mir nicht gelingt, Tenebraes Mörder zu entlarven.« Colum hatte Mühe, sein aufbrausendes Temperament zu zügeln. »Habt Ihr je einen Marsch unter brennender Sonne unternommen oder in Frost und Schnee übernachtet? Ich schon. Man hat mich zu Land und zu Wasser gejagt, und ich wurde von hohen Wellen hin und her geworfen. Ich mag es nicht, wenn man mir droht.«

Foliot trat einen Schritt zurück, warf den Umhang über die Schulter und legte eine Hand an den Schwertgriff.

»Droht Ihr jetzt mir, Ire?«

»Halt!« Kathryn trat zwischen die beiden und wandte Colum den Rücken zu.

»Was ist, Mistress?« fragte Foliot höhnisch. »Wollt Ihr Euren Iren schützen?«

Colum war nahe daran, sich wütend auf ihn zu stürzen, doch Kathryn drückte sich gegen ihn.

»Seid kein Narr«, flüsterte sie. »Mein Ire ist kein eitler Prahlhans. Er würde Euch den Kopf abschlagen.« Sie trat von Colum zurück.

»Tut mir leid, wenn ich Euch bedroht habe.« Foliot hob beide Hände, um seine friedliche Absicht zum Ausdruck zu bringen. Er schaute sich rasch in dem kleinen Garten um, als fürchte er ungebetene Lauscher. »Ihr kennt die Königin«, flüsterte er heiser. »Ich sage Euch beiden nur das eine. Tenebrae kannte ein schreckliches Geheimnis. Was es war, weiß ich nicht. Aber glaubt mir, Ire, wenn ich mit leeren Händen nach London zurückkehre, wird jeder – und ich meine wirklich jeder, auch ich – die Wut der Königin zu spüren bekommen.«

Colum entspannte sich. »Wenn es so ist, dann wollen wir dafür sorgen, daß Ihr nicht mit leeren Händen zurückkehrt!«

Sie gingen zurück ins Wirtshaus, wo Luberon und die Pilger auf sie warteten. Der Schreiber hatte den Pilgern offenbar berichtet, was Kathryn herausgefunden hatte. Hetherington wirkte sichtlich bestürzt; Greene zupfte nervös an einem losen Faden. Witwe Dauncey tuschelte mit Brissot, während Neverett und die hübsche Louise nebeneinander saßen und sich krampfhaft an den Händen hielten. Kathryn legte die blutige Weißdornkeule auf den Tisch.

»Master Fronzac ist ermordet worden.« Rasch beschrieb sie, wie sie zu dieser Schlußfolgerung gekommen war.

Die Pilger hörten ihr mit unbewegter Miene zu.

»Es muß einer von uns gewesen sein«, meldete sich Hetherington zu Wort.

»Ja«, sagte Kathryn. »Anders kann es nicht sein.«

»Aber warum?« fragte Neverett. »Warum sollte jemand den armen Fronzac umbringen? Er war ein fähiger, fleißiger Schreiber.«

»Hatte er Feinde?« fragte Colum.

Neverett verzog das Gesicht. »Wer hat die nicht, Ire? Rivalen, persönliche Abneigungen, aber bestimmt nicht Haß und Bosheit, die zu einem Mord führen. Er stellte für niemanden eine Bedrohung dar.«

Hetherington schaltete sich ein. »Außer vielleicht für Tenebraes Mörder?«

»Ja«, sagte Kathryn. »Und ich will offen sein. Tenebrae wurde von jemandem in diesem Raum umgebracht. Fronzac hat etwas erfahren, der Himmel mag wissen, auf welche Weise. Weil er es wußte, wurde er ermordet.« Sie hielt inne, und ihre Worte hingen wie eine Henkersschlinge über den Pilgern.

»Hat Fronzac etwas gesagt?« fragte Colum. »Gestern abend etwa, oder heute morgen irgend etwas Ungewöhnliches? War er still oder in sich gekehrt?«

»Ganz im Gegenteil.« Brissot, dessen sauber gestutzter Schnurrbart sich vor Erregung sträubte, bewegte sich unruhig auf seinem Hocker und trommelte mit den Fingern auf die Tischplatte. »Er war so froh wie schon lange nicht mehr. Nachdem Ihr gestern abend fort wart, blieb er noch ein wenig mit mir hier unten sitzen. Wir haben uns einen Krug Wein geteilt, über Tenebraes Tod und anschließend über die Angelegenheiten unserer Zunft in London gesprochen. Fronzac sagte, er werde wahrscheinlich bald umziehen, in ein größeres Haus in der Nähe des Wirtshauses ›Zum Bischof Ely‹ nördlich von Holborn ein Haus mit Garten und Karpfenteich.«

»Hat er sich über die Quelle seines neuen Wohlstands geäußert?« fragte Kathryn.

»Nein«, antwortete Brissot, bebend vor Wichtigkeit. »Das Thema haben wir nicht berührt. Aber immerhin war er Junggeselle und muß Geld gespart haben.«

»Ja, das hatte er«, fügte Hetherington rasch hinzu. »Er hat sein Geld bei mir deponiert. Master Fronzac war nicht gerade wohlhabend, aber er besaß genug, um sich ein angenehmes Leben zu leisten.«

»Hat er auch mit anderen gesprochen?« fragte Kathryn.

Die Pilger schauten sie schweigend an. Brissot wandte sich um und deutete auf Louise.

»Mistress Condosti, mit Euch hat er geredet. Wißt Ihr noch? Nachdem wir den Schankraum verlassen hatten, kehrten wir in unsere Zimmer zurück. Da kamt Ihr auf den Flur, weil Ihr eine neue Kerze gesucht habt. Er hat Euch zur Seite genommen und Euch etwas zugeraunt.«

Die junge Frau war so bleich geworden, daß Kathryn schon befürchtete, sie würde in Ohnmacht fallen. Sie öffnete den hübschen Mund zu einer Antwort, senkte dann aber den Kopf und begann zu schluchzen.

»Worüber hat er geredet?«

Louise schüttelte den Kopf und tupfte sich die Augen.

»Quält sie doch nicht!« polterte Neverett los und stieß seinen Hocker zurück.

»Setzt Euch«, sagte Colum energisch.

»Ich werde Mistress Louise unter vier Augen befragen«, schaltete Kathryn sich ein. »Das hat Zeit. Hat noch jemand mit Fronzac gesprochen?«

Wieder schwiegen alle.

»Heute morgen kam er herunter, um sein Frühstück einzunehmen«, sagte Hetherington erschöpft. »Da wurden die üblichen Höflichkeiten ausgetauscht.«

»Was geschah dann?« fragte Kathryn. »Ich will es genau wissen.«

»Er sagte, er müsse in den Garten gehen.«

»Er müsse?« hakte Kathryn nach. »Hat er wirklich gesagt, er müsse in den Garten, Sir Raymond?«

»Ja, ja.«

»Und wo waren die anderen?«

Alle antworteten gleichzeitig. Kathryn gebot dem Stimmengewirr Einhalt und befragte jeden einzeln. Hetherington und Greene sagten, sie seien in ihren Zimmern gewesen. Neverett behauptete, er sei in die Stadt gegangen, um sich den Markt anzusehen. Seine Verlobte, Louise Condosti, betupfte noch immer die Augen und piepste mit einfältigem Lächeln, sie sei in ihrem Zimmer geblieben. Witwe Dauncey und Brissot erklärten ebenfalls, sie hätten einen Morgenspaziergang in die Stadt gemacht, um die Stände und Läden in Queningate zu besuchen.

»Demnach ist niemand in den Garten gegangen?« fragte Kathryn.

Sie drehte sich um und rief den Wirt zu sich, der an der Küchentür lehnte. Er kam eilfertig herbei, die sonst so fröhlichen Augen schauten sie in feierlichem Ernst erwartungsvoll an.

»Ihr habt gehört, was hier gesprochen wurde?« fragte Kathryn. »Master ...?«

»Byward«, antwortete der Wirt. »Anselm Byward.«

»Könnt Ihr es bestätigen?« fragte Kathryn.

Byward nickte. »Catgut hat mir seine Geschichte schon erzählt.« Er wischte sich die Hände an der Schürze ab. »Ich habe alle gefragt: Küchenjungen und Pferdeknechte. Sie sagen alle, daß nur der Mann, der umgebracht wurde, in den Garten ging. Außerdem habe ich gerade von meiner Frau erfahren, daß die Pforte hinter dem Schweinepferch erst entriegelt wurde, nachdem man die Leiche gefunden hatte. Um ehrlich zu sein, Mistress, wenn jemand in den Garten gekommen ist, dann muß er über die Mauer gestiegen sein.«

Kathryn bedankte sich bei dem Wirt, der sich wieder auf seinen Lauschposten begab, um dem weiteren Verlauf dieses Schauspiels zuzusehen und darüber zu spekulieren, ob es dem Geschäft nun schadete oder nicht.

»Worauf wollt Ihr mit all Euren Fragen eigentlich hinaus?« fuhr Greene Kathryn an.

»Auf nichts Bestimmtes«, entgegnete Kathryn. »Fronzac verließ den Schankraum und sagte, er müsse in den Garten gehen; das heißt, es war nicht einfach nur ein vergnüglicher Zeitvertreib am Morgen. Ich vermute, er war im Begriff, sich mit seinem Mörder zu treffen.«

»Aber niemand folgte ihm«, fuhr Brissot auf.

»Der Mörder könnte ja auch über die Mauer geklettert sein«, knurrte Hetherington. »Will sagen, Mistress« – er tätschelte sich den dicken Bauch –, »daß ich nicht der Mörder bin. Ich habe schon Mühe, eine Treppe hinaufzusteigen, geschweige denn auf hohe Mauern zu klettern.«

»Wer sagt Euch denn, daß sie hoch ist?« unterbrach Foliot.

»Ich war da draußen«, brauste Hetherington mit wütend verzerrtem, hochrotem Gesicht auf. »Ihr geht mir langsam auf die Nerven, Sire. Wo wart Ihr denn heute morgen?«

Alle Augen richteten sich auf den Gesandten der Königin, und Kathryn verwünschte im Stillen ihre Dummheit. Niemand war über jeglichen Verdacht erhaben. Foliot war ein zungenfertiger Höfling, der hinter vorgehaltener Hand von großen Geheimnissen sprach, aber konnte er nicht auch der Mörder sein? Er hatte Tenebrae an dessen Todestag frühmorgens aufgesucht. Er wußte auch, wo sich die Pilger aufhielten. Foliot schien ihre Gedanken zu lesen und lächelte verschlagen.

»Ich habe ein Alibi«, verkündete er. »Geht in das Wirtshaus, in dem ich wohne, und Ihr werdet feststellen, daß ich mehr Zeugen habe, als eine Kirche an Sonntagen Besucher hat.«

Luberon beugte sich zu Kathryn hinüber. »Mistress«, flüsterte er. »Diese Fragerei führt zu nichts.«

Kathryn mußte ihm recht geben und stand auf. »Louise«, forderte sie die dunkeläugige Schönheit, die an der Schulter ihres Verlobten lehnte, lächelnd auf. »Ich muß Euch unter vier Augen sprechen.«

Louise schaute mit flatternden Augenlidern auf, und warf Hetherington, der sich das Gesicht mit beiden Händen rieb, einen durchdringenden Blick zu.

»Es ist nicht nötig, daß Euch jemand begleitet«, beharrte Kathryn, »außer vielleicht Sir Raymond.«

Hetherington berührte die Schulter der jungen Frau.

»Willst du das?«

Louise nickte.

»Und was ist mit mir?« rief Richard Neverett mit besorgter, verstörter Miene und sprang auf.

»Du bleibst hier!« befahl Hetherington wichtigtuerisch und erhob sich.

Der Zunftmeister führte Kathryn und Louise die Treppe hinauf in sein reich möbliertes Zimmer im ersten Stock. Die Wände schimmerten weiß, auf dem Steinfußboden lagen Läufer, und an der Wand hingen Gobelins in leuchtenden Farben. Das Himmelbett aus lackierter Eiche zierten grüne, goldfarbig abgesetzte Vorhänge. Es gab einen Tisch, ein paar Hocker, einen Schrank und zwei Stühle mit hohen Rückenlehnen. Hetherington schloß die Tür, winkte Kathryn und Louise zu den Stühlen, zog sich einen Hocker heran und setzte sich ihnen gegenüber. Kathryn wischte die leicht verschwitzte Handfläche an ihrem Kleid ab, während sie versuchte, das aufgeregte Kribbeln in ihrem Bauch zu unterdrücken. Es war dasselbe Gefühl, das sie stets überkam, wenn sie einen Patienten untersuchte und die Ursache für eine rätselhafte Krankheit entdeckte. Zum ersten Mal sollte die von den Goldschmieden errichtete Mauer des Schweigens zum Einsturz gebracht werden.

»Mistress Condosti«, begann Kathryn unumwunden. »Ich muß Euch über Eure Beziehung zu Tenebrae befragen.«

Die Unterlippe der jungen Frau begann zu zittern.

»Bitte«, meinte Kathryn, »ich will Euch nicht quälen oder belästigen. Hatte Master Tenebrae die Absicht, Euch zu heiraten oder hat er es Euch vorgeschlagen?«

Louise riß die Augen auf. Kathryn bemerkte den leicht verschlagenen Blick und wußte, daß sie ihr Ziel verfehlt hatte.

»Mistress Swinbrooke!« Louise lächelte. »Ich und Tenebrae heiraten!« Sie warf den Kopf in den Nacken und lachte laut.

Kathryn schaute kurz zu Hetherington; auch er lächelte sichtlich erleichtert. Erst denken, dann reden! sagte sie sich reumütig. Beim Ausfragen ihrer Patienten hatte sie sich eine gewisse Geschicklichkeit angeeignet, aber als sie Louise nun lachen hörte, erkannte sie, daß sie noch viel lernen mußte.

»Wie kommt Ihr denn darauf, Mistress Swinbrooke?« prustete Hetherington los.

Kathryn zuckte die Achseln. »Ich schaffe mir nur Hindernisse aus dem Weg; eins nach dem anderen!« Sie beschloß, den Stier bei den Hörnern zu packen. »Ich weiß genau, daß Tenebrae Euch erpreßt hat, nicht wahr, Louise?«

Das Lächeln auf den Lippen der Frau erstarb.

»Oh, es ging nicht um Geld«, fuhr Kathryn fort. »Auch nicht um politische Untertanenpflichten oder weil Ihr den Feinden des Königs Hilfe oder Trost gespendet hättet. Etwas, wie soll ich sagen, Persönliches?«

Louise nickte. Tränen standen ihr in den Augen.

»Ich werde für sie antworten«, sagte Hetherington. »Wie Ihr wißt, ist Mistress Condosti mein Mündel. Ich habe ihr jede Annehmlichkeit und jeden Luxus ermöglicht, sie hatte alle Freiheit, die sie wollte. Vielleicht ein wenig zuviel.« Er beugte sich vor und tätschelte liebevoll Louises Hand. »Vor zwei Jahren, Mistress Swinbrooke, wurden der König und das Haus York entmachtet. Margaret von Anjou und das Haus Lancaster hielten Einzug in London. Mit dieser Armee kamen viele Abenteurer, darunter auch ein verarmter französischer Adliger, Charles de Preau. De Preau war gutaussehend, charmant, verwegen und galant.« Hetherington hielt inne und fuhr sich mit der Zunge über die Lippen. »In London herrschte ein einziges Durcheinander. Die Lancastrianer brauchten dringend Geld. Ich und die Goldschmiede wurden zu unzähligen Banketten und Festlichkeiten geladen. Der eigentliche Zweck bestand darin, Gelder zu möglichst niedrigen Zinsen zu leihen. Louise begleitete mich zu einer auserlesenen Abendgesellschaft im Palast: Es wurde gefeiert, getanzt, gezecht – selbst aus den Springbrunnen floß Wein. Dort lernte sie de Preau kennen: redegewandt, feinste Manieren und erfahren in allen Finessen der Liebeskunst.« Hetherington war Kathryn einen kurzen Blick zu. »Was soll ich sagen, Mistress Swinbrooke? Louise war wirklich fast noch ein Kind. Sie schenkte de Preau ihr Herz; er hat sie verführt.«

Louise hatte sich hoch aufgerichtet, die Hände im Schoß, und starrte auf den Boden.

»Louise ist keine *virgo intacta* mehr, sie ist Ware aus zweiter Hand, wie boshafte Zungen sagen würden.«

»Ein solches Vorkommnis«, entgegnete Kathryn heiter, »ist kein Grund zur Verurteilung.« Sie lächelte Louise an. »Das Herz ist mitunter ein unberechenbarer Führer, aber wie kommt es, daß Tenebrae davon erfuhr?«

»Weil ich schwanger wurde, Mistress Swinbrooke«, nuschelte Louise. »Zwei Monate darauf verließen die Truppen des Hauses Lancaster London, und de Preau fand bei Barnet den Tod. Ich hatte eine Fehlgeburt, weil das Kind in mir starb. Tenebrae muß davon Wind bekommen haben.«

»Wer hat sich um Euch gekümmert?« fragte Kathryn.

»Brissot«, antwortete Hetherington.

»Aha!« Kathryn lehnte sich zurück.

»Das soll nicht heißen«, versicherte Hetherington, »daß Brissot die Quelle war. Auch andere wußten es.«

»Auch Euer Verlobter Neverett?« fragte Kathryn.

»Ich glaube, ja«, erwiderte Louise schüchtern. »Eines Tages werde ich mit ihm darüber sprechen müssen.« Sie fuhr sich mit den Fingern über den Mund, und Kathryn fiel auf, daß sie zitterte. »Aber wie Sir Raymond schon sagte, es wäre ungerecht gegenüber Brissot, nicht darauf hinzuweisen, daß auch andere davon wußten.«

»Wer?« fragte Kathryn.

»Mitglieder der Zunft«, antwortete Hetherington. »Greene und Witwe Dauncey haben es zweifellos vermutet.«

Kathryn beobachtete Louise. Sie zeigte keine Erleichterung, die Hände zitterten noch, als sie mit den goldenen Troddeln an der Schnur um ihre Hüfte spielte. Kathryn beugte sich zu ihr und drückte ihr die eiskalten Hände.

»Da gab es aber noch mehr, nicht wahr? Sagt es mir«, beharrte Kathryn. »Warum sollte eine hübsche junge Frau mit einem Geschöpf wie Tenebrae geheime Besprechungen abhalten?«

»Weil ich verliebt war!« schrie Louise. »Mistress Kathryn, wart Ihr jemals verliebt? Ich habe Charles de Preau mit allen Fasern meines Herzens geliebt. Jedesmal, wenn ich nach Canterbury kam, suchte ich Tenebrae auf, um zu erfahren, wie unsere Beziehung ausgehen würde.«

Kathryn gewahrte die Härte in der Stimme der jungen Frau und spürte die Gefühle, die in ihr brodelten.

»Oh, Tenebrae war gut«, fuhr Louise fort. »Er hat mit diesen verdammten Karten gespielt; er war es, der die Gefahr prophezeit hat, der mir die Schwert Zehn gezeigt hat. Überzeugt war ich erst, nachdem Charles gefallen war.«

Sie trocknete sich die Tränen auf den Wangen. »Im vergangenen Herbst kam ich mit Sir Raymond und den anderen wieder hierher. Diesmal war Tenebrae anders. Er sagte mir die Zukunft voraus und behauptete, er werde meine Schande aller Welt bekannt geben, wenn ich seinen Forderungen nicht nachkäme.«

»Was hat er gemacht?« fragte Kathryn.

»Er sagte, ich sei schön«, sagte Louise. Sie schaute Hetherington unter halb geschlossenen Lidern an. »Ich hätte es Euch sagen sollen, aber ...« Sie hielt kurz inne. »Er verlangte von mir, daß ich mich auszog«, flüsterte sie dann. »Ich sollte mich vor ihm entkleiden und durch das Zimmer gehen.«

Zornig sprang Hetherington auf. Auf seinem Gesicht zeichneten sich rote Flecken ab.

»Verflucht sei er in der Hölle!« brüllte er und hockte sich neben Louise. »Warum hast du mir nichts davon gesagt? Hat er dich angefaßt?«

Louise schüttelte den Kopf. »Nein. Das war alles, was ich tun sollte. Er versprach mir, zu schweigen, die Zukunft zu beschwören und alles zum Besten zu richten. Ich habe mich gefügt, weil ich glaubte, in der Falle zu sitzen. Die Situation war irgendwie unwirklich. Danach habe ich mir in den Arm zwicken müssen.« Sie hob kokett die Schultern. »Das war alles.«

»Habt Ihr ihn gehaßt?« fragte Kathryn. »Mistress Condosti, habt Ihr Tenebrae gehaßt?«

»Zuweilen, ja. Manchmal auch mich selbst.« Sie hob die Stimme. »Mitunter das Leben, Charles, alles war zu einen unentwirrbaren Knäuel geworden.«

»Und Master Fronzac?« fragte Kathryn.

Louise hielt ihrem forschenden Blick stand. Ihre Augen hatten die taubengleiche Sanftheit verloren und zeigten stählerne Härte hinter dem Samt.

»Er wußte es!« Sie spie die Worte förmlich aus.

»Was soll das heißen?« rief Hetherington.

»Fronzac wußte es«, erklärte Louise. »Oh, für Euch, Sir Raymond, war er der fleißige Schreiber. Aber habt Ihr Euch je die Mühe gemacht, ihn genau zu beobachten? Die wässrigen Augen, der schlabberige Mund? Ich habe ihn immer wieder dabei erwischt, wie er mich beobachtete, manchmal saß er neben mir und leckte sich die aufgesprungenen Lippen, während er unter dem Tisch ein Bein an mich drückte, um sich dann wortreich zu entschuldigen.«

»Was hat Fronzac gestern abend zu Euch gesagt?« wollte Kathryn wissen.

Louise lachte kurz auf. »Wißt Ihr, als ich hörte, daß Tenebrae umgebracht worden war, habe ich mich gefreut. Plötzlich schien die Welt wieder in Ordnung. Tenebrae war tot, keine weiteren Drohungen, kein Auf und Ab mehr in diesem schrecklichen Zimmer. Und doch, als ich gestern abend die Treppe heraufkam, war der Alptraum wieder da. Fronzac nahm mich zur Seite. Er fragte mich aus. Ob ich nicht froh sei, daß der Magier tot sei? Ich habe ihn nur angesehen. Dann hat er gesagt: *›Eines Tages, Mistress Condosti, wenn Ihr wißt, was gut für Euch ist, werdet Ihr in meinem Zimmer auf und ab gehen müssen, wie Ihr es für Tenebrae getan habt.‹* Ich war entsetzt.« Sie lachte bitter. »Nun ist Fronzac tot. Ich frage mich, ob ein Fluch auf mir lastet. Ist meine Verlobung mit Master Neverett wirklich richtig?« Sie stand rasch auf, trocknete sich die Tränen und kniff sich in die Wangen, um ein wenig Farbe in ihr Gesicht zu zaubern. »Ich habe Euch gesagt, was ich weiß, Mistress Swinbrooke, Gott ist mein Zeuge.« Sie funkelte Sir Raymond an. »Es wäre vielleicht am besten, wenn andere das auch täten.«

Ohne sich noch einmal umzudrehen, verließ sie das Zimmer und schlug die Tür hinter sich zu.

Hetherington saß mit aschfahlem Gesicht da.

»Die Kirche«, murmelte er heiser, »lehrt uns, daß wir uns nicht mit Tenebrae und seinesgleichen einlassen sollen.« Er blickte zu Kathryn auf. »Glaubt mir, jetzt verstehe ich, wie weise das ist.«

»Was meinte Euer Mündel?« fragte Kathryn. »Daß andere mir auch die Wahrheit sagen sollten?«

Sie hielt inne, als es an der Tür klopfte und Colum hereinkam. Kathryn deutete auf den Platz neben sich.

»Was geht hier vor?« fragte Colum. »Mistress Condosti kam eilig herunter und lief gleich in den Garten.«

»Ich erfahre gerade einige Wahrheiten«, antwortete Kathryn. »Und Sir Raymond, glaube ich, will uns noch mehr erzählen, wenn auch nicht sofort. Sir Raymond, können wir dieses Zimmer benutzen?«

Der Goldschmied nickte. »Ich brauche Wein«, sagte er und erhob sich. »Ich bin im Schankraum bei den anderen.« Er verließ das Zimmer in der Haltung eines geschlagenen Mannes.

Kathryn und Colum folgten ihm. Foliot und Luberon warteten draußen auf dem Flur. Die Augen des kleinen Schreibers sprühten vor Neugier, Foliot war gelassener. Kathryn versicherte ihnen, daß alles in bester Ordnung sei, bat sie aber, bei den Pilgern zu bleiben. Sie wolle jeden einzelnen gemeinsam mit Colum befragen.

»Dabei sollte ich auch zugegen sein«, erklärte Foliot.

»Nein«, entgegnete Colum. »Ihr habt deutlich darauf hingewiesen, daß ich die Verantwortung für diesen Fall trage. Ich muß darauf bestehen, daß Ihr den Dingen ihren Lauf laßt, zumindest vorläufig.«

Foliot zog ein langes Gesicht und stapfte hinter Luberon her die Treppe hinunter. Colum ging wieder zu Kathryn. »Was ist?«

»Master Fronzac hatte das Zauberbuch«, antwortete Kathryn. »Er wurde wegen seiner Geheimnisse ermordet.«

Sieben

Nachdem sie wieder ins Zimmer zurückgekehrt waren, schilderte Kathryn dem Iren, was vorgefallen war. Er stand am Fenster und hörte ihr aufmerksam zu.

»Also«, meinte er dann, »ist Master Tenebraes zukünftige Braut weniger von Interesse für uns als der Verbleib des Zauberbuchs.« Er schüttelte den Kopf. »Dennoch ergibt das Ganze keinen Sinn. Wie konnte Fronzac Tenebrae umbringen und das *Buch des Todes* entwenden? Bogbean hat uns versichert, daß der Schreiber an dem betreffenden Tag das Haus wie alle anderen verlassen hat. Und nachdem er fortgegangen war, bekam der Magier weiteren Besuch. Außerdem war da noch sein Diener Morel. Also erhebt sich die Frage«, Colum ließ sich auf einen Stuhl fallen, »was wir jetzt machen sollen?«

Kathryn verschränkte die Finger und betrachtete die kostbaren Bettvorhänge. Thomasina würden sie gefallen, dachte sie, so dick und schwer; nicht leicht sauberzuhalten, aber so stabil, daß sie dem Wandel der Zeit standhalten würden.

»Kathryn?« hakte Colum nach.

Sie lächelte schuldbewußt. »Eins haben wir immerhin erreicht, oh Ire mit den dunklen Brauen: Wir haben eine Bresche in die Mauer geschlagen, die diese Goldschmiede um sich herum errichtet hatten. Louise Condosti hatte einiges zu verbergen, und sie deutete an, daß es sich bei ihren Begleitern ebenso verhält. Vielleicht ist es besser, wenn wir sie uns einzeln vornehmen. Wir sollten mit Brissot anfangen.«

Colum ging hinunter in den Schankraum und kehrte mit dem rundlichen, kleinen Arzt zurück, der sich nervös blinzelnd über den sauber gestutzten Schnurrbart strich, als Kathryn ihn bat, Platz zu nehmen.

»Master Brissot«, begann Kathryn lächelnd. »Wieviel hat Tenebrae Euch gezahlt?«

Der Arzt fiel beinahe vom Hocker. »Was sagt Ihr da?« stammelte er. »Wie könnt Ihr es wagen?«

»Haltet den Mund! Ihr wißt sehr wohl, was ich meine. Ihr seid Arzt in London, in Anspruch genommen insbesondere von der Goldschmiedezunft, damit Ihr Euch um deren Bruderschaft kümmert. Ihr geht überall ein und aus. Ihr pflegt ihre Gesundheit, und Euren scharfen kleinen Augen entgeht nichts. Ihr wart Tenebraes Spion und habt ihm über Louise Condostis Zustand berichtet. Ist Euch denn nie in den Sinn gekommen, was eine so niederträchtige Kreatur mit diesem Wissen anfangen könnte?«

Brissot starrte sie schweigend an.

»Ich gebe Euch die Möglichkeit«, fuhr Kathryn im Plauderton fort, »mir die Wahrheit zu sagen. Wenn Ihr lügt und wir das später feststellen sollten – nun, Master Murtagh hier hat einflußreiche Freunde bei Hof. Er wird dafür sorgen, daß in der Stadt bekannt wird, was für einer Ihr seid und was Ihr getan habt.« Kathryn dachte daran, welche Angst Louise Condosti ausgestanden hatte und wie sehr sie verletzt worden war, und zog ihren Stuhl näher heran. »Und wie wäre es dann um Euren Wohlstand bestellt, Master Brissot? Ich bin Ärztin; es gibt eine unausgesprochene Übereinkunft, daß wir über die Dinge, die wir erfahren, Stillschweigen bewahren.«

Zu ihrer Überraschung brach Brissot in Tränen aus. Die Schultern zuckten hemmungslos. Erstaunt sah Kathryn zu und wappnete sich gegen den Anblick dieses wichtigtuerischen kleinen Mannes, der nun wie ein Kind heulte. Schließlich hielt er inne, schluckte geräuschvoll und hob den Kopf. Kathryn erschrak, als sie den Haß sah, der in seinen Augen aufloderte.

»Glaubt Ihr etwa, es hätte mir Spaß gemacht?« fragte er langsam. »Ich, Charles Brissot, Student an der Sorbonne, in Padua und Marseille, in der Hand eines Mannes wie Tenebrae?« Er schüttelte den Kopf. »Ich verdiene alles, was Ihr gesagt habt, aber, Mistress Kathryn«, er beugte sich vor und tippte sich an die Schläfe, »hier oben wohnen die Dämonen und Geister, in den schmutzigen Nischen des Verstandes. Habt Ihr etwa keine? Na, ich schon.« Mit dem Handrücken wischte er sich die Tränen vom Gesicht. »Man mußte Tenebrae kennen, um seine Niedertracht zu verstehen. Er war schwer zu durchschauen und sehr gerissen. Wie eine dicke Spinne lockte er einen ins Netz, und wenn man einmal gefangen war, hielt er einen fest.«

»Und wie hat er Euch eingefangen?« fragte Colum.

Brissot wandte sich ihm zu. »Ihr habt mich dorthin gebracht«, erwiderte er, »oder Männer wie Ihr. Ja, ich bin Arzt im Dienste der Goldschmiede von London, aber im Sommer 1471 wurde ich zum Arzt König Heinrichs VI bestellt, als er im Tower von London in Gefangenschaft saß.« Brissot bemerkte die Überraschung auf Colums Gesicht. »Ja, ja, der fromme Heinrich VI aus dem Hause Lancaster; ein Mann, der sich mehr seinen Gebeten als seinen königlichen Pflichten widmete. Ihr kennt die Geschichte? Nach den Siegen derer von York bei Barnet und Tewkesbury wurde Heinrich VI im Tower gefangengehalten, wo er unter rätselhaften Umständen den Tod fand.« Er starrte auf einen Punkt über ihren Köpfen. »Er ist nicht gestorben. Der arme, fromme Mann wurde ermordet, sein Kopf wurde an der Mauer zerschmettert, sein ausgemergelter Körper mit Dolchen durchbohrt.« Brissot hielt inne und atmete tief durch. »Ich mußte mich um ihn kümmern, die Leiche ankleiden, ehe sie zum Begräbnis flußabwärts nach Chertsey gebracht wurde. Nun, wie wirkt das auf Euch, Ire? Wenn man der Arzt ist, der sich der Leiche annahm, der die Wahrheit kennt, aber unter allen Umständen den Mund halten muß.«

»Es stimmt«, flüsterte Colum. »Es gibt viele Gerüchte über die Art und Weise, wie Heinrich starb. Er verschied genau in der Nacht, in der der König und seine Brüder ein Bankett im Tower abhielten. Offiziell wurde verkündet, er sei eines natürlichen Todes gestorben.«

»Tenebrae hat mich deswegen verhöhnt«, brach es aus Brissot heraus. Er funkelte Kathryn wütend an. »Um Himmels willen, Mistress!« Plötzlich lachte er auf. »Da bin ich nun, wandle durch die Straßen von Canterbury und huldige Becket, einem Erzbischof, der von einem König ermordet wurde. Doch schaut mich an: ein Arzt, der weiß, daß ein frommer König umgebracht wurde. Genau das wollte Tenebrae aller Welt kundtun.« Er zuckte die Schultern. »Und so mußte ich ihm alles mitteilen, was ich wußte. Das ganze Geschwätz der Zunft; wer was zu wem gesagt hatte, die schmutzigen kleinen Skandalgeschichten, die uns alle plagen.« Er spreizte die Hände. »Ja, ich habe ihm etwas über Louise Condosti und über andere Sachen erzählt.«

»Dann wollen wir uns über diese anderen Sachen einmal unterhalten«, erwiderte Kathryn. Sie hob die Hand. »Ich gebe Euch mein Wort. Wir wollen nur Tenebraes Mörder in eine Falle locken.«

Brissot lächelte. »Na schön, ich werde es Euch sagen, dasselbe, was ich diesem Bastard von Magier berichtet habe. Wie wütend Hetherington war, als er erfuhr, daß Tenebrae die Sache über Louise wußte. Und daß eben dieser Goldschmied den Lancastertreuen ganze Beutel voller Silbermünzen geliehen hatte. Daß Thomas Greene eine Vorliebe für kleine Jungen mit Engelsgesichtern und runden, weißen Arschbacken hat.«

»Und Neverett?« fragte Kathryn.

»Ach, der ist ziemlich unschuldig. Ein junger Mann, der noch nicht in den Sündenpfuhl gefallen ist.«

»Was ist mit Witwe Dauncey?« fragte Colum.

»Warum fragt Ihr sie nicht selbst?« entgegnete Brissot. »Sprecht mit der armen Witwe. Fragt sie, warum sie ständig nach einem Mann sucht.«

»Hübsch genug ist sie ja«, schaltete Kathryn sich höflich ein. »Außerdem ist sie sehr wohlhabend.«

»Tja«, sagte Brissot, »ihr letzter Mann besaß Schiffe. In Wirklichkeit war er nur ein gemeiner Pirat. Der größte Teil seines Wohlstands war auf unrechtem Wege erworben.«

»Aber sie ist immer noch reich?«

Brissot stand auf. »Ich habe Euch genug gesagt.« Er beugte sich herab und näherte sich Kathryns Gesicht bis auf wenige Fingerbreit. »Ich habe den Magier nicht umgebracht«, schnarrte er, »aber ich wünschte bei Gott, ich hätte es getan!« Dann machte er auf dem Absatz kehrt und verließ den Raum.

»Was ich immer sage!« Colum reckte sich. »Nichts ist so, wie es scheint, und in diesem Fall gilt, es ist nicht alles Gold, was glänzt.«

Kathryn stand auf, stellte sich rasch hinter ihn und zog ihn sanft an den Haaren.

»Keine Zeit für Chaucer, Colum«, murmelte sie. »Wir brauchen mehr als Mutmaßungen. Ich wette, jeder von ihnen hatte Grund genug, Tenebrae zu hassen und umzubringen.«

»Wo ist das Zauberbuch?« fragte Colum.

»Damit werden wir uns gleich befassen«, sagte Kathryn. »Zuerst müssen wir noch ein Wörtchen mit der armen Witwe Dauncey reden.«

Colum ging hinunter in den Schankraum und brachte Dionysia herauf, die ihre Hand geziert auf seinen Arm gelegt hatte und sich mit der anderen auf ihren Stock stützte.

Kathryn betrachtete das schmale, gefurchte Gesicht der Witwe. Die Augen waren hell, aber die Haut hatte eine fahle, ungesunde Farbe; als sie sich auf den Stuhl setzte, fiel Kathryn auf, daß sie sich den Bauch hielt, als habe sie Schmerzen, ehe sie kokett die Falten ihres dunkelblauen Kleides glattstrich, dann die Haube auf ihrem leicht ergrauten Haar richtete. Sie legte die Hände in den Schoß und übte sich in Zurückhaltung. Die hellen Augen musterten Kathryn aufmerksam.

»Mistress Swinbrooke«, begann sie leise, »man muß Euch wirklich gratulieren. Noch nie hat eine Frau so viele Menschen in so kurzer Zeit in Erregung versetzt.«

»Es war nicht meine Absicht«, erwiderte Kathryn. »Aber, wie Master Brissot sagt, wir haben in unseren Seelen dunkle Nischen, in die wir niemanden hineinschauen lassen. Und dennoch?« Kathryn zuckte mit den Achseln. »Ein Mann wie Tenebrae hatte das Talent, in solche Schatten vorzudringen.«

»Er war sehr geschickt«, antwortete Dionysia. »Scharfsinnig und rätselhaft. Ein kluger Verstand und ein schnelles Auge. Er wußte, wie wichtig Rituale und Erscheinungen waren. Dabei war er so überzeugend, daß wir dachten, er besäße gewisse Kräfte. Vielleicht hatte er sie nicht.«

»Wie lange seid Ihr schon Witwe?« fragte Kathryn.

Dionysia lächelte und versuchte, die gelblichen, bröckelnden Zähne zu verbergen.

»Vier Jahre. Mein Gemahl starb auf See, und, um es gleich vorwegzunehmen, Mistress Swinbrooke, er war mein dritter Gemahl.«

»Habt Ihr Kinder?«

»Oh, nein.« Witwe Dauncey lachte gezwungen und bohrte sich die Finger in die Seite.

»Habt Ihr Schmerzen, Mistress Dauncey?«

»Wieso?« fuhr die Witwe sie an. »Was hat Euch der fette, kleine Brissot denn gesagt?«

»Nichts, was wir nicht schon gewußt hätten; Tenebrae war ein geübter Erpresser. Und womit hatte er Euch in der Hand?«

Witwe Dauncey starrte sie aus blicklosen Augen an. »Nein, ich ...«, stammelte sie. »Ich kann nicht ...«

»Ihr leidet an einer Krankheit«, unterbrach Kathryn sie. Sie nahm die Frau näher in Augenschein: Unter der dicken Schicht aus Puder und Rouge bemerkte Kathryn kleine Risse in den Mundwinkeln der Witwe. Diese wollte schon den Kopf schütteln, doch dann wedelte sie hilflos mit den Händen, wandte den Blick ab und blinzelte, um die Tränen zu verbergen.

»Ich beneide Mistress Condosti«, flüsterte sie. »Das hübsche Gesicht, und der Körper, warm und reif wie ein Apfel, der nur darauf wartet, gepflückt zu werden. Ich wünschte, Mistress Swinbrooke, ich könnte auch geerntet werden.« Sie schaute auf den kostbaren Ring an ihrem Zeigefinger. »Die Leute sehen mich an und denken: ›Sieh an, da geht Witwe Dauncey, hoch angesehen, wohlhabend und eine Stütze der Kirche.‹ Trotzdem wälze ich mich nachts im Bett wie ein Korken in einem reißenden Fluß!«

»Ihr habt doch Freier?« fragte Colum.

Dionysia lachte nervös. »Oh, ja, und wie sich die Leute die Mäuler zerreißen: Die alte Witwe Dauncey ist hinter jungen Männern her. Ich würde gern heiraten.«

»Warum tut Ihr es dann nicht?«

»Weil ich krank bin, Mistress Swinbrooke.« Witwe Dauncey beugte sich vor. Rote Zornesflecken zeichneten sich auf ihren Wangen ab. »Das Vermächtnis meines letzten Gemahls, das mir ewig erhalten bleiben wird.« Sie lehnte sich zurück. »Er konnte mit allem schlafen und hat es wahrscheinlich auch getan, ob Hund oder aufgedonnerte Hure in einem der vielen Häfen, die er anlief.« Sie zeigte auf die Schwären an ihrem Mund. »Es wächst in mir. Wer will mich schon heiraten, Mistress

Swinbrooke, eine verfaulende alte Frau? Das ist es, was Tenebrae wußte.«

»Hat Brissot es ihm gesagt?« fragte Kathryn.

»Nein.« Dionysia schüttelte den Kopf. »Ich habe einen eigenen Arzt, obwohl es mir jetzt auch nicht viel nützen wird.« Tränen traten ihr in die Augen.

»Bitte, redet nicht darüber, Mistress Swinbrooke, aber ich stand kurz davor, zu heiraten.« Sie lächelte. »Ich habe es den anderen verschwiegen.« Ihre Stimme bebte. »Heute morgen noch habe ich Procklehurst in der Iron Bar Lane aufgesucht. Ich suchte nach einem Ehering für meinen Verlobten. Geht ruhig hin«, bot sie an, als sie sah, wie überrascht Kathryn war. »Das war ein Geheimnis, von dem Tenebrae nichts wußte. Der Schreiber Fronzac hatte mir angeboten, mich zu heiraten. Es war nicht gerade eine leidenschaftliche Romanze, aber ...« Sie zupfte an einem losen Faden in ihrem Kleid.

»Ihr wolltet Fronzac heiraten?« fragte Kathryn.

»Ja.« Die Witwe streckte ihr eine Hand entgegen. »Vor zwei Tagen hat er mir diesen Ring geschenkt.«

Kathryn sah den Goldreif.

»Was meint Ihr, wer ihn getötet hat?« fragte Kathryn.

Dionysia schüttelte den Kopf. »Wenn ich das wüßte, Mistress Swinbrooke, würde ich selbst Rache nehmen.« Sie stand auf. »Aber ich will Euch eins sagen. Sir Raymond Hetherington und seine Leute haben sehr viel zu verbergen, desgleichen Master Foliot.« Sie lächelte auf Kathryn herab. »Oh, ja, er hat mich vielleicht nicht erkannt, aber ich kann mich an Theobald Foliot noch gut erinnern.«

»Sprecht nicht in Rätseln!« fuhr Colum sie an.

»Er ist ein Geschöpf der Königin«, entgegnete Witwe Dauncey. »Und deshalb sagt mir, Master Murtagh, der Ihr der Sache der Yorkisten so wunderbar gedient habt: Elisabeth Woodville war doch, ehe sie den König heiratete, die Witwe von John Woodville, einem glühenden Lancastertreuen?«

Colum nickte.

»Foliot«, beendete Dionysia ihre Ausführungen, »war einer der mächtigsten Gefolgsleute von John Woodville. Der Himmel mag wissen, was er zu verbergen hat!« Dann rauschte sie aus dem Raum.

Colum bedeckte das Gesicht mit den Händen. »Wir haben Mörder verfolgt, Kathryn«, sagte er bedächtig, »Menschen, die ohne ersichtliche Motive getötet haben, aber in diesem Fall haben alle ein Motiv!« Er richtete sich auf. »Eine Frage beschäftigt mich jedoch. Tenebrae war ein Magier, ein Gerüchtesammler, ein Erpresser.« Der Ire zeigte auf Kathryn. »Ihr, Mistress, ob Ihr wollt oder nicht, seid jetzt eine einflußreiche Bürgerin dieser Stadt. Ich frage mich, ob er irgend etwas über Euch oder über mich wußte?«

Kathryn verzog das Gesicht und klopfte Colum freundschaftlich auf die Schulter.

»Wenn ja, dann gäbe ich keinen Pfifferling darum. Aber das Rätsel um seinen Tod bleibt bestehen. Es wäre einfach, unsere Ermittlung zu beenden, einen Strich zu ziehen und zu behaupten, Tenebrae sei von Fronzac umgebracht worden, der später Selbstmord beging. Doch das ist nicht stichhaltig. Tenebrae lebte noch, als Fronzac das Haus verließ, und uns fehlt immer noch das Zauberbuch.«

»Gehen wir einmal von der Vermutung aus, daß Fronzac Tenebrae nicht umgebracht hat. Woher wußte er dann etwas über Louise Condosti? Eine so intime, persönliche Sache?«

»Ich weiß es nicht«, antwortete Kathryn. »Tenebrae könnte es ihm gesagt haben, oder vielleicht war Fronzac auch einer seiner Spione.« Sie atmete tief ein. »Aber ich weiß, worauf Ihr hinauswollt: Erst nach Tenebraes Tod hat Fronzac zum ersten und einzigen Mal Louise brüskiert.«

»Vielleicht war Fronzac schon immer Tenebraes Spion«, mutmaßte Colum, »und der Magier hat ihm bruchstückhaft Informationen zukommen lassen. Nachdem Tenebrae tot war, dachte Fronzac, er könnte dieses Wissen nach eigenem Gutdünken verwenden.«

»Mag sein«, sagte Kathryn und ging zur Tür. »Wir wollen Master Foliot zu uns bitten und Fronzacs Zimmer nach dem Zauberbuch durchsuchen.«

Colum eilte die Treppe hinunter und kam mit dem gutmütig grinsenden Foliot zurück.

»Ihr habt da unten in ein Wespennest gestochen, Mistress Swinbrooke! Wenn ich nach London zurückkehre, muß ich Euch den Richtern Seiner Majestät empfehlen. Ihr habt ein scharfes Auge.«

»Nicht scharf genug.« Kathryn beschrieb in kurzen Worten, zu welchen Schlußfolgerungen sie gekommen war. »Es kann sein, daß Fronzac Tenebrae umgebracht, das Zauberbuch gestohlen und dann die darin enthaltenen Geheimnisse gegen Mistress Condosti verwendet hat.« Sie hielt kurz inne. »Fronzac hat sich wohl gedacht, er könnte in Tenebraes Fußstapfen treten, aber heute morgen wurde seinen Plänen der Garaus gemacht.«

»Wenn es so ist«, sagte Colum und zog einen Schlüssel aus der Tasche, »dann dürfte das Zauberbuch bei Fronzac sein, und ich habe den Schlüssel zu seinem Zimmer.«

Er führte sie über den Flur und schloß eine Zimmertür auf. Der Raum, den sie betraten, war sauber, die Vorhänge am kleinen Himmelbett ordentlich zugezogen. An einem Haken an der Wand neben dem Fenster hingen Kleider. Die Sachen des Toten waren säuberlich auf einem Stuhl aufgestapelt: ein schmutziges Leinenhemd, ein Gürtel und eine abgegriffene Geldbörse, die nur ein paar Münzen enthielt. Kathryn hob den Deckel der Truhe am Fußende des Bettes. Darin befanden sich noch weitere Habseligkeiten des Schreibers, aber vom Zauberbuch war nichts zu sehen.

Sie nahm eine kleine Pergamentrolle heraus, erhob sich, lockerte die Verspannungen im Rücken und blickte sich in dem kleinen, weiß getünchten Zimmer um.

»Wo mag dieses Buch nur sein?« murmelte sie.

»Fronzac hat es vielleicht versteckt«, erwiderte Colum.

Während er mit Foliot nun die Bettvorhänge zurückzog und unter der Daunendecke und den Kissen wühlte, setzte sich Kathryn in die kleine Fensternische und öffnete die Pergamentrolle. Sie las den Brief von Dionysia Dauncey aufmerksam durch. Dabei hatte sie ein schlechtes Gewissen, denn es war ein Liebesbrief. Tenebraes Tod wurde nur kurz erwähnt, dann aber folgte die Beschreibung ihrer Hochzeit, die am Freitag nach Fronleichnam in Saint Mary-Le-Bow stattfinden sollte. Kathryn war erstaunt über die leidenschaftlichen Worte des Briefes. Dionysia schilderte ihr Verlangen sowie ihre Absicht, einen Ring bei Procklehurst zu kaufen, den Kathryn als einen der führenden Goldschmiede in Canterbury kannte. Das Datum am Ende des Briefes war vom gestrigen Tag. Sie rollte den Brief zusammen und reichte ihn Foliot, der sie fragend anschaute.

»Nur ein Liebesbrief«, erklärte Kathryn. »Wahrscheinlich gestern abend geschrieben. Ein paar Sätze.« Sie lächelte und wandte den Blick ab. »Einer Frau wie Dionysia dürfte es schwerfallen, ihre Gefühle unter den wachsamen Augen der Pilger zum Ausdruck zu bringen.«

Colum trat zu ihnen.

»Nichts!« rief er. »Wenn Fronzac das Zauberbuch hatte, dann ist es verschwunden.«

»Es könnte gestohlen worden sein«, bemerkte Foliot. »Und zwar, nachdem man ihn umgebracht hatte.« Er gestikulierte verzweifelt mit den Händen. »Wenn ich es jedoch recht überlege, war das unmöglich. Der Wirt hat gesagt, es habe nur einen Schlüssel für das Zimmer gegeben, und den hat er bei Fronzacs Leiche gefunden.«

»Und sonst hat niemand danach gefragt?« wollte Kathryn wissen.

Foliot schüttelte den Kopf. »Das hätte doch niemand gewagt, oder? Dann wäre der Verdacht ja direkt auf den Betreffenden gefallen. Das hat uns gerade noch gefehlt: ein weiterer rätselhafter Mord und ein Liebesbrief von Witwe Dauncey.« Er tippte sich mit der Pergamentrolle an die Wange. »Am besten, wir geben ihn ihr zurück.«

Sie gingen wieder hinunter. Die Pilger waren in den Garten gegangen. Kathryn und Colum überließen es Foliot, sich in ihrem Namen zu verabschieden und Witwe Dauncey den Brief zurückzugeben. Sie selbst brachen auf, durchquerten Queningate und gelangten durch eine schmale Gasse zur High Street.

»Ergibt das alles einen Sinn für Euch?« fragte Colum. Er zog Kathryn in den Eingang eines Wirtshauses, um eine bunt zusammengewürfelte Pilgerschar vorbeizulassen, die einen Krüppel auf einem Schubkarren zu den Toren der Kathedrale schob.

»Im Augenblick nicht.« Sie betrachtete das geschäftige Treiben auf der High Street; an den Läden und Ständen wurde lauthals gefeilscht, und aus der Kathedrale strömten Pilger, die anschließend über den Marktplatz bummelten und sich Erfrischungen kauften. Plötzlich empfand Kathryn die Wärme als unangenehm und spürte, wie müde sie war.

»Kommt, wir setzen uns einen Augenblick.«

Sie zog Colum am Ärmel und führte ihn in einen niedrigen Schankraum. Ein Schankgehilfe brachte ihnen beiden einen Krug kühles, abgestandenes Ale und eine Platte mit Brot, Käse und einer kleinen Schüssel zerhackter Zwiebeln mit einer Schicht Petersilie. Colum zog sein Messer heraus und schnitt Kathryn mundgerechte Stücke ab.

»Seid frohen Mutes.« Er lächelte Kathryn zu. »Wenn es uns nicht gelingt, das Rätsel zu lösen, dann Foliot.«

Kathryn kaute bedächtig auf dem weichen, frischen Käse.

»Was passiert«, fragte sie und nahm noch ein Stück, »wenn Master Foliot ein Teil des Rätsels ist? Er hat Tenebrae kurz vor dessen Tod aufgesucht. Er ist stark und konnte ohne weiteres an der Mauer des Wirtshauses hochklettern, den armen Fronzac überfallen und seine Leiche in den Schweinepferch werfen.«

»Aber das trifft auf sie alle zu«, unterbrach Colum. »Sie haben Tenebrae alle an seinem Todestag besucht, und alle haben die Kraft, einen bewußtlosen Fronzac in den Schweinepferch zu ziehen.« Colum leerte seinen Krug. »Was können wir noch tun?«

Kathryn seufzte. »Im Augenblick gar nichts. Hier fehlt der rote Faden, Colum. Es gibt keine logischen Verknüpfungen. Tenebrae lebte noch, als die Pilger fort waren. Niemand ging danach in das Zimmer, und Fronzacs Tod ist ebenso rätselhaft. Trotzdem haben wir etwas erfahren. Erstens, daß alle Pilger Geheimnisse haben, die sie lieber nicht aufdecken wollen. Zweitens, daß sie, nachdem sie einmal in Tenebraes Netz waren, den Magier haßten. Drittens, das Zauberbuch, das *Buch des Todes*, gelangte auf die eine oder andere Weise in Fronzacs Hände. Schließlich können wir davon ausgehen, daß es sich im Besitz der Person befindet, die Fronzac umgebracht hat.«

Colum stand auf und klopfte sich die Krumen vom Wams.

»Kathryn, ich muß jetzt gehen.« Er schaute sich um. »Übrigens, wo ist Luberon eigentlich abgeblieben?«

»Wahrscheinlich ist er noch drüben im Wirtshaus.«

Colum nickte, und sie traten wieder hinaus auf die High Street. Colum war bereits in Gedanken bei den Problemen, die in Kingsmead auf ihn warteten. Er küßte Kathryn geistesabwesend auf die Wange und ging leise vor sich hinbrummelnd davon.

Kathryn sah ihm nach und machte sich dann ebenfalls auf den Weg. An der Ecke zur Iron Bar Lane, die nach Burghgate hinein führte, blieb sie stehen, denn sie hatte das Schild eines Goldschmieds gesehen, auf dem in sauberen Buchstaben der Name Procklehurst stand. Sie ging an den von Lehrburschen bedienten Ständen vorbei zur offenen Ladentür. Der Raum dahinter war dunkel und kalt; die Fensterläden waren geschlossen, und auf dem langen, ovalen Tisch, der den Laden beherrschte, brannten Kerzen. Wie bei allen Goldschmieden war auch hier nichts ausgestellt. Goldener Tand wurde draußen an den Ständen unter den wachsamen Augen der Lehrburschen verkauft, während der Goldschmied die Geschäfte im Innenraum tätigte und nur die Kostbarkeiten hervorholte, nach denen die Kunden fragten.

Kathryn nahm eine kleine Glocke vom Tisch und läutete. Master Procklehurst eilte aus dem Hinterzimmer herbei. Sein Schädel war kahl wie ein Taubenei, das dicke, schwammige Gesicht gut geölt und borstig. Er musterte Kathryn abschätzend und rieb sich die Hände.

»Ihr wollt Geschäfte tätigen, Mistress? Geld deponieren? Oder darf ich Euch vielleicht eine Kleinigkeit zeigen, die nicht draußen ausgestellt ist?«

Die Andeutung eines Lächelns umspielte seine Lippen. Offenbar hielt er Kathryn für wohlhabend. Sie war versucht, ihm mitzuteilen, sie wolle eine Börse voller Goldstücke hinterlegen, nur um zu prüfen, ob er dann noch breiter lächeln würde.

»Nun?« Procklehurst trat näher und zog sich den kostbaren, hermelinbesetzten Überrock fester um die Schultern.

»Ich bin Kathryn Swinbrooke, Ärztin.«

Procklehursts Lächeln verschwand. »Oh, die von der Stadt angestellt ist?«

»Nein, Master Procklehurst, die mit dem königlichen

Sonderbeauftragten, Master Colum Murtagh, zusammenarbeitet.«

Procklehurst lächelte wieder. »Natürlich«, schnurrte er. »Was kann ich für Euch tun?«

»Ihr kennt Dionysia Dauncey, Witwe und Goldschmiedin aus London?«

»Oh, ja.« Der Kaufmann strahlte förmlich. »Sie war heute morgen bei mir.«

»Master Procklehurst«, fuhr Kathryn ihn an. »Ich bin sicher, Ihr seid ein vielbeschäftigter Mann, aber auch ich habe viel zu tun.«

»Mistress Dauncey kam zu mir«, fuhr Procklehurst eilig fort, »um einen goldenen Ring zu kaufen.«

»Und, hat sie ihn gekauft?«

»Oh, ja, ich habe ihn dann in eine Kassette gelegt, um ihn sicher aufzubewahren. Sie schien sehr erregt und sprach über ihre bevorstehende Hochzeit.«

»Danke.« Kathryn drehte sich um und verließ den Laden so unvermittelt, wie sie ihn betreten hatte.

Sie folgte der Iron Bar Lane. Ein beinloser Bettler, der sich in einem Karren durch den Straßendreck fortbewegte, rollte hinter ihr her und winselte um Almosen.

»Ich habe meine Beine verloren!« jammerte er und verzog das schmutzverkrustete Gesicht zu einer Grimasse. »Hab' meine Beine in den Sümpfen von Outremer gelassen!«

Kathryn gab ihm eine Münze und schaute ihm nach, als er sich wieder auf seinen Bettelposten an der Straßenecke schob. Sie wischte sich mit dem Ärmelaufschlag ihres Kleides den Schweiß von der Stirn und ging über die Saint George's Street in die Lamberts Lane bei White Friars. Noch immer war sie erregt und verwünschte ihre schlechte Laune. »Mach dir ein paar schöne Gedanken«, murmelte sie vor sich hin. »Sonst, Swinbrooke, wird aus dir eine alte Vettel, ein echtes Marktweib.«

Am Karmeliterkloster gab es eine kleine Grünfläche, die zu einem Ententeich hinabführte. Unter schattigen Bäumen planschten lärmende Kinder, während die Enten und Schwäne gelassen um sie herum schwammen. Kathryn setzte sich auf eine Bank unter einer großen Platane. Sie lehnte sich zurück und sah den Kindern beim Spielen zu. Vater war früher oft mit ihr hierher gegangen, hatte sie auf die verschiedenen Pflanzen hingewiesen und ihr erklärt, daß einige der Vögel, die dort in den Bäumen saßen, hunderte von Meilen aus fremden, exotischen Ländern jenseits des Mittelmeers hierher flogen.

»Frag mich nicht, warum«, sagte er dann stets mit einem Seufzer. »Das ist eines der großen Rätsel Gottes.«

Kathryn kniff die Augen zusammen und lächelte. »Warum mögen Kinder Wasser so gern?«

Sie hatte Mühe, gegen die aufkommende Schwermut anzukämpfen. Bilder aus der Kindheit quälten sie; die Tage waren immer warm und sonnendurchflutet, ihr Vater untersuchte eine Pflanze, während sie in seiner Nähe spielte. Als sie größer war, nahm er sie mit zu den großen Mysterienspielen in All Saints oder Blackfriars im Norden der Stadt. Wie weit diese Erinnerungen doch zurückliegen, dachte Kathryn. Ihre Ehe mit Alexander Wyville, dem trunksüchtigen, prügelnden Apotheker, schob sich wie eine große, schwarze Wand in ihr Leben und teilte es in zwei Hälften. Inzwischen war Alexander verschwunden. Er war den Truppen des Hauses Lancaster gefolgt, und Kathryn wußte nicht, ob er überhaupt noch lebte. Ihr Vater war gestorben, und sie hatte sich treiben lassen, unterstützt und getröstet von Thomasina, bis Colum in ihr Leben trat. Was sollte nun werden, wenn er fortging? Kathryn schloß die Augen. Kein Wunder, dachte sie, daß ich schlecht gelaunt bin; Grübeln erzeugt schlechte Körpersäfte.

Im Schatten der Platane zwang sich Kathryn, über das

Rätsel um Tenebrae nachzudenken. Wenn sie es lösen konnte, wäre alles in bester Ordnung. Sie hörte nicht mehr auf die Geräusche ringsum und rief sich den Besuch im Haus des toten Magiers in Erinnerung; die breite, geschwungene Treppe, die zu seinem Zimmer hinaufführte, die Türen, die man nur von innen öffnen konnte. Das Zimmer selbst, düster und unheimlich. Die Pilger hatten das Haus durch die Hintertür verlassen, durch den kleinen Vorraum und die Treppe hinunter, wo Bogbean Wache stand. Alle Fensterläden waren geschlossen. Niemand konnte ohne Tenebraes Erlaubnis das Zimmer betreten. Wie also war er in Gottes Namen gestorben? Die Pilger waren einzeln hinein und wieder hinaus gegangen. Da lebte Tenebrae noch. Morel hatte kurz nach Mittag mit ihm gesprochen, ging dann aber noch einmal zum Zimmer hinauf und fand den Toten, erschossen mit einem Armbrustpfeil. Wer trug eine so sperrige Waffe bei sich? Und Tenebrae? Warum hat er nicht geschrien? Sich zur Wehr gesetzt? Versucht, zu entkommen? Kathryn öffnete die Augen und schüttelte den Kopf.

»Unmöglich!« murmelte sie, atmete tief durch und dachte an Fronzacs verstümmelte Leiche im Schweinepferch. »Denk doch mal nach«, murmelte Kathryn. »Fronzac geht hinaus zum Schweinepferch, zu der dem Wirtshaus gegenüberliegenden Seite, wo ihn niemand sehen kann. Was geschieht dann?« Sie hielt inne, um sich zu sammeln. Die anderen Pilger waren entweder im Wirtshaus oder unterwegs in der Stadt. Niemand wurde beim Verlassen des Wirtshauses gesehen. Niemand betrat den Garten, und die Pforte der rückwartigen Mauer war verriegelt. Der Wirt behauptete, sie sei erst nach der Entdeckung der Leiche geöffnet worden. Also war der Mörder über die Mauer geklettert. Und wer konnte das tun? Foliot? Brissot? Neverett? Oder sogar Greene oder Sir Raymond? Aber war die Pforte tatsächlich verriegelt?

»Kathryn?«

Sie schaute auf. Vater Cuthbert stand mit einem Korb am Arm vor ihr.

»Kathryn?« Er kam näher. »Was um alles in der Welt macht Ihr denn hier?«

»Oh.« Sie lachte. »Ich ruhe mich nur aus. Aber dasselbe könnte ich Euch auch fragen, Vater.«

Der Priester deutete mit einem Kopfnicken auf die Mauern des Karmeliterklosters.

»Ich habe gerade den Prior besucht. Er ist freundlicherweise damit einverstanden, daß die Bettücher und Decken aus dem Hospiz in seiner Wäscherei gewaschen werden.« Er deutete auf den Korb. »Als Gegenleistung bringe ich ihm immer ein paar Kräuter und Tinkturen für die Krankenstation mit.« Vater Cuthbert setzte sich neben Kathryn. »Er ist übrigens gestorben.« Aus sanften Augen schaute er Kathryn an. »Der Mann, den Ihr besucht habt. John Paul, ich will den teuflischen Namen, den er sich selbst gab, nicht benutzen. Er starb, nachdem er sich Gott anvertraut hatte; ich bin sicher, der Herr wird sich seiner erbarmen.«

Kathryn sah den Mann vor sich; obwohl er matt in den weißen Kissen lehnte, war er wild entschlossen, das *Buch des Todes* zu finden und zu vernichten. Sie blickte Vater Cuthbert an.

»Glaubt Ihr an Magie, Vater? Daß Männer wie Tenebrae den Teufel anrufen können?«

Der alte Priester stellte den Korb ab und zeigte auf die Kinder, die am Teichrand spielten.

»Ich glaube an unseren Herrn«, sagte er. »Sonne, lachende und spielende Kinder. So sollte es auf der Welt aussehen, Kathryn. Aber um Eure Frage ehrlich zu beantworten: Männer wie Tenebrae können mit Hilfe des Bösen in ihrem Leben dunkle Mächte anziehen. Hochmütig, wie sie sind, glauben Hexen und Hexenmeister, sie könnten solche Kräfte benutzen, aber die traurige Wahrheit ist, daß eigentlich sie es sind, die benutzt werden. Nun ...« Er stand auf und reichte Kathryn die Hand. »Ihr solltet nicht mehr grübeln, Kathryn. Geht wieder in die Ottemelle Lane, sprecht mit Thomasina, hört Euch das Geplapper von Agnes an oder spielt mit Wuf. Verliert Euch im normalen, ruhigen Strom des Lebens.«

Kathryn lächelte und erhob sich. »Wenn nur alles so einfach wäre, Vater.«

»Oh, aber das ist es doch«, erwiderte der Priester. Er wurde ernst. »Wir sind es, die die Dinge verdrehen und kompliziert machen.«

Acht

Auf dem Rückweg zur Ottemelle Lane dachte Kathryn wehmütig an Vater Cuthberts Rat. In einer verlassenen Ecke des Friedhofs von Saint Mary Bredman stand Morel und betrachtete den frischen Erdhügel auf dem Grab seines Herrn und Meisters. Morel war verwirrt. Schreiber Luberon hatte dafür gesorgt, daß Tenebraes Leiche hier ohne Glocke, Buch oder Kerze bestattet wurde. Keine Messe war gelesen worden. Keine Gebete gesprochen. Statt dessen hatten die Büttel der Stadt den Holzsarg auf den Friedhof getragen, ein Loch ausgehoben, den Sarg hinabgesenkt und es Morel überlassen, das Grab wieder zuzuschaufeln. Der Diener des Magiers kratzte sich den Kopf. Seinem Herrn wäre es recht so gewesen; die Macht der Priester war ihm stets zuwider, und seit Morel für ihn arbeitete, war sein Schatten noch nie auf eine Kirchentür gefallen. Aber was würde nun geschehen? Sollte er in der Nacht zurückkehren, einen schwarzen Hahn auf dem Grab opfern und das Blut in die Erde sickern lassen? Ob sein Meister diese Macht brauchte? Morel trat von einem Fuß auf den anderen. Er schloß die Augen. Dann fiel ihm Mistress Swinbrooke ein. Er schlug die Augen auf und lächelte. Der Meister hatte ihm mitgeteilt, was zu tun war.

Kathryns Hoffnung auf einen ruhigen Nachmittag, den sie mit der Vorbereitung eines Essens zur Feier ihrer Apothekenzulassung verbringen konnte, wurde bei ihrem Eintritt jäh zunichte gemacht. In der Küche saß Rawnose. Das verstümmelte Gesicht des Bettlers glänzte vor Schweiß, während er Thomasina, Agnes und dem staunenden Wuf die letzten Neuigkeiten berichtete.

»Alle Richter sind da«, verkündete er gerade, als Kathryn in die Küche kam. »Ganz in Scharlachrot und Hermelin, ausgerüstet mit Schwert und Galgen, werden sie im Namen des Königs Recht sprechen.«

»Ich weiß.« Kathryn zwinkerte Thomasina zu.

»Ah!« Rawnose streckte seinen schmutzigen Finger zur Decke. »Was Ihr aber noch nicht wißt, Mistress: Das Königliche Untersuchungsgericht tagt bereits in der Eingangshalle der Burg. Die Geschworenen sind versammelt, und unsere Freundin Mathilda Sempler soll vor ihnen erscheinen«, Rawnose legte eine wirkungsvolle Pause ein, »und zwar zur vierten Stunde am Nachmittag!«

»Ach, so bald schon«, flüsterte Kathryn.

»Jawohl, die Richter haben es eilig.« Rawnose fuhr sich mit der Zunge über die rissigen Lippen und warf einen Blick über die Schulter zur Vorratskammer. »Eine Liste menschlicher Vergehen liegt ihnen vor. Brandstiftung, Raub, Diebstahl einer Hostie aus einer Kirche, eine Messerstecherei im Wirtshaus ›Zum Mogelstock‹, Vergewaltigung von Jungfrauen, Plünderung von Witwen ...«

»Es reicht, Rawnose!« unterbrach Kathryn seinen Redefluß. »Thomasina, bring unserem Gast einen Krug Ale und ein paar Haferküchlein.« Sie lächelte dem Bettler zu, der seine Lumpen so majestätisch ordnete wie ein Richter seine Robe. »Du warst in der Burg?«

»Oh, ja, wie ich schon sagte, das Königliche Untersuchungsgericht tagt bereits.«

»Was bedeutet das?« meldete sich Agnes zu Wort. »Das Untersuchungsgericht ...?«

Kathryn nahm dankbar den Krug Ale entgegen, den Thomasina ihr reichte.

»Das Assisengericht des Königs hält sich in Canterbury auf«, erklärte Kathryn ihr. »Sie werden sich die Fälle anhören, in denen es um Leben und Tod geht und ein Urteil fällen. Ehe jedoch ein Fall vor das Assisengericht kommt, führt ein Richter noch eine Untersuchung durch. Das ist ein juristischer Ausdruck und heißt, daß der Richter zuhört und entscheidet. Der armen Mathilda steht bevor, daß sie vor Geschworenen erscheinen muß. Wenn diese glauben, der Fall müsse verhandelt werden, wird der Richter ihn an das Assisengericht weiterleiten, das wahrscheinlich in der nächsten Woche zusammentreten wird.« Kathryn stellte den Krug ab und fuhr sich über das Gesicht.

»Ihr braucht Ruhe.« Thomasina trat zu ihr und klopfte ihr auf die Schulter. »Ihr seht müde aus.«

Kathryn stand auf.

»Nein, Thomasina, irgend jemand muß für Mathilda sprechen.« Sie schaute zur Stundenkerze. »Es ist schon nach drei. Ich werde zur Burg gehen.«

»Ich komme mit«, schlug Thomasina vor.

»Ich auch!« meldete sich Wuf aufgeregt. Er zog das Holzschwert aus dem Gürtel. »Ich werde Mathilda befreien!«

Auch Agnes wollte mitgehen. Rawnose leerte rasch seinen Krug.

Kathryn sah alle der Reihe nach an. »Wenn es so ist«, verkündete sie, »dann kommt ihr am besten gleich!«

Thomasina lief geschäftig hin und her und schloß Schränke und Türen ab. Kathryn spritzte sich etwas Wasser ins Gesicht, ehe sie aufbrachen. Durch die Ottemelle Lane gelangten sie in die Wistraet, in der sie sich durch das an Nachmittagen übliche Gedränge schoben und Karren auswichen, auf denen erschöpfte Bauern saßen. Sie hatten ihre Waren verkauft und machten sich nun wieder auf den Weg nach Worthinggate und die dahinter liegenden Dörfer.

Vor der Burg hatte sich eine Menschenmenge eingefunden, die von Wächtern zurückgehalten wurde. Ein Offizier erkannte Kathryn, da sie im Jahr zuvor den Tod des Festungskommandanten untersucht hatte. Man ließ sie ungehindert in den Hof, wo ein Büttel sie in Empfang nahm und in die Große Halle brachte, die sich seit ihrem letzten Besuch drastisch verändert hatte. Die schmutzigen Wände waren frisch getüncht, die großen Balken schwarz gestrichen, und an den Wänden hingen kostbare Wandteppiche, die sowohl die Wappen von England als auch die persönlichen Insignien eines jeden Richters trugen. Königliche Offiziere in ihren blau-rot-goldenen Uniformen hatten das untere Ende der Halle für Zuschauer abgesperrt. Weiter vorn erblickte Kathryn den Königlichen Richter hinter einem langen Tisch auf dem Podest mit Beamten, Schreibern und Ratgebern zu beiden Seiten. Rechts vom Podest saßen die Geschworenen, Bürger aus Canterbury, und vor dem Podest hatte man eine lange Schranke aufgebaut, die von Wand zu Wand reichte. Hier sollten die Gefangenen stehen, während der Schreiber des Richters die Liste der Anklagen vorlas. Anschließend stellte der Richter Fragen, und die Geschworenen würden antworten. Kathryn und die anderen hatten sich dank Thomasinas Ellbogenstärke nach vorn durchgekämpft und hörten sich die Litanei menschlichen Unglücks an: Ein Brandstifter hatte in einem Heuschober Feuer gelegt; ein Dieb hatte aus einer Kirche in der Stadt eine Hostie entwendet. Kathryn sank der Mut: Der Richter zeigte keine Gnade. Er fragte blitzschnell und ohne Umschweife, und den eingeschüchterten Geschworenen blieb keine Zeit zum Überlegen.

»So antwortet schon!« Der Richter schlug mit dem kleinen Hammer auf den Tisch. »Wie lautet Eure Antwort? Schnell!«

Immer wieder stand der Sprecher der Geschworenen auf und trat nervös von einem Fuß auf den anderen.

»Der Fall muß verhandelt werden«, piepste er.

»Was sagt Ihr?« Der Richter legte die Hand ans Ohr. »Sprecht doch lauter, Mann!«

»Es ist eine Verhandlung notwendig, Euer Ehren.«

»Natürlich muß verhandelt werden!« brüllte der Richter. »Führt den Gefangenen ab!«

Zuletzt wurde Mathilda Sempler aufgerufen. Die alte Frau schlurfte durch einen Seiteneingang herein, an Händen und Füßen gefesselt. Sie kam so langsam voran, daß der Richter ungeduldig mit den Fingern schnippte. Die Wächter versetzten ihr einen Stoß, der sie beinahe zu Fall brachte. Der Schreiber las die Anklagepunkte vor und beendete seine Ausführungen mit der Erklärung: »Alle, die etwas vorzubringen haben, mögen jetzt vortreten!« In allen anderen Fällen war dies eine bloße Formalität gewesen, doch nun rauschte Isabella Talbot am Arm ihres Schwagers Robert durch eine Seitentür herein. Sie trug noch immer Schwarz, und ein Schleier verbarg ihre Gesichtszüge – jeder Zoll die trauernde Witwe.

»Da schau her!« zischte Thomasina.

Kathryn winkte einen königlichen Sergeanten herbei und flüsterte ihm etwas ins Ohr. Der Mann öffnete das Seil und ließ Kathryn und Thomasina vor die Schranke treten. Die Talbots standen so weit wie möglich links von Mathilda, nicht nur, um sich von der Angeklagten zu distanzieren, sondern auch, weil die alte Frau fürchterlich stank.

Kathryn bemühte sich, keine Miene zu verziehen, als sie Mathilda sanft auf die Schulter klopfte. Die Angeklagte drehte sich um, ihre Augen leuchteten auf, und sie lächelte Kathryn an.

»Was ist hier los? Was geht hier vor?«

Der Untersuchungsrichter, der eine kurze Anhörung erwartet hatte, schlug mit dem Hammer auf den Tisch und funkelte Kathryn böse an. Seine Augen unter den buschigen, weißen Augenbrauen waren hart, und er wirkte sauertöpfisch. Die Art und Weise, wie er den Mund verzog, zeigte Kathryn, daß sie hier nur wenig Barmherzigkeit erhoffen konnte.

»Was ist? Was ist?« Der Richter trommelte mit knöchernen Fingern auf den Tisch.

Die Beamten rechts und links neben ihm neigten den Kopf und vertieften sich in ihr Protokoll.

»Ihr dürft die Gefangene nicht berühren!« bellte der Richter entsetzt, mit weit aufgerissenen Augen.

Kathryn sah ihn ungerührt an, woraufhin der Richter die Fassung verlor.

»Es ist ungebührlich! Vollkommen ungebührlich!« Er klopfte mit dem Hammer auf den Tisch. »Mathilda Sempler, Ihr seid der Hexerei und des Mordes angeklagt!« Er wandte sich an Isabella. »Welche Beweise habt Ihr vorzubringen?«

Der alte Richter rang sich ein Lächeln ab, als Isabella ihren schwarz verbrämten Schleier hob und mit tränenerstickter Stimme zu berichten begann. Es war die selbe Geschichte, die sie auch Kathryn aufgetischt hatte.

»So, so.« Der Richter legte die Fingerspitzen aneinander. »Euer Gemahl hat diese Frau aus einer Kate geworfen, weil sie die Pacht nicht bezahlt hat. Sie hat ihn vor der Kirche verwünscht und ihm später denselben Fluch auf einem Stück Pergament geschickt?«

»Ja, Euer Ehren«, sagte Isabella mit bebender Stimme. Dann drehte sie sich um und schoß Kathryn einen giftigen Blick zu.

»Und an dem Morgen, als Euer Gemahl starb«, fuhr der Richter fort, »lief er die Treppe hinunter, weil Diebe etwas aus seinen Ständen entwendeten? Einige dieser Gesellen werde ich vielleicht gleich vor mir haben.«

»Ja, Euer Ehren. Ich erspähte sie von unserem Schlafzimmerfenster aus. Mein Gemahl lief hinaus.«

Der alte Richter lehnte sich zurück und legte die Hände auf die gepolsterten Stuhllehnen. »Für mich ist der Fall sonnenklar.« Er funkelte Mathilda an. »Habt Ihr ihn verwünscht?«

Die alte Frau nickte.

»Habt Ihr den Fluch geschickt?«

»Ja«, flüsterte Mathilda.

Der Richter blickte Kathryn an.

»Und was habt Ihr zu all dem zu sagen?«

»Mathilda Sempler«, erklärte Kathryn, »ist eine alte Frau. Sie befaßt sich mit Kräutern und Heilmitteln.«

Der Richter beugte sich zu einem seiner Schreiber, der ihm etwas ins Ohr flüsterte. Er richtete sich auf und schnitt Kathryn mit einer knappen Geste das Wort ab.

»Daß sie alt ist, sehe ich. Und ich weiß, daß sie sich mit Heilmitteln befaßt, aber das heißt noch lange nicht, daß sie keine Mörderin ist, oder, Mistress Swinbrooke?« Er beugte sich vor. »Meines Wissens seid Ihr eine Ärztin der Stadt und befaßt Euch auch mit Heilmitteln?«

»Ich bin Heilerin«, entgegnete Kathryn.

»Und dazu noch eine, die mir die Zeit stiehlt.«

»Ich vergeude auch meine Zeit«, entgegnete Kathryn, »wenn ich hierher komme und Gerechtigkeit erwarte. Euer Ehren, auch ich bin im Namen des Königs tätig. Ich arbeite mit Master Colum Murtagh zusammen, dem Sonderbeauftragten des Königs in Canterbury; zur Zeit versuchen wir gerade, den Mörder des Magiers Tenebrae dingfest zu machen.«

Dem Richter blieb der Mund offen stehen. Er lehnte sich zurück, um seinem Schreiber zuzuhören, der ihm erneut etwas zuflüsterte. Diesmal zwang er sich zu einem Lächeln.

»Wie ein Silberteller auf einem Sargdeckel«, zischte Thomasina.

»Mistress Kathryn«, sagte der Richter süßlich, »ich wollte niemandem zu nahe treten.«

»Das seid Ihr aber!« rief Robert Talbot.

»Ruhe!« fuhr der Richter ihn an. »Mistress Swinbrooke, was wolltet Ihr doch noch sagen?«

»Euer Ehren«, begann Kathryn, die sich des Getuschels unter den Geschworenen sowie des Raunens in der Menge im hinteren Teil der Halle wohl bewußt war, »ich danke für Euer Entgegenkommen. Was ich sagen möchte, ist«, sie blickte zu Mathilda, die an der Schranke lehnte, »daß Mistress Sempler zwar Sir Peter verwünscht haben mag, und das aus gutem Grund, aber es gibt keinen hinreichenden Beweis dafür, daß ihr Fluch zu Talbots Tod führte.«

Der Richter, der sich inzwischen vor Kathryn hütete, nickte feierlich.

»Wohl wahr.«

»Euer Ehren«, meldete sich jetzt Robert Talbot zu Wort. »Mistress Swinbrooke kann nicht beweisen, daß der Fluch der Hexe meinen Bruder nicht getötet hat.«

Wieder nickte der Richter und schaute erwartungsvoll auf die Geschworenen.

»Was sagt Ihr dazu?«

Der Sprecher der Geschworenen war immerhin so scharfsinnig, daß er begriff, was vor sich ging. Er trat unschlüssig einen Schritt vor.

»Euer Ehren, wir glauben, daß der Fall verhandelt werden muß, aber ...«

Kathryn hielt die Luft an.

»Wenn Mistress Swinbrooke einen Beweis liefern kann, der die Situation erhellt, dann ...«

Er wedelte mit den Händen und setzte sich, als der Richter zunächst ihn, dann Mathilda anfunkelte.

»Ihr sollt in den Kerker der Stadt zurückgebracht werden«, verkündete er, »bis Mistress Swinbrooke weitere Beweise erbringen kann.« Er schaute Kathryn mitleidig an. »Aber wenn nicht, werdet Ihr, Mathilda Sempler, verurteilt.« Die Züge des Richters verhärteten sich. »Wenn Ihr für schuldig befunden werdet, dann wird die Strafe grausam sein. Ihr werdet dazu verurteilt, in einem Käfig über brennendem Feuer zu schmoren, bis der Tod eintritt.«

Kathryn fing Mathilda Sempler rasch auf, bevor sie zu Boden fallen konnte.

»Führt die Gefangene hinunter!« brüllte der Richter.

Zwei Wächter packten die alte Frau an den Armen und schoben sie hinaus. Kathryn ging durch die Eingangshalle, als der Schreiber die nächste Anklage vorzutragen begann.

»Das habt Ihr gut gemacht, Kathryn«, flüsterte Thomasina und zupfte sie am Ärmel.

Kathryn schaute sie verzweifelt an. »Findest du, Thomasina? Was kann ich denn noch beweisen?«

Sie trafen Rawnose und die anderen im hinteren Teil der Halle und traten dann ins schwache Licht der untergehenden Sonne hinaus.

»Könnt Ihr Mathilda helfen?« fragte der Bettler besorgt.

Kathryn lehnte sich an einen Stützpfeiler der Burgmauer und betrachtete eine Gans, die mit lang emporgestrecktem Hals nach Eßbarem Ausschau hielt.

Zwei Jungen liefen mit einem Krug Wasser vorbei, das sie aus einem der Fässer in der Nähe des Wohnbezirks geholt hatten. Irgendwo in den Ställen sang ein junges Mädchen ein Schlaflied. Kathryn schloß die Augen. Es fiel ihr schwer, sich vorzustellen, daß das normale Leben weiterging, nachdem gerade ein so schreckliches Urteil verkündet worden war. Sie schaute auf Agnes und Wuf herab.

»Ihr hättet nicht mitkommen sollen.«

»Werden sie das denn tun?« fragte Agnes mit bleichem Gesicht.

»Und ob die grausamen Bastarde das tun«, schaltete sich Thomasina ein. »Das nennt man zweifache Bestrafung. Das Verbrennen ist für den Mord, und der langsame Tod im Käfig für Hexerei. Ich habe es einmal mit eigenen Augen mit angesehen, als der alte John Tiptoft, Graf von Worcester, ein paar Aufständische niederschlug und einen Hexer unter ihnen entdeckte.« Sie nahm Kathryns Hand. »Kommt, Mistress, wir wollen gehen.«

Sie gingen zurück in die Wistraet. Kathryn blieb stehen und schaute sich um.

»Wo sind die Talbots geblieben?«

»Oh«, spottete Thomasina. »Die sind aus der Seitentür verschwunden.« Sie kniff die Augen zusammen. »Geht es Euch auch so wie mir, Kathryn? Ich finde, sie spielt die Rolle der trauernden Witwe etwas zu perfekt.« Thomasinas Doppelkinn zitterte. »Damit kenne ich mich aus. Immerhin bin ich dreimal verwitwet.«

Kathryn schaute Rawnose an. »Nun, mein Herold von Canterbury, du hast zwar keine Nase, aber dafür die besten Ohren der Stadt! Hast du irgendein Gerücht gehört?«

Ein breites Lächeln erhellte das Gesicht des Bettlers. »Nein, aber ich halte die Ohren offen. Ich weiß, wo die Talbots wohnen. Ihre Diener, heißt es, suchen immer das nächst gelegene Wirtshaus auf.«

Kathryn ließ eine Münze in die schwielige Hand gleiten. Sie legte Rawnose eine Hand auf die Schulter und drückte ihm einen Kuß auf die unrasierte, faltige Wange. Zum ersten Mal fehlten dem geschwätzigen Rawnose die Worte. Er berührte sein Gesicht und schaute auf die Münze in seiner Hand, als fragte er sich, welches von beiden kostbarer sei.

»Schau zu, ob du etwas herausbekommen kannst«, drängte Kathryn ihn. Sie schaute auf Wuf herab. »Und dann komm zu unserem Festmahl heute abend.«

Der kleine Wuf strahlte vor Freude. »Festmahl, warum?«

»Ich konnte es euch noch nicht erzählen«, sagte Kathryn, »aber ich habe die Zulassung als Gewürzhändlerin und Apothekerin erhalten.« Mehr brachte sie nicht heraus. Thomasina drückte sie fest an sich, während Agnes und Wuf um sie herumtanzten und in die Hände klatschten. Selbst Rawnose vollführte ein paar unbeholfene, schlurfende Tanzschritte, ehe er sich verabschiedete, um, wie er sich ausdrückte, »ein paar saftige Happen aufzuschnappen«.

Kathryn und die anderen gingen nach Hause. Thomasina lenkte geschickt vom Thema ab, als sie nun verkündete, Agnes könne in Zukunft die Küche übernehmen, während sie selbst im Laden stehen würde. An der Ecke zur Ottemelle Lane trafen sie Helga, die rundliche Frau des Zimmermanns Torquil. Sie war völlig aufgelöst und wischte sich mit der Schürze den Schweiß vom Gesicht.

»Gott sei Dank!« rief sie und packte Kathryn am Arm. »Und mögen alle Heiligen im Königreich Gottes Euch segnen. Mögen sie Euch behüten, ob Ihr schlaft oder wacht.«

»Danke, Helga.« Kathryn kannte die religiöse Hysterie der Frau. Sie vermochte nicht zu sagen, ob die Frau den Verstand verloren hatte oder tatsächlich eine Heilige war.

»Es geht um Torquil«, erklärte Helga. »Der Herr ruft ihn zu sich.«

Wuf und Agnes kicherten. Selbst die geschwätzige Thomasina staunte mit weit aufgerissenen Augen über das groteske Gebaren dieser Frau.

»Er stirbt!« kreischte Helga.

»Unsinn!« entgegnete Kathryn. »Er war letzte Woche bei mir, weil er Bauchschmerzen und Durchfall hatte. Ich habe ihm eine Mischung aus Engelwurz und Kamille verabreicht. Er sollte Wasser mit Honig und einer Idee Wachs trinken. Inzwischen dürfte er längst wieder in der Werkstatt stehen.«

»Dann kommt mit!« rief Helga und packte Kathryn am Handgelenk.

Die Ärztin bat Thomasina, Agnes und Wuf mit nach Hause zu nehmen, während sie Helga durch schmale Gassen zu Torquils Haus in der Hawks Lane folgte. Der Laden im Kellergeschoß war verschlossen, und die Lehrburschen, erklärte Helga, paßten im Garten hinter dem

Haus auf die Kinder auf. Kathryn folgte der Frau des Zimmermanns eine Holztreppe hinauf. Sprachlos betrachtete sie die vielen Kruzifixe an den Wänden. In jeder Mauernische stand die Statue eines Heiligen. Im Schlafzimmer über dem Wohnraum lehnte Torquil in den Kissen. Er war mit frisch gestärkten weißen Leintüchern bis zum Kinn zugedeckt.

»Der Engel des Todes ist nahe!« verkündete Helga feierlich. »Ich kann schon seinen Flügelschlag hören!« Sie warf sich neben dem Bett auf die Knie. »Herr sei mit uns! Christus sei mit uns! Herr sei mit uns! Unsere Heilige Jungfrau, der Heilige Joseph, der ein Zimmermann war ...«

Während Helga ihren verbalen Ansturm auf die Himmlischen Heerscharen vollendete, zog Kathryn die Bettücher zurück. Torquils Haut war heiß und trocken, die Wangen eingefallen und die Lippen blutleer. Sie fuhr mit einer Hand unter sein Nachthemd.

»Er kocht«, verkündete sie.

Torquil bewegte den Kopf, die Augenlider flatterten. Er schlug die Augen auf und schaute Kathryn an.

»Bitte, helft mir!« flüsterte er. »Ist es die Pest?«

Kathryn zwang sich zu einem Lächeln. »Unsinn!«

»Ich habe die Arznei genommen«, jammerte Torquil. »Mistress Swinbrooke, mir geht es schlechter.«

Kathryn warf Helga einen wütenden Blick zu. Sie hatte jetzt, da sie beim Heiligen Malacheus angekommen war, die Stimme erhoben und setzte zu einer Tirade auf alle keltischen Heiligen an.

»Helga!« fuhr sie die Frau an. »Denkt daran, der Herr hilft nur denen, die sich selbst helfen. Steht auf und kommt her!«

Die Frau des Zimmermanns trottete folgsam um das Bett herum.

»Was hat Torquil gegessen oder getrunken?«

»Nichts«, heulte Helga und rang die Hände vor dem

ausladenden Busen. »Nichts.« Ihr Blick wurde berechnend. »Nichts außer Eurer Arznei, Mistress.«

Kathryn setzte sich auf das Bett und ergriff Torquils Hand, die sich wie vertrocknetes Laub anfühlte. »Das, was ich ihm verabreicht habe«, murmelte sie, »hätte, wenn überhaupt, das leichte Fieber senken und nicht in die Höhe treiben sollen.«

Kathryn schaute sich in dem gemütlichen Schlafraum um. Kleine Öllampen brannten in Wärmepfannen. Helga hatte trockene Kräuter hineingegeben, um die Luft zu verbessern. Dennoch drang Kathryn der Geruch nach Krankheit in die Nase.

»Wie geht es Euch, Helga? Seid Ihr und Eure Kinder alle wohlauf?«

»Oh, ja, uns ging es noch nie besser.«

Kathryn strich Torquil über das Gesicht. »Ich werde etwas aufbrühen. Ein ganz besonderes Heilmittel.« Sie erinnerte sich an die Anweisungen ihres Vaters für eine Kräutermischung, die der große Gaddesdon angewandt hatte: eine Mixtur aus Moossaft und abgeschabten Stückchen getrockneter Milch.

»Ich glaube, er sollte nichts mehr von Euren Mitteln einnehmen«, fuhr Helga sie an. »Ich vertraue auf meine Gebete.«

»Warum seid Ihr dann zu mir gekommen?« fragte Kathryn. »Helga, ich gebe ja zu, daß Torquil sehr krank ist, aber ich kenne die Ursache nicht. Es kann weder verdorbenes Fleisch noch ein Getränk gewesen sein. Das Schweißfieber ist es auch nicht. Hört zu«, sagte Kathryn und stand auf, »ich komme heute abend noch einmal vorbei und bringe ein paar Heilmittel.«

Kathryn bemerkte den halsstarrigen Zug auf Helgas Gesicht und machte sich keine Illusionen, was mit der Arznei passieren würde. Helga würde sie auf den Abfall werfen. Torquils Zustand würde sich verschlechtern, und wahrscheinlich würde er sterben. Kathryn zog sich den Umhang über die Schultern. Sie kniete neben Torquil nieder, nahm seine Hand und funkelte Helga, die bereits zu ihrer Litanei zurückzukehren drohte, wütend an.

»Ihr könnt doch nichts tun«, rief Helga. »Ich vertraue auf Gott und die Wasser des Jordan!«

Kathryn stand auf. »Eure Gebete zu Gott in allen Ehren, aber was um Himmels willen sind die Wasser des Jordan?« Sie ging um das Fußende des Bettes herum. »Helga, was habt Ihr Torquil gegeben?«

Die Frau des Zimmermanns wischte sich die Hände an der Schürze ab. Ihre Augen flatterten nervös.

»Helga!« forderte Kathryn sie auf. »Zeigt mir diese Wasser des Jordan!«

Helga zog hörbar die Luft ein, fiel auf die Knie und langte unter Torquils Bett. Sie zog eine kleine, hölzerne Flasche hervor, die mit einem schmutzigen Lumpen und einem Zwirnsfaden verschlossen und mit einem verschmierten, grob skizzierten roten Kreuz gekennzeichnet war. Helga reichte sie Kathryn und stöhnte. Das Holz war gesplissen. Kathryn schnüffelte an dem Lumpen. Er roch abgestanden und säuerlich.

»Ich habe es gekauft«, heulte Helga. »Am Buttermarkt war ein Mann, dunkelhäutig war er, und er kam über das Meer.« Helga hob dramatisch die Hand und zeigte auf die Flasche. »Es stammt aus einem Tümpel in der Nähe des Jordan, in dem sowohl Johannes der Täufer als auch unser Herr Jesus Christus persönlich gebadet haben.«

Kathryn löste den Faden. Sie ließ den fauligen Lumpen fallen und roch an der Flaschenöffnung.

»Oh Gott! Es stinkt wie Jauche!«

Kathryn trat ans Fenster und warf die Flasche hinaus, ohne Helgas verbitterten Aufschrei zu beachten. Befriedigt hörte sie, wie die Flasche im Garten aufschlug und zerbrach. Torquils zerlumpte Kinder kamen angerannt.

»Faßt das nicht an!« rief Kathryn ihnen zu und bereute sogleich ihre Heftigkeit.

Von dort, wo sie stand, konnte Kathryn die Kinder nicht sehen, sondern nur hören. »Halt sie davon fern!« wies sie einen der Lehrburschen an.

Dann drehte sie sich um und trat zu Helga, die auf der Bettkante saß und das Gesicht in den Händen vergraben hatte.

»Helga, seht mich an.« Kathryn hob den Lappen auf und setzte sich neben sie. »Hört zu, Helga«, begann sie ruhig. »Ihr habt, ohne es zu wissen, Euren Gemahl vergiftet. Wenn dieses Wasser hier aus dem Jordan ist, dann bin ich die Tochter des Großen Khans! An Unwissen und fauligem Wasser sterben mehr Menschen als an allem anderen«, fuhr Kathryn fort. »Der Himmel mag wissen, woher das stammt! Helga, Ihr seid eine reinliche Frau, Euer Haus ist ordentlich und sauber.« Sie hielt Helga den Lappen unter die Nase. »Riecht daran! Wie seid Ihr nur darauf gekommen, daß Schmutz und Heiligkeit Hand in Hand gehen?«

Helga schnüffelte an dem Lappen und verzog das Gesicht. »Aber ich habe zwei Pence dafür bezahlt!«

Hinter ihr begann Torquil, im Fieber zu stöhnen.

»Muß er sterben?« fragte Helga. »Oh, lieber Gott, Heilige Mutter Gottes, Heiliger Joseph, Heiliger Gabriel, Heiliger Raphael!«

Kathryn ergriff Helgas Hand. »Versprecht mir«, bat sie inständig, »versprecht mir, nie wieder so etwas zu kaufen.«

Helga nickte und hob feierlich die rechte Hand. »Ich schwöre es beim Stroh in der Krippe Jesu Christi.«

»Genug davon!« entgegnete Kathryn barsch und stand auf. »Helga, habt Ihr einen eigenen Brunnen? Gut, dann bitte ich Euch, Torquil möglichst viel Wasser daraus trinken zu lassen, und zwar in einer gut gereinigten Tasse.

Rührt etwas Honig hinein. Ich werde Agnes mit einer Arznei vorbeischicken. Die müßt Ihr ihm mindestens viermal am Tag geben, und sonst nichts. Versprecht mir das!«

Helga nickte. Kathryn ging wieder zum Fenster.

»Tut mir leid«, sagte sie. »Ich hätte die Flasche nicht hinauswerfen dürfen.« Kathryn reckte den Kopf. »Ich kann sie von hier aus nicht sehen.« Ein Schreck durchfuhr sie, als ihr plötzlich das Bild von Mathilda Sempler, Isabella Talbot und dem Richter in der Halle der Burg vor Augen stand. »Natürlich«, hauchte sie und schlug die Hand vor den Mund, doch dann fiel ihr der schmutzige Lumpen ein, den sie angefaßt hatte. »Kommt, Helga!« verkündete sie. »Torquil bleibt am Leben, wenn Ihr meine Anweisungen genau befolgt. Jetzt gehen wir in den Garten und schaffen den Dreck fort, den ich angerichtet habe. Danach werden wir uns beide gründlich die Hände waschen und uns Torquil noch einmal genau ansehen. In einer Woche wird er, so Gott will, wieder in seiner Werkstatt stehen.«

Eine recht niedergeschlagene, aber glückliche Helga führte sie nach unten. Kathryn trat in den kleinen Garten hinaus, hob die Überreste der Holzflasche auf und vergrub sie tief im Abfallhaufen. Sie schaute zu Torquils Fenster empor und stellte fest, daß die Wand sich nach außen neigte: stand jemand dicht an der Hauswand, konnte man ihn von oben nicht sehen. Kathryn ging wieder hinein. Sie wusch sich die Hände in Rosenwasser, versprach Helga, die Arznei so schnell wie möglich zu schicken und ging gedankenverloren zurück in die Ottemelle Lane.

Thomasina bereitete schon das Essen vor – ein Festmahl, wie sie es triumphierend nannte: dicke Erbsensuppe, in Ale gekochte Austern, Kalbssteaks in Rotwein, Schweinebraten mit Kümmel und Erdbeeren in guter Buttersoße. Thomasina, Agnes und Wuf schwirrten wie Bienen durch die Küche, in der es herrlich nach köstlichem Essen duftete. Kathryn begrüßte sie zerstreut. Sie legte die Urkunde, die sie im Rathaus erhalten hatte, in ihre Schreibstube und wusch sich noch einmal sorgfältig die Hände. Dann nahm sie ein kleines, mit einem Pfropfen verschließbares Glas zur Hand, bereitete die Arznei für Torquil zu und erlaubte Agnes und Wuf um des lieben Friedens willen, sie gemeinsam zu Helga zu bringen. Nachdem die beiden hüpfend, lachend und singend zur Tür heraus waren, setzte sich Kathryn in ihre Schreibstube und starrte an die Wand. Im stillen nahm sie sich vor, Simon Luberon zu bitten, alle Hausierer und Quacksalber, die sich an Helga und ihresgleichen heranmachten, aus der Stadt zu verjagen. Sie lehnte sich zurück.

»Was Torquil zugestoßen ist«, murmelte sie vor sich hin, »trifft auch auf alles andere zu. Seine Krankheit hatte nichts Mysteriöses an sich. Sobald Helga die Wasser des Jordan erwähnte, war das Rätsel gelöst.«

Kathryn trommelte mit den Fingern auf das Schreibpult. Sie hatte Mühe, sich zu konzentrieren, war müde und fühlte sich nicht wohl. Schweiß rann ihr zwischen den Schulterblättern herab. Schließlich griff sie nach einem Stück Pergament, nahm Feder und Federkiel zur Hand und zeichnete einen Plan von Tenebraes Haus. Die Treppe, das Zimmer mit den beiden Türen, die nur von innen zu öffnen waren. Die Hintertreppe und die Hintertür, die nicht von außen geöffnet werden konnte und von dem schwatzhaften Bogbean bewacht wurde. Kathryn betrachtete die grobe Skizze.

»Es ist unmöglich«, stellte sie fest. »Sir Raymonds Begleiter haben den Magier einzeln aufgesucht und sind wieder gegangen. Tenebrae lebte noch, nachdem sie fort waren. Das wissen wir von Morel. Ergo«, sie kratzte sich an der Wange, »wie lautet die Losung? Wurde Tenebrae umgebracht, noch ehe der erste Pilger kam? Hat ein anderer seinen Platz eingenommen? Aber wer? Foliot etwa?« Kathryn kaute auf der Unterlippe. Hatte er sich als der Magier verkleidet? Kathryn schüttelte den Kopf. Unmöglich. Denn Foliot hätte früher oder später hinausgehen müssen, und dann hätten ihn entweder Morel oder Bogbean gesehen. Kathryn pochte mit der Feder auf das Schreibpult und fluchte leise, als Tinte auf ihre Hand spritzte. Sie nahm ein weiteres Stück Pergament heraus und schrieb Morels Namen darauf. War der Diener des verstorbenen Tenebrae schlauer, als er auf den ersten Blick schien? Er behauptete, mit seinem Herrn gesprochen zu haben, nachdem die Pilger gegangen waren. Aber sagte er die Wahrheit? Es wäre so einfach, an die Tür seines Herrn zu klopfen, und, nachdem dieser geöffnet hatte, die Armbrust abzuschießen und zu gehen. Aber warum sollte Morel das tun? Er hatte nichts zu gewinnen, oder? Kathryn nahm sich vor, noch einmal mit Morel zu reden. Dann beschäftigte sie sich mit Fronzacs Tod.

»Wie war es jemandem möglich«, flüsterte sie, »in den Garten zu gelangen, ihm einen Schlag auf den Hinterkopf zu versetzen und den Bewußtlosen in den Schweinepferch zu ziehen?«

Sie hörte, wie die Tür geöffnet wurde.

»Helga läßt danken!«

Kathryn wandte sich um. Agnes stand im Türrahmen. Sie lächelte ihr und Wuf zu, der neben ihr auf und ab hüpfte.

»Habt Ihr nicht noch mehr Botschaften?« rief er. »Wir sind gut im Austragen, was, Agnes?«

Kathryn wollte schon den Kopf schütteln, als ihr Fronzacs Tod und die Hinterpforte des Wirtshauses einfielen.

»Ja, ich habe etwas«, rief sie. »Agnes, ich möchte, daß du zum Wirt des ›Turmfalken‹ gehst. Stelle ihm nur die Frage: Wer hat die Pforte in der Mauer hinter seinem Wirtshaus geöffnet?«

»Ist das alles?« fragte Agnes.

»Ja.« Kathryn lächelte.

»Kann ich mitgehen?« rief Wuf.

»Ja, und sagt Thomasina, sie soll euch etwas Marzipan geben. Aber macht bitte keine Umwege«, rief Kathryn den beiden nach, als sie über den Flur in die Küche liefen. »Ich möchte, daß ihr spätestens in einer Stunde zurück seid!«

Kathryn lauschte den beiden nach, die zunächst Thomasina in der Küche plagten und dann im Laufschritt zurückkamen, sich lautstark verabschiedeten und die Türen hinter sich zuschlugen. Dann griff Kathryn nach einem neuen Pergamentstück und zeichnete die Umrisse des Talbotschen Anwesens mit den Ständen, soweit sie sich erinnern konnte. Da ihr jedoch beinahe die Augen zufielen, räumte sie das Schreibpult auf und ging hinauf in ihr Schlafzimmer. Dort zog sie sich aus und wusch sich mit dem Schwamm und einem Stück kostbarer kastilischer Seife. Thomasina hatte bereits die Schüssel mit Wasser gefüllt und einen Eimer zum Nachfüllen in die Ecke gestellt. Nach dem Waschen ging es Kathryn wieder besser. Sie schlüpfte in ein Leinenhemd, setzte sich auf die Bettkante und lauschte den Geräuschen aus der Küche, in der Thomasina geschäftig hin und her lief. Obwohl sie müde war, hätte Kathryn ihr gern geholfen, aber sie kannte Thomasina: Vater hatte sie die beste Köchin von ganz Canterbury genannt, die jedoch sehr gefährlich werden konnte, wenn man sie bei ihren Kochkünsten störte. Kathryn legte sich auf das Bett und schaute zu den Dachbalken hinauf. Bald würde Colum nach Hause kommen, und Rawnose, der ein gutes Essen schon von weitem roch, würde ebenfalls auftauchen und alle möglichen Gerüchte mitbringen. Kathryn sah die gereizte Miene des Richters vor sich. »Er wird die alte Mathilda nicht verurteilen«, murmelte Kathryn vor sich hin.

Sie war sicher, eine Schwachstelle in Isabella Talbots Beweisführung gefunden zu haben, aber um sie zu entlarven, benötigte sie Colums Hilfe. Und was war mit Tenebrae, dem *Buch des Todes* und dem Mord an Fronzac? Kathryn fielen die Augen zu. Irgend etwas hatte sie heute erfahren, aber sie war so müde, daß sie es vergessen hatte; noch während sie es herauszufinden versuchte, sank sie in tiefen Schlaf.

Neun

Bei Colums Rückkehr aus Kingsmead wachte Kathryn auf. Sie zog sich an und ging hinunter in die Küche, um Thomasina zu helfen, die ihre liebe Mühe hatte, den räuberischen Iren von den Kochtöpfen zu verscheuchen.

»Haltet Eure Finger bei Euch!« keifte Thomasina.

Colum blinzelte Kathryn zu. »Es ist so köstlich«, neckte er. »Ich weiß nicht, was mir lieber ist, Thomasina, das Essen oder Ihr!«

Kathryn küßte ihn auf beide Wangen.

»Ihr müßt Euch rasieren, Ire.« Sie schnüffelte. »Pferde und Leder.«

»Ja doch!« Colum setzte sich auf einen Hocker. »Aus den königlichen Ställen sind weitere Pferde eingetroffen. Einige wurden auf die Weiden am Fluß gebracht, und ein paar müssen in den Ställen bleiben.« Er sah Kathryn fest an. »Das Herrenhaus ist fast fertiggestellt. Die Dächer sind dicht, die Böden stabil und die Wände verputzt. Im Mai werden sie getüncht.« Er schaute sich in der Küche um. »Und dann, nehme ich an, muß ich hier ausziehen?«

»Genau, und dann werden wir wieder mehr zu essen haben«, schaltete sich Thomasina ein.

»Ihr müßt nicht gehen«, sagte Kathryn.

Colum sah sie mit ruhigem Blick an, und Kathryn wandte sich wieder an Thomasina.

»Ist Agnes schon zurückgekommen?«

Eine Antwort erübrigte sich, denn die Tür schlug, und die Magd und Wuf liefen durch den Flur.

»Wir haben die Botschaft überbracht«, schrie Wuf. »Und der Mann hat gesagt, dieser ...«

»Still!« zischte Agnes und packte Wuf am Arm. »Der Wirt war nett. Er hat uns Zuckerwerk geschenkt.«

»Und meine Frage?« wollte Kathryn wissen.

Agnes schloß die Augen und kratzte sich am Kopf. »Nun, er sagte, die Pforte wäre in dieser Nacht geschlossen gewesen, aber jetzt, da wir danach fragten, konnten sich weder er noch irgendein anderer im Wirtshaus daran erinnern, sie an dem Morgen geöffnet zu haben.« Agnes blickte ihre Herrin erwartungsvoll an. »Mehr hat er nicht gesagt.«

Kathryn bedankte sich bei ihnen, und sie liefen geschwind hinaus, um sich Hände und Gesicht zu waschen, ehe sie Thomasina zur Hand gingen. Kathryn goß Colum einen Krug Ale ein.

»Worum ging es?« fragte Colum.

»Noch ein kleiner Teil des Rätsels«, antwortete Kathryn. »Erinnert Ihr Euch, Fronzac ging zum Schweinepferch hinunter. Ich fragte mich, wer wohl die Hinterpforte des Wirtshauses geöffnet hatte. Nun habe ich die Antwort. Wahrscheinlich hat Fronzac es selbst getan. Er ging hinaus, um dort jemanden zu treffen, und zwar in sicherer Entfernung vor den neugierigen Augen der Pilger.«

Colum nippte an seinem Krug.

»Wer also könnte es gewesen sein?« fragte Kathryn. »Jemand, der kräftig genug ist, einen ausgewachsenen Mann niederzuschlagen und in den Schweinepferch zu schleppen?«

»Und wo hielten sich die anderen Pilger auf?« fragte Colum.

»Im Wirtshaus oder in der Stadt. Einer von ihnen aber ging zur Hintertür des Wirtshauses und klopfte an; Fronzac öffnete und ließ seinen Mörder ein.«

»Es war einer der Pilger«, warf Colum ein. »Master Foliot ist ein Rätsel für sich.«

»Ja.« Kathryn spielte mit einem Krümel auf dem Tisch.

»Dann haben wir da noch Tenebraes Diener, Morel. Wir haben nur seine Aussage, daß sein Herr noch lebte, nachdem alle Pilger fort waren. Ich kann zwar kein Motiv erkennen, warum Morel seinen Herrn hätte umbringen sollen, aber er war mit seinem Herrn allein, nachdem die Pilger gegangen waren.«

Colum stellte den Krug ab. »Deshalb sollten wir ihn noch einmal befragen. Vielleicht hatte Morel ja doch ein Motiv.« Er hielt kurz inne. »Tenebrae hat kein Testament hinterlassen. Dabei kann uns Master Luberon weiterhelfen. Wenn keine Verwandten da sind, könnte Morel als einziger Überlebender beim Kanzleigericht den Antrag stellen, einen rechtmäßigen Anspruch auf Tenebraes Eigentum und Vermögen zu haben.«

»Ist das möglich?« fragte Kathryn.

Colum schmunzelte. »Es ist fantastisch, was ein guter Anwalt alles erreichen kann.« Er leerte seinen Krug, murmelte vor sich hin, er müsse sich zum Essen umziehen und ging in sein Zimmer hinauf.

Agnes und Wuf kamen zurück. In der Küche wurde es so laut, daß sich Kathryn wieder in ihre Schreibstube zurückzog. Eine Zeitlang dachte sie über Colums Worte nach, hütete sich aber vor voreiligen Schlüssen. Morel war ein allzu leichtes Opfer. Er hatte keinen mächtigen Fürsprecher, und ihn zu verdächtigen, wäre ebenso ungerecht wie das Vorgehen Isabella Talbots gegen Mathilda Sempler. Kathryn seufzte und ging wieder in die Küche.

Colum kam gewaschen, rasiert und in frischer Kleidung herunter. Ein turbulentes Hin und Her begann, da alle zugleich den Tisch decken und nach dem rechten sehen wollten. Auch Rawnose stellte sich ein und schnatterte wie ein Eichhörnchen, bis Thomasina ihm lautstark befahl, er solle den Mund halten. Zu guter Letzt wurde das Abendessen aufgetragen. Colum sprach einen Toast auf Kathryns Erfolg aus, und während des Essens redeten sie die meiste Zeit über die Eröffnung des Ladens und die Aussicht auf ein blühendes Geschäft. Am Ende der Mahlzeit nahm Thomasina Agnes und Wuf mit hinaus in den Garten. Rawnose, der es sich erlaubt hatte, Speisen und Trank gewaltig zuzusprechen, lächelte Kathryn aus glasigen Augen überglücklich an. Sie schaute dem Bettler ins entstellte Gesicht und fragte sich, welches Verbrechen so schrecklich gewesen sein mochte, daß es eine derartige Verstümmelung rechtfertigte.

»Na, Rawnose, glücklich?« fragte Colum und schenkte dem Bettler noch Wein nach.

»Wie eine Sau im Pfuhl«, verkündete Rawnose. »Und ich habe Neuigkeiten für Euch, Mistress.« Er schob sein Schneidebrett und den Weinbecher von sich und stützte wie Colum die Arme auf den Tisch. »Worüber die Diener so reden. Und die aus Talbots Haushalt haben wahrhaftig seltsame Geschichten zu erzählen.«

»Welche zum Beispiel?« fragte Kathryn.

»Nun, Mistress, Isabella ist ein zänkisches Weib und beherrscht den Haushalt mit eiserner Faust.«

»Was noch?«

»Sie hat mit ihrem Mann gezankt.«

»Ach, kommt, Rawnose!« rief Kathryn.

»Er war impotent«, fügte Rawnose hastig hinzu. »Ihr verstorbener Gemahl, der Herr schenke ihm die ewige Ruhe. Eine der Mägde hat sie oft streiten gehört, und Isabella hat sich bei dem guten Schwager Robert beklagt, daß sie nur wenig Befriedigung fand.«

»Was ist mit Talbots Unfall?« fragte Kathryn.

Rawnose wandte den Blick ab. »Nicht viel, aber sie glauben nicht an den Fluch. Sie behaupten, ihre Herrin sei als Witwe glücklicher denn je zuvor.«

»Wenn es so ist«, sagte Kathryn und erhob sich. »Ire, Ihr habt doch nicht zuviel getrunken?«

Colum stöhnte. »Oh, nein!«

»Ihr seid der Sonderbeauftragte des Königs.« Kathryn beugte sich lächelnd zu ihm hinunter. »Und ein Unrecht ist geschehen.«

»Was?« rief Colum und schob den Hocker zurück. »Ein alter Mann ist die Treppe hinuntergefallen, und seine junge Frau ist froh, eine Witwe zu sein. Kathryn, die Geschichte ist mir nicht neu.«

Kathryn warf Rawnose einen raschen Blick zu und wandte sich wieder an Colum.

»Ich habe noch eine bessere Geschichte für Euch«, verkündete sie. »Der Abend ist schön, und ein Spaziergang wird Euch guttun!«

Kathryn überließ es Rawnose, allein weiterzuschmausen, rief Thomasina zu, sie würden nicht lange fortbleiben und schob den noch immer protestierenden Colum hinaus auf die Ottemelle Lane.

»Das gehört nicht zu meinen Aufgaben«, beschwerte sich Colum.

»Oh, Ire.« Kathryn zeigte in den blauen Himmel, der jetzt vom rotgoldenen Licht der untergehenden Sonne überzogen war. »Ich dachte, Ihr Kelten wärt romantisch veranlagt. Der Abend ist lau, das Wetter trocken, Ihr habt gut gegessen und getrunken, und Ihr geht mit mir durch die Straßen von Canterbury.« Sie hakte sich bei ihm unter und drückte sanft seinen Arm. »Seid Ihr nicht glücklich, Ire?«

Colum schaute in gespieltem Zorn auf sie herab.

»Lieber würde ich meine Zehen am offenen Kaminfeuer rösten und Rawnose zuhören.«

»Dafür kann gesorgt werden«, entgegnete Kathryn. »Und ich könnte einen anderen bitten, mich auf meinem Abendspaziergang zu begleiten!«

Colum schmunzelte und tätschelte ihr zärtlich die Wange. »Und ich würde ihm den Kopf abreißen. Nun sagt mir also, was Ihr zu sagen habt!«

»Ich glaube, Isabella Talbot hat ihren Mann umgebracht.«

Colum blieb mit offenem Mund stehen. »Kathryn, wir sind unterwegs in das Haus eines mächtigen Kaufmanns und wollen seine Witwe des Mordes bezichtigen? Könnt Ihr es beweisen?«

»Nein.« Kathryn schaute ihn trotzig an. »Aber ich will sie herausfordern. Sie soll erkennen, daß andere vielleicht die Wahrheit wissen, und das könnte immerhin ein Anfang sein!«

Kathryn redete noch immer auf ihn ein, als sie Talbots Haus erreichten. Colum, dem bei der Sache nicht wohl in seiner Haut war, gab widerstrebend zu, daß man diesen Fall genauer untersuchen mußte. Zunächst dachte Kathryn, Isabella würde sich weigern, sie zu empfangen; Colum aber zwängte seinen Fuß in die Tür und rief laut, die Hausherrin würde sie entweder sofort empfangen oder aber früh am nächsten Morgen ins Rathaus bestellt werden, um gewisse Dinge zu klären. Der Diener führte sie in einen kleinen Empfangsraum, wo sie warteten, bis Isabella Talbot hereinkam, den allgegenwärtigen Robert im Gefolge. Das Gesicht war zu einer zornigen Maske verzogen.

»Wie könnt Ihr es wagen!« begann sie. »Wie könnt Ihr es wagen, hierher zu kommen, nachdem Ihr für diese dreckige alte Frau Partei ergriffen habt, die meinen Gemahl mit ihrer bösen Hexerei und ihren schlimmen Flüchen ermordet hat. Ich werde dagegen Einspruch einlegen!«

»Oh, so haltet doch den Mund!« fuhr Colum sie an. Ohne den Blick von Isabella abzuwenden, deutete er auf Robert. »Und Ihr, Herr, bleibt stehen, wo Ihr seid. Ich möchte mich vorstellen, Mistress Talbot. Ich bin Colum Murtagh, Königlicher Sonderbeauftragter. Euer Gemahl ist eines schrecklichen Todes gestorben, und das tut mir aufrichtig leid. Dennoch habt Ihr eine alte Frau schwer beschuldigt. Es stimmt schon, Mistress Swinbrooke hat vielleicht nicht das Recht, Euch Fragen zu stellen, ich aber dafür um so mehr!«

Isabella schaute ihn ohne die geringste Spur von Beschämung an. »Wenn das so ist, Master Murtagh, Königlicher Sonderbeauftragter«, gurrte sie spöttisch, »müßt Ihr tun, was Euch geboten ist in dieser Angelegenheit, aber wenn alles vorüber ist, werde ich mich dennoch beschweren!« Sie warf Kathryn einen finsteren Blick zu.

»Schön!« Colum klatschte in die Hände. »Dann möchte ich jetzt Euren gesamten Haushalt sehen: Lehrburschen, Stalljungen, Diener, Küchenmägde. Habt Ihr eine große Diele?«

»Natürlich, am Ende des Flurs, wo die Lehrburschen schlafen.«

»Ausgezeichnet, da möchte ich sie sehen.«

»Wozu soll das gut sein?« nörgelte Robert.

»Ich will ihnen ein paar Fragen zu dem Vormittag stellen, an dem ihr Herr ermordet wurde.«

Isabella trat auf ihn zu. »Ihr habt unsere Aussage unter Eid.«

»Stimmt.« Colum lächelte sie grimmig an. »Eidesstattliche Versicherung, ja, aber es ist nicht die Wahrheit, Mistress Talbot, und Meineid ist ein unsagbarer Verstoß. Und nun tut, was ich sage!«

Isabella machte Anstalten zu widersprechen, doch sie besann sich eines besseren. Sie raffte ihren schwarzen Taftrock, verzog die Lippen zu einem Schmollmund und rauschte aus dem Zimmer. Mit einem Fingerschnippen bedeutete sie Robert, ihr zu folgen. Colum schaute ihr nach.

»Chaucer sagt: ›Die Wahrheit ist eine gefährliche Sache‹«, warf er Kathryn über die Schulter hinweg zu. »Ich hoffe nur, oh scharfsinnigste aller Ärztinnen, daß Euer Verdacht gerechtfertigt ist.«

»Das ist er«, erwiderte Kathryn überzeugt und setzte sich in die Fensternische. »Isabella ist eine Mörderin, eine schlaue obendrein, wenn auch in diesem Fall eine Spur zu gescheit.«

Sie warteten. Schließlich klopfte eine Haushälterin an die Tür und eröffnete ihnen mit säuerlicher Miene, daß alles bereit sei. Sie führte sie einen hübsch möblierten Korridor entlang in die Diele. Kathryn schaute anerkennend auf die polierten Wandpaneele und den wunderschön gemeißelten Kamin, dessen Marmorsims von zwei Seejungfrauen getragen wurde. Die Möbel, Schränke, Archivschränke und Truhen waren aus schimmernder, polierter Eiche, und auf den glänzenden Dielenbrettern lagen frische grüne Binsen. Unter einem Rosettenfenster an der gegenüberliegenden Seite stand auf einem niedrigen Podest ein langer Tisch, in dessen Mitte ein riesiges, silbernes Salzfaß in Form eines Turmes thronte. Die Dienerschaft saß auf Bänken vor dem Podest wie bei einer Messe. Als Kathryn eintrat, drehten sich alle nach ihr um.

»Ihr könnt hier neben mir Platz nehmen«, erklärte Isabella Talbot und trat mit zierlichen Schritten auf das Podest. Sie setzte sich auf einen thronähnlichen Stuhl und zeigte auf zwei sehr kleine Hocker zu ihrer Rechten.

Colum verbeugte sich. »Ich glaube, wir bleiben stehen.« Noch ehe Isabella oder Robert, der hinter ihr stand, widersprechen konnten, stellten sich Colum und Kathryn auf das Podest vor den Tisch und schauten die versammelte Dienerschaft an.

Die verschlafenen Lehrburschen, Mägde und Stalljungen sahen sie mit offenem Mund an, als wären Kathryn und Colum Komödianten oder Jongleure, die sie unterhalten wollten.

»Es tut mir leid, falls wir stören«, sagte Kathryn. »Das hier ist Colum Murtagh.«

»Ich habe es ihnen bereits gesagt!« fuhr Isabella dazwischen.

»Wenn es so ist«, fuhr Kathryn fort, »dann will ich meine Fragen stellen.« Sie schaute die Lehrburschen an. »Wer war an dem Morgen, an dem euer Herr starb, für die Stände draußen vor dem Haus verantwortlich?«

Ein hoch aufgeschossener, spindeldürrer junger Mann meldete sich. »Ich bin der Meisterbursche, Mistress. Wir haben an dem Morgen nichts falsch gemacht«, erklärte er in hastigen Worten, »nur ...«

»Nur was?« fragte Kathryn.

»Wir haben an der Mauer zum Nachbarhaus um die Wette gepinkelt.« Kathryn schoß Colum einen warnenden Blick zu, ja nicht zu lachen. »Wir wollten sehen, wer am höchsten pinkeln kann«, fuhr der Bursche fort. »Aber dann sind wir wieder zu den Ständen zurückgekehrt. Wir haben die letzten Waren herausgetragen und sie dort aufgebaut. Ein paar Gassenjungen lungerten herum, die üblichen Rauhbeine, die versuchen, hier eine Schnalle oder dort eine Börse mitgehen zu lassen. Sie schwirren um die Stände wie Fliegen um einen Misthaufen.«

»Und die kommen jeden Tag?« fragte Kathryn.

»Oh, ja«, antwortete der junge Mann. »Sie sind wie das Wetter, sie gehören zum Handel dazu. Wir verscheuchten sie gerade, als wir den Aufschrei unseres Herrn hörten und einen schrecklichen Krach von oben. Ich habe den Lehrburschen befohlen, bei den Ständen zu bleiben und bin ins Haus gelaufen. Sir Peter lag auf dem Boden, und der Kopf war merkwürdig verdreht.« Er schaute die anderen Lehrburschen an. »Ich wußte sofort, daß er tot war. Hab' ich es euch nicht gleich gesagt?« Sie stimmten ihm im Chor zu.

»Und was geschah dann?« fragte Colum.

»Oh, sie, ich meine, die Herrin sagte mir, ich sollte wieder zu den Ständen gehen und aufpassen.«

Kathryn schaute die Mägde an. »Was passierte dann?«

»Ich kann für sie antworten.« Die sauertöpfische Haushälterin meldete sich von hinten. Sie rasselte mit dem Schlüsselbund. »An dem Morgen«, verkündete sie wichtigtuerisch und ging auf das Podest zu, »hat die Herrin alle Mägde Küche und Diele schrubben lassen. Wir haben auch den Krach auf der Treppe gehört. Ich bin hinausgegangen.« Die Stimme der Frau zitterte. »Der Herr lag da und rührte sich nicht.«

»Was geschah dann?« fragte Colum.

»Nun, Master Robert war schon in der Diele. Er rannte los, als sein Bruder fiel. Meine Herrin hat alle Mägde verscheucht.«

»Und?«

Die Haushälterin schloß die Augen und klimperte mit den Schlüsseln. »Master Robert stand in der Diele und überwachte ein paar Diener, während meine Herrin wieder nach oben ging, um das Schlafzimmer des Herrn zu richten. Die Leiche«, sagte die Frau mit bebender Stimme, »wurde hinaufgebracht. Ich fragte Mistress Talbot, ob ich mitkommen sollte.« Die Haushälterin warf ihrer Herrin einen flüchtigen Blick zu. »Aber man sagte mir, ich sollte unten bleiben.«

»Danke.« Kathryn warf Isabella über die Schulter einen Blick zu. »Wir sind fertig.« Sie lächelte.

Schweigend sahen sie zu, wie die Diener und Lehrburschen leise miteinander redend die Diele verließen. Isabella erhob sich von ihrem Stuhl, kam um den Tisch herum und baute sich vor ihnen auf.

»Was soll das alles? Warum diese unablässigen Fragen?« Auf ihrem hübschen Gesicht zeichneten sich rote Flecken der Wut ab, die Augen schossen giftige Blicke, die Lippen waren schmal. Trotzdem spürte Kathryn Angst unter der Wut, während Schwager Robert sehnsüchtig zur Tür blickte, als wünschte er sich weit fort.

»Ich würde gern das Schlafzimmer sehen«, bat Kathryn.

»Warum?« entgegnete Isabella.

»Ich bitte Euch noch um ein wenig Geduld«, antwortete Kathryn. »Dann gehen wir wieder.«

Isabella durchquerte heftig schnaubend die Diele und führte sie, mit Robert im Gefolge, die steile Treppe hinauf. Oben angekommen, bückte sich Kathryn und sah sich den Pfosten auf der einen und den Putz über dem Boden auf der anderen Seite der Treppe an.

»Was ist?« stammelte Robert und versuchte, um Colum herum etwas zu sehen.

Isabella kam rasch zurück an die Treppe, eher ängstlich als wütend. Sie öffnete den Mund, wollte wohl etwas fragen, überlegte es sich aber noch einmal anders.

»Ich warte«, murmelte sie.

»Oh, ja.« Kathryn lächelte zu ihr auf und folgte ihr über den Flur in das reich möblierte Schlafzimmer. Die Vorhänge des großen Himmelbetts waren beiseite gezogen, und Kathryn setzte sich ohne Aufforderung auf die Bettkante.

»Hier saß Euer Gemahl, nicht wahr?«

Isabella, die jetzt nervös an einem Ring spielte, nickte und warf Robert einen unsicheren Blick zu. Colum stand an der Tür und sah zu, wie Kathryn die beiden in ihr Netz von Fragen verstrickte.

»Und wo wart Ihr, Mistress?«

»Ich ging zum Fenster und schaute hinaus.«

»Ach ja, Ihr habt die Gassenjungen gesehen, die etwas aus den Ständen stehlen wollten?«

Isabella zuckte mit den Achseln. Kathryn schaute kurz zu Robert, der sich auf einen Lehnstuhl gesetzt hatte; er war bleich geworden und kaute nervös auf der Unterlippe.

»Und wo wart Ihr, Herr?«

»Ich war unten.«

»Wo?«

»Ich, ich weiß nicht mehr ...«, stotterte er.

Kathryn stand auf. »Alle anderen wissen es noch. Vielleicht sollte ich lieber die Diener fragen?«

»Ich war in der Diele. Ja«, stammelte Robert, »ich wollte gerade ...«

»Lügt nicht!« Kathryn trat ans Fenster. »Es wird dunkel draußen, doch das Straßenpflaster ist noch zu erkennen.« Sie sah Isabella an, die nun wie versteinert vor ihr stand. »Aber die Stände Eures Gemahls oder die Stelle, an der sich Eure Lehrburschen aufgehalten haben, kann ich nicht sehen. Das ist nur möglich, wenn ich das Fenster öffne und hinausschaue. Und auch dann müßte ich mich weit hinauslehnen, um die Stände zu sehen, ganz zu schweigen von etwaigen Langfingern.«

»Was wollt Ihr damit sagen?« Isabella setzte sich auf den Deckel einer großen Truhe und versuchte, Haltung zu bewahren.

»Was ich damit sagen will, Mistress«, erwiderte Kathryn, »ist, daß Ihr eine bösartige, verschlagene Frau seid, die ihren Mann umgebracht hat.«

Isabella ließ den Kopf hängen.

»Ihr habt Mathilda Sempler absichtlich aus ihrer Kate am Stour vertrieben, weil Ihr wußtet, wie sie darauf reagieren würde. Sie würde fluchen, mit ihrer Meinung nicht hinter dem Berg halten, und bei ihrem schlechten Ruf würde es nicht schwerfallen, ihr die Rolle der bösen Hexe zuzuschreiben, die Eurem Gemahl ans Leben wollte.«

Sie schaute zu Colum, der inzwischen die Schlafzimmertür geschlossen hatte und sich mit dem Rücken dagegen lehnte. »Mathilda Sempler«, fuhr Kathryn fort, »hat Euch nicht enttäuscht. Vor der gesamten Gemeinde hat sie Euren Gemahl verwünscht und einen Fluch über sein Haus heraufbeschworen. Danach war es ein Leichtes für Euch und Euren Geliebten Robert. Sir Peter, nehme ich an, hatte seine festen Gewohnheiten. Am Morgen seines Todes habt Ihr dafür gesorgt, daß die Mägde und Diener unten blieben – deshalb stand Robert in der Diele und hat niemanden die Treppe hinaufgelassen. Ihr, Mistress, habt oben quer über die Treppe einen Faden gespannt und an Nägeln im Geländerpfosten und im Wandputz befestigt. Wahrscheinlich hatte Robert die Nägel vorher dort angebracht.«

Isabella hob den Kopf. »Ist es das, wonach Ihr gesucht habt?«

»Ja«, erwiderte Kathryn. »Oh, die Nägel sind verschwunden, und der Faden ebenfalls, die Locher aber nicht. Ihr habt alles vorbereitet und seid dann hier hereingekommen. Euer Gemahl war bereits erregt und nervös. Ihr habt aus dem Fenster geschaut, ihm zugerufen, Diebe würden seine Waren entwenden. Natürlich lief Sir Peter eilends hinaus. Ein schwerer Mann wie er mußte sich in der Schlinge verfangen, die Ihr so findig ausgelegt hattet.« Kathryn hielt kurz inne. »Ihr seid vor ihm hinuntergegangen, nicht wahr?« fragte sie rasch. »Womit jeglicher Verdacht auf einen Hinterhalt natürlich entkräftet war. Aber Euer Gemahl lief in die Falle. Die Treppe ist hoch und steil. Er stürzt Hals über Kopf nach unten, prallt gegen das Geländer und schlägt schließlich mit dem Kopf auf dem Steinboden der Diele auf. Ihr lauft zurück und spielt die entsetzte Gemahlin. Während sich Euer Komplize hier um die Leiche kümmert, geht Ihr wieder die Treppe hinauf und schneidet den Faden mit einem kleinem Messer durch, das bestimmt in Eurer Geldbörse steckt. Niemand bemerkt es. Natürlich sehen sie, daß Ihr stehenbleibt und Euch bückt, aber Ihr seid von Kummer überwältigt, so daß man Euch merkwürdige Launen und seltsames Verhalten nachsieht. Die Leiche Eures Gemahls wird hinaufgetragen und auf das Bett gelegt. Alle laufen treppauf, treppab, ohne die harmlosen kleinen Nägel zu bemerken, die Robert später entfernen wird.« Kathryn trat ans Fenster und schaute hinaus. »Ein klug eingefädelter Mord. Ich muß mich wirklich bei der Frau des Zimmermanns Torquil bedanken.« Sie schaute über die Schulter.

Isabella funkelte sie böse an. Robert hatte den Kopf in den Händen vergraben.

»Der Lauf der Welt ist merkwürdig, Mistress Talbot. Hätte ich heute nicht bei einem Zimmermann aus dem Fenster geschaut, wäre ich nie darauf gekommen.« Kathryn hob die Schultern. »Der Rest war einfach nur Vermutung.«

Isabella sprang auf, doch statt sich auf Kathryn zu stürzen, wandte sie sich an Robert, beugte sich zu ihm und flüsterte ihm etwas ins Ohr. Dann drehte sie sich um und kam wie eine wütende Katze auf Kathryn zu.

»Reine Vermutung, Mistress Swinbrooke!« Sie spuckte die Worte förmlich aus. »Eure Geschichte stimmt nicht. Ihr habt keine Beweise für Eure schmutzigen Anschuldigungen!«

Kathryn wich ihr nicht aus. Colum trat leise hinzu, die Hand am Dolch. Kathryn betrachtete Isabella Talbot und fragte sich, was eine so hübsche Frau zum Mord treiben konnte.

»Ich habe keine Beweise«, bestätigte sie, »und ich werde jetzt gehen.« Sie ging um Isabella herum zur Tür, die Colum ihr öffnete.

»Was werdet Ihr tun?« rief Robert ihr ängstlich nach.

Kathryn wandte sich zu ihm um, ohne Isabellas boshaftes Lächeln zu beachten.

»Was kann ich denn tun? Ich kann beweisen, daß Isabella aus jenem Fenster nichts sehen konnte. Ich kann auf die Nagellöcher hinweisen. Ich kann Überlegungen anstellen, wie merkwürdig es ist, daß ausgerechnet an diesem einen Morgen niemand die Treppe hinaufgehen durfte und daß Ihr Euch in der Diele herumgedrückt habt, als ob Ihr auf etwas gewartet hättet.« Kathryn deutete auf Isabella. »Die Mörderin hat recht, es sind alles nur Vermutungen.« Kathryn hielt inne und schloß die Schnalle an ihrem Umhang. »Morgen früh kann ich vor die Richter treten. Master Murtagh und ich werden unsere Verdächtigungen beeiden. Mag sein, daß Mathilda Sempler dennoch verbrannt wird, aber die Leute werden sich die Mäuler zerreißen, dessen könnt Ihr sicher sein, Master Robert. Die Diener werden sich auf einmal an bestimmte Einzelheiten erinnern, an Vorfälle und Ereignisse, und sie werden zu tuscheln anfangen. Zuerst ist es nur ein Raunen, aber es wird anschwellen, bis man Euch lauthals nachruft: Ehebrecher, Unzüchtige, Mörder! Und was ist dann, Master Robert? Wird sich der zuständige Priester weigern, Euch die Sakramente zu erteilen? Werden die Leute auf der Straße, in der Kirche und auf dem Markt vor Euch zurückweichen? Eure Lehrburschen werden müßig herumstehen, denn die Kunden bleiben aus – ein schleichender Tod erwartet Euch.«

Colum trat zu Isabella, die sich neben Robert gestellt hatte; er las ihnen vom Gesicht ab, daß sie Mörder waren.

»So wahr Gott mein Zeuge ist«, murmelte er und näherte sich Isabella bis auf wenige Fingerbreit. »Sollte Mathilda Sempler morgen früh, wenn das Markthorn ertönt, nicht auf freiem Fuß sein, werde ich vor den Richter des Königs treten und unter Eid aussagen, was ich heute abend gehört und gesehen habe. Mistress Talbot, das ist keine Drohung, das ist ein heiliges Versprechen!«

Kathryn und Colum gingen die Treppe hinunter und traten auf die Straße hinaus; es wurde bereits dunkel. Laternen, die an Haken über den Türen hingen, warfen Lichtkreise in die schmalen Gassen. Die Menschen hatten sich in ihre Häuser zurückgezogen, die Läden waren geschlossen, die Stände abgebaut. Selbst die große Kathedrale hatte die Portale vor den Pilgern geschlossen, die sich nun in den Wirtshäusern und Herbergen drängten. Kathryn und Colum gingen zunächst schweigend nebeneinander her.

Dann verbreitete der Ire sich darüber, wie traurig es sei, wie die bitteren Rivalitäten und der tödliche Neid bei Hofe sich auch im Leben einfacher Bürger widerspiegelten.

»So viel Haß«, murmelte er, »bei einer so schönen Frau.« Er hakte sich bei Kathryn unter. »Der Ablaßkrämer sagte, Geldgier sei die Wurzel allen Übels.«

Kathryn schaute zu ihm auf und lächelte. »Ich glaube, Ihr habt die falsche Erzählung gewählt, Colum. Der Nonnenpriester hat in seiner Erzählung über den Hahn Chauntecleer die Wahrheit gesprochen; nicht Neid, vielmehr Hochmut ist die offene Wunde, die in Mistress Talbot schwärt. Verwöhnt und verzärtelt, wie sie ist, hat Master Robert ihr zweifellos gegeben, wozu ihr Gemahl nicht fähig war. Sir Peter wurde zur Last, ein Hindernis für ihr Verlangen. Also hat sie ihn auf gewitzte Weise beseitigt.« Sie seufzte. »Aber, wie schon gesagt, alles nur Vermutungen, wir können kaum etwas beweisen.«

»Ich weiß nicht.« Colum drückte ihre Hand. »Die beiden Mörder werden nie vergessen, daß wir etwas wissen, und daß der liebe Herrgott es weiß. Es wird sie nie wieder loslassen.« Er zog den Umhang fester um sich, denn es wurde kalt. »Ja«, fügte er leise hinzu, »die Furien werden kommen, wenn sie des Nachts allein sind und ihre Lust gestillt ist.« Er hielt inne und blinzelte zu Kathryn hinunter. »Wobei natürlich ein Gerücht hier und ein Schwätzchen da sehr hilfreich sind.«

»Wird man Mathilda freilassen?« fragte Kathryn besorgt.

Colum ging weiter und hielt sich die Nase zu, denn die Abfallhaufen, die auf die morgendlichen Mistsammler warteten, stanken erbärmlich.

»Oh, man wird sie wohl freilassen«, antwortete er. »Ich wette, Master Robert entwirft bereits einen Brief, in dem er dem Richter erklärt, ihnen sei ein schrecklicher Fehler unterlaufen. Es sei doch unrecht, eine alte Frau so zu beschuldigen. Man wird Mathilda freilassen, vielleicht bekommt sie sogar ihre Kate zurück. Die schöne Isabella ist ein hinterhältiges Weib. Sie hätte gern, wenn die Leute über ihren Großmut und ihre Nachsicht redeten.«

»Und Tenebraes und Fronzacs Tod?« fragte Kathryn.

Colum ging weiter und schwieg eine Weile. »Gibt es da nichts?«

Kathryn schüttelte den Kopf. »Ich komme einfach nicht dahinter, Colum. Fronzac ist tot, ja, und ich bin sicher, daß er zum Schweinepferch ging, die Pforte öffnete und den Mörder einließ. Ich bin auch sicher, daß Fronzac das *Buch des Todes* gesehen hat, daher seine obszönen Bemerkungen gegenüber der jungen Louise. Aber es will mir nicht in den Kopf, wie er Tenebrae ermordet haben soll. Irgend etwas fehlt. Es ist wie bei den Tricks der Scharlatane auf dem Markt, Kunstgriffe, die man nur dann sieht, wenn man weiß, worauf man achten muß.«

Sie kamen in die Ottemelle Lane. Colum blieb stehen, nahm Kathryns Hände und zog sie dicht an sich heran. Er beugte sich zu ihr hinunter und küßte sie zärtlich auf beide Wangen.

»Ich wollte es Euch nicht sagen«, begann er, »aber Master Foliot ist nach London zurückgekehrt. Er kam zu mir nach Kingsmead hinaus und nahm sich zwei der schnellsten Pferde.«

Kathryn blieb das Herz stehen. »Und?«

»Inzwischen«, antwortete Colum, »spricht er bestimmt mit Ihrer Königlichen Hoheit unter vier Augen. Er wird ihr sagen, daß das *Buch des Todes* verschwunden ist. Tenebrae ist tot, und es gibt keine Lösung für das Rätsel.« Colum schaute zum Himmel hinauf. »Ich kenne die Woodville«, fügte er bedrückt hinzu. »Foliot wird zurückkehren. Kann sein, daß er schon morgen abend wieder hier ist und Zeugnisse für das Mißfallen der Königin mitbringt.«

Zehn

Sobald sie zu Hause war, zog sich Kathryn in ihre Schreibstube zurück, ohne auf Thomasinas Gerede über Wufs Missetaten zu achten. Sie nahm sich eine Stunde Zeit, in der sie alles, was sie über die Morde an Tenebrae und Fronzac erfahren hatte, aufschrieb. Colum schaute herein und wünschte ihr eine gute Nacht. Kathryn reagierte zerstreut, da sie gerade die Beweise überprüfte, die sie gesammelt hatte.

»Nichts paßt zusammen«, murmelte sie vor sich hin. Fronzac war von einem der Pilger umgebracht worden; der tote Schreiber hatte zweifellos das *Buch des Todes* gelesen. Demnach hatte jemand aus Sir Raymonds Gruppe Tenebrae ermordet und das *Buch des Todes* gestohlen, und Fronzac mußte darin verwickelt gewesen sein. Kathryn gab sich geschlagen und stieg müde die Treppe hinauf, in Gedanken noch immer mit dem Rätsel beschäftigt. Sie zog sich aus, schlüpfte zwischen die Leintücher und schlief rasch ein, wurde aber von den sorgenvollen Gedanken in einen Strudel düsterer Alpträume gezogen, aus denen sie schweißgebadet aufwachte. Kathryn richtete sich auf und starrte in die Dunkelheit. Draußen vernahm sie das Tappen eines Bettelstabes auf der Ottemelle Lane. Katzen schrien; ein Hund heulte. Kathryn strich über die Bettdecke. Sie war hellwach, doch Körper und Geist standen noch unter dem Eindruck des Alptraums, und ihr war unbehaglich zumute. Bevor sie sich zurückgezogen hatte, war sie zu dem Schluß gekommen, daß Tenebrae nicht nur ein berufsmäßiger Hexer, sondern ein äußerst geschickter Erpresser war; mindestens einer aus Hetheringtons Gruppe wurde von ihm bezahlt. Kathryn sank in die Kissen.

»Brissot«, flüsterte sie und dachte an das aufgedunsene, rundliche Gesicht des Arztes. Brissot war Tenebraes Geschöpf. Er spürte die saftigen Brocken für seinen Meister auf – mochte er behaupten, was er wollte. Kathryn schlief wieder ein. Am nächsten Morgen weckte Thomasina sie, laut lamentierend, daß die ersten Patienten bereits im Anmarsch seien. Kathryn flog förmlich aus dem Bett. Sie zog sich rasch an, rieb sich etwas Rosenöl auf Hände und Gesicht, setzte sich eine Haube auf und lief die Treppe hinunter.

Colum war schon nach Kingsmead aufgebrochen.

»Gleich nach dem Morgengrauen«, verkündete Thomasina.

Agnes stand neben dem Herd und schlug Butter, während Thomasina finster in ein kleines Faß Ale schaute, das sie selbst gebraut hatte.

»Es ist sauer geworden!« Sie warf Kathryn einen vorwurfsvollen Blick zu, als schiebe sie ihrer Herrin die Schuld in die Schuhe. »Na schön.« Thomasina hob das Fäßchen hoch. »Damit werden die Blumen besser gedeihen.« Sie ging zur Küchentür, hinter der Kathryn den im Garten spielenden Wuf hören konnte.

»Haferkuchen und Milch stehen auf dem Tisch«, rief Thomasina ihr über die Schulter hinweg zu. »Ich habe Euren Patienten gesagt, sie sollten sich ein wenig die Beine vertreten. Das wird ihnen guttun, obwohl sie bald wieder hier sein werden.«

Kathryn nahm rasch etwas zu sich. Abgesehen von einem trockenem Mund und einem säuerlichen Gefühl im Hals hatte sie den Alptraum überwunden. Beim Gedanken an Brissot beschlich sie jedoch noch immer ein ungutes Gefühl, und sie fragte sich, wie sie den schweigsamen Morel dazu bringen konnte, ihre Fragen zu beantworten. Doch als dann die Patienten eintrafen, mußte sie ihre Gedanken beiseite schieben.

Die ersten waren Edith und Eadwig, die Zwillingstöchter des Gerbers. Sie hatten sich beim Spiel in einem nahegelegenen Steinbruch Kratzer und Blutergüsse zugezogen. Kathryn wusch die violett angelaufenen Stellen sorgfältig ab und trug anschließend einen Auszug aus Johanniskraut auf. Die Frau des Zimmermanns Torquil strahlte bis über beide Ohren und verkündete, ihr Mann sei nun endgültig dem Tod entronnen. Sie pries Kathryn über alle Maßen und hatte ihr einen kleinen Hocker mitgebracht, als Anzahlung, so sagte sie, für Kathryns Mühe und Arbeit. Coniston, ein Garnisonsoffizier in der Burg, klagte über Gicht. Sein rechter großer Zeh war rot und geschwollen. Kathryn belehrte ihn über die Gefahren, die der übermäßige Genuß von Rotwein mit sich brachte, und verordnete im Ysop-Saft. Coniston teilte Kathryn mit, Mathilda Sempler sei aus dem Kerker entlassen worden, weil Isabella Talbot ihre Anschuldigungen überraschenderweise vollständig zurückgezogen habe. Kathryn verkniff sich ein Schmunzeln, als der Soldat fortfuhr, Mistress Talbots Großzügigkeit in den höchsten Tönen zu loben. Sie habe der alten Frau eine neue Unterkunft außerhalb von Westgate besorgt. Beatrice, die Tochter des Sackmachers Henry, und Alice, die Frau des Bäckers Mollyn, baten ebenfalls um Heilmittel. Alice klagte über eine Magenverstimmung und ging zufrieden wieder nach Hause, nachdem Kathryn sie mit einem Glas Mondraute versorgt hatte. Beatrice, die sich den Bauch hielt und nicht gerade angenehm roch, klagte über Durchfall. Kathryn hörte der Beschreibung des Mädchens aufmerksam zu und vermutete, daß sie zu viel frisch gebrautes Ale getrunken hatte. Sie verabreichte ihrer Patientin etwas Beifuß und ermahnte sie, besser achtzugeben, was sie aß und trank. Weitere Patienten, die meisten mit geringfügigen Beschwerden, folgten. Die Glocken von Saint Mildred läuteten zum Angelusgebet am Vormittag, als Luberon schnaufend und wild mit den Armen rudernd in die Küche stürmte.

»Schon wieder einer!« platzte es aus ihm heraus.

Kathryn war draußen, wusch sich die Hände und ermahnte Wuf gerade, nicht auf den Apfelbaum zu klettern.

»Was ist passiert?« rief sie, als sie Luberons laute Stimme hörte.

Der kleine Schreiber trat in den Garten und kniff die Augen gegen die helle Sonne zusammen. Kathryn betrachtete seine rot umrandeten Augen aus der Nähe.

»Simon, Ihr müßt aufpassen. Habt Ihr vergangene Nacht gut geschlafen?«

Luberon zog den Kopf zurück. »Wie ein Ferkel.«

»Aber Ihr habt gelesen?« bohrte Kathryn weiter.

Luberon schaute auf seine schmutzigen Stiefel.

»Ich habe es Euch schon einmal gesagt«, mahnte Kathryn und schob ihn vor sich her in die Küche. »Euer Augenlicht läßt nach, Simon, und Ihr solltet zweierlei tun. Erstens nur bei Tageslicht, niemals bei Kerzenschein lesen. Und zweitens nach London gehen und Euch eine Brille kaufen.«

»Ich habe sie gesehen«, murmelte Luberon. »Stahlgestelle mit Gläsern. Dauernd rutschen sie von der Nase.«

»Aber damit könnt ihr besser sehen«, erwiderte Kathryn und bedeutete ihm mit einer Handbewegung, Platz zu nehmen.

»Nun, macht Euch um meine Augen keine Sorgen«, sagte Luberon und ließ sich ächzend auf dem Hocker nieder, den Torquils Frau gebracht hatte. Er war etwas niedriger als die anderen, und Kathryn biß sich auf die Lippe, um nicht laut aufzulachen. Luberon folgte ihrem Blick. »Ist der neu?«

»Laßt nur, Simon. Was gibt es Neues?«

»Brissot ist tot!«

Kathryn schloß die Augen und setzte sich.

»Ich habe es geahnt«, murmelte sie. »Wie ist es geschehen?«

»Keiner weiß etwas. Heute morgen sind die Pilger früh aufgestanden, weil sie dem Schrein einen zweiten Besuch abstatten wollten. Beim Frühstück haben sie festgestellt, daß Brissot fehlte. Der Wirt ging in sein Zimmer und fand ihn gleich hinter der Tür mit eingeschlagenem Schädel.« Luberon beugte sich vor und berührte Kathryns Hand. »Woher wußtet Ihr das, Mistress?«

»Es spielt keine Rolle. Wart Ihr dort?« fragte Kathryn. »Im Wirtshaus?«

»Oh, nein.«

Kathryn griff nach ihrem Umhang. »Dann wird es aber Zeit.«

Rasch sagte sie Thomasina Bescheid und trat dann mit Luberon auf die Ottemelle Lane hinaus. »Woher wußtet Ihr das?« wiederholte der Schreiber seine Frage.

Kathryn zog ihn abrupt in einen Türeingang, als über ihnen ein Fenster geöffnet und der Inhalt eines Nachtgeschirrs ausgeleert wurde.

»Es ist nur folgerichtig. Tenebrae wird ermordet, ebenso Fronzac – der Preis ist das *Buch des Todes.* In diesem verdammten Manuskript hat Tenebrae alle seine Geheimnisse notiert, einschließlich der Enthüllung, daß Brissot vielleicht ein noch größerer Spion war, als er gestern zugeben wollte.«

»Deshalb mußte er sterben?« fragte Luberon.

»Natürlich. Was nutzte es, wenn Master Brissot mit Tenebraes Wissen nach London zurückkehren konnte? Hinzu kommt, daß Zünfte wie geschlossene Gesellschaften sind, in denen Loyalität zu den höchsten Tugenden und Verrat zu den schlimmsten Verbrechen zählt.«

Sie setzten ihren Weg fort. Als sie beim ›Turmfalken‹ ankamen, war Kathryn entschlossen, keine Zeit mehr zu verlieren.

»Das ist schlecht fürs Geschäft«, jammerte der Wirt, als er sie eintreten sah. »Zwei Tote in einer Woche, Mistress.«

»Unsinn!« erwiderte Kathryn, während sie die Treppe hinauf und über den Flur gingen. »Es hat doch nichts mit Eurer Küche oder Eurer Gastlichkeit zu tun!«

Der Wirt blieb stehen, die Hand auf der Türklinke.

»Womit dann, Mistress?«

»Da unten sitzt eine Pilgergruppe, die bei Euch wohnt«, sagte Kathryn und lehnte sich etwas atemlos an den Türpfosten. »Einer von ihnen ist ein Mörder mit dem tödlichen Wunsch, gewisse Geheimnisse verborgen zu halten.«

»Ja.« Der Wirt stieß die Tür auf. »Und an ihren Früchten sollt ihr sie erkennen, oder wie es im Psalm heißt.« Er deutete auf das Bett, auf dem Brissot ordentlich aufgebahrt lag.

Kathryn trat näher und betrachtete den Arzt. Das Gesicht war jetzt schlaff, das Blut am Hinterkopf, nachdem es die Laken durchtränkt hatte, geronnen. Kathryn tastete die steifen Hände und Gliedmaßen des Mannes ab und untersuchte das im schwachen Licht verdrießlich wirkende, bleiche Gesicht.

»So eine Verschwendung.«

»Warum sagt Ihr das?« Luberon trat neben sie.

»Er war ein guter Arzt«, erwiderte Kathryn. »Aber wie schon Master Chaucer sagt: ›Der Glanz des Goldes wiegt mehr als körperliche Liebe.‹ Man hat ihn umgebracht, weil er etwas getan hat und weil er zuviel wußte.« Sie wandte sich an den Wirt. »Ich glaube, es hat keinen Zweck, die Pilger zu befragen. Habt Ihr oder Eure Diener etwas Ungewöhnliches bemerkt?«

Der Wirt spreizte die Finger. »Gestern abend herrschte hier reges Kommen und Gehen; man ging etwas besichtigen, kaufte in der Stadt ein oder saß im Schankraum«, er wandte den Blick ab, »und beklagte sich über Euch und den Iren.«

»Und nichts Außergewöhnliches geschah?« wiederholte Kathryn. »Kein Besucher kam?«

»Nein«, antwortete der Wirt. »Der Arzt war bei ihnen, aber nach dem Abendessen ging jeder seiner Wege.«

»Ihr habt die Leiche gefunden?«

»Oh, ja. Ich habe heute morgen an die Tür geklopft; da niemand antwortete, habe ich die Klinke gedrückt und die Tür aufgestoßen. Sie ließ sich nur ein Stück öffnen, weil die Leiche gleich dahinter lag.«

Kathryn bedankte sich bei ihm, ging zur Tür und untersuchte sie sorgfältig.

»Seht her, Simon.« Sie zeigte auf die kleinen roten Blutspritzer, die auf dem Holz getrocknet waren. »Herr Wirt, zeigt mir, wie die Leiche lag.«

Der Wirt fluchte leise und folgte nur widerwillig. Langsam ließ er sich mit seinem massigen Körper auf den Boden nieder und legte sich neben die Schwelle.

»So«, sagte er und sah Kathryn an. »Sein Gesicht war ins Zimmer hinein gedreht.«

Kathryn dankte ihm. »Fragt sich nur ...«, flüsterte sie. Als Luberon etwas sagen wollte, schüttelte sie den Kopf. Sie half dem Wirt auf die Beine und ließ eine Münze in seine schwielige Hand gleiten. »Danke«, sagte sie mit einem Lächeln. »Ihr könnt jetzt gehen; wir wollen gern noch kurz hier bleiben.«

Der Wirt verließ fluchtartig den Raum, ehe die Ärztin noch weitere merkwürdige Forderungen an ihn stellen konnte.

»Ihr habt Euch etwas gefragt, Mistress?« meldete sich Simon.

Kathryn ging zur Tür. »Brissot wurde ermordet«, erklärte sie, »als er versuchte, den Raum zu verlassen. Der Mörder muß bei ihm gewesen sein und mit ihm gesprochen haben. Vielleicht haben sie sich gestritten. Brissot ist aufgestanden, zur Tür gegangen, wollte womöglich in den Schankraum zu den anderen Pilgern hinunter oder sogar Master Murtagh oder mich um Hilfe bitten.« Sie warf einen Blick über die Schulter. »Brissot hatte die Hand an der Türklinke, der Mörder trat hinter ihn, versetzte ihm einen furchtbaren Schlag auf den Hinterkopf und zerschmetterte den Schädel, so daß Blut an die Tür spritzte. Anschließend stieg der Mörder über die Leiche und verließ so schnell wie möglich den Raum.«

Kathryn ging wieder zum Bett und drehte die Leiche vorsichtig um. Sie untersuchte die Platzwunde am Hinterkopf: ein langer, tiefer Einschnitt.

»Was verursacht eine solche Wunde?«

»Ein Schwert?« schlug Luberon vor und starrte Brissots zerfleischten Hinterkopf angeekelt an.

»Oder etwas ähnliches«, sagte Kathryn. »Hier drinnen ist kein Werkzeug zu sehen, aber der Mörder würde wohl kaum mit einem Stock oder einer Keule, von der noch Blut tropft, auf den Flur hinausgehen.« Kathryn untersuchte die tiefe Wunde noch einmal. »Aber der Griff eines Dolches oder eines Schwertes, die man wieder in die Scheide stecken und unter einem Umhang verbergen kann?«

»Warum fragen wir die anderen Pilger nicht?«

»Nein.« Kathryn schüttelte den Kopf. »Was können sie uns sagen? Wenn einer von ihnen etwas wüßte, hätte das Gezeter schon eingesetzt. Vor allem würden sie mich ausfragen und dann nur feststellen, daß ich nicht viel weiter gekommen bin. Master Colum ist draußen in Kingsmead, Foliot ist nach London zurückgekehrt. Oh, ja.« Sie gewahrte den besorgten Blick Luberons. »Und er wird zurückkommen und uns drohen. Also, Simon«, Kathryn ergriff die pummelige Hand des kleinen Schreibers, »geht hinunter und verratet ihnen nichts von dem, worüber ich mit Euch gesprochen habe, aber seht zu, daß Ihr irgend etwas aufspüren könnt.« Sie schaute sich verzweifelt im Zimmer um. »Es scheint für dieses Rätsel keine Lösung zu geben. Haltet Eure müden Augen offen«, fügte sie hinzu. »Sucht jemanden mit Schwert oder Dolch.«

Dann verabschiedete sie sich, schlüpfte aus dem Zimmer, ging die Treppe hinunter und verließ das Wirtshaus, ehe sie jemand aufhalten konnte.

Kathryn schritt energisch aus und versuchte, die aufkommende Panik zu unterdrücken. Was konnte sie tun? Tenebrae war tot. Fronzac und Brissot waren ihm ins Grab gefolgt. Sie hatte Morel und Foliot in Verdacht gehabt, aber beim Tod der beiden Pilger waren sie nicht in der Nähe des Wirtshauses gesehen worden. Kathryn sah einen königlichen Bogenschützen, dessen rot-blau-goldener Rock in der Morgensonne leuchtete – wahrscheinlich ein Bote vom Hof. Sie blieb vor dem Stand eines Pelzhändlers stehen und tat so, als schaute sie sich ein Paar Handschuhe an. Würde es so ablaufen? fragte sich Kathryn. Ein Bote, frisch aus London eingetroffen mit Briefen und Urkunden, in denen die Pilger und, noch wichtiger, Colum aufgefordert wurden, sich in Westminster zu melden? Würde man Colum wieder zurückkehren lassen? Oder würde man ihn wochen-, vielleicht monatelang festhalten, bis die Wut der Königin verraucht war? Ein Lehrbursche zog sie am Ärmel.

»Ein Pelzumhang, Mistress, ein Mantel aus Eichhörnchenfell vielleicht?«

Kathryn schüttelte den Kopf und eilte weiter. Sie verließ den Stadtteil Queningate und durchquerte Burghgate. Die breite Durchgangsstraße lag in der prallen Sonne, der Lärm war ohrenbetäubend und die Luft geschwängert von allen möglichen Gerüchen. Händler brüllten aus Leibeskräften; Lehrburschen hielten Passanten am Ärmel fest und riefen: »Was darf es sein? Was darf es sein?«

Eine aufgebrachte Menge stand um einen Mistkarren und protestierte lautstark gegen die Art und Weise, wie die ungehobelten Arbeiter den Rinnstein säuberten und die

Abfälle auf den Karren luden, ohne darauf zu achten, ob sie die Vorübergehenden mit Dreck bespritzten. Ein Hund, den der Karren überrollt hatte, wurde von einem vorbeigehenden Händler von seinen Leiden erlöst. Weiter vorn hatte eine Gruppe Scharlatane und Marktschreier ein mit einem schmutzigen Leintuch behangenes Gestell errichtet, hinter dem sich, wie einer von ihnen lauthals verkündete, eine Frau mit drei Beinen und ein Kind mit einem Bart bis zum Bauchnabel verbargen. Kathryn schmunzelte über den Einfallsreichtum dieser vagabundierenden Schausteller. Neben ihnen wollte ein fahrender Sänger, der sich auf einen durchlöcherten Eimer gestellt hatte, den Versammelten weismachen, er sei in Byzanz gewesen, als die Stadt von den Türken erobert wurde; dabei hätten sie ihn seines Augenlichts und eines Teils seiner Genitalien beraubt, wovon sich Interessierte nach Zahlung eines geringen Betrages mit eigenen Augen überzeugen könnten. Zwei Soldaten aus der Garnison der Burg lästerten lautstark über ihn. Mitten in Burghgate stand ein Schreiber der Kathedrale auf einem Karren. Feierlich stimmte er das Ritual der Exkommunizierung William Pettifers an, der sein Vieh auf kirchlichem Weidegrund hatte grasen lassen.

»Verflucht sei er im Sitzen!« brüllte der Schreiber. Dann hielt er kurz inne, um seine Glocke zu läuten. »Verflucht sei er im Stehen!« Wieder läutete er die Glocke. »Verflucht sei er beim Essen und Pissen!«

Zur Rechten des Schreibers stand ein weiß gekleideter Meßdiener, der eine riesige violette Kerze trug; ein ähnlich gekleideter Junge zu seiner Linken hielt ein Psalmenbuch in die Höhe. Die Menschen, die sich um die Stände drängelten, schenkten diesen Vorstellungen keine Beachtung. Zwei Huren rannten kreischend vor Lachen über den Markt. Ihre Köpfe waren kahlgeschoren und sie hielten ihre orangeroten Perücken fest umklammert. Schwitzende, puterrote Büttel verfolgten sie. »Platz da!

Macht Platz!« Die Lehrburschen hatten ihren Spaß daran und versuchten nach Kräften, die Gesetzeshüter am Vorwärtskommen zu hindern.

Kathryn trat in den Schatten eines Hauses, dessen Front eine ganze Seite von Burghgate einnahm. Der Staub des Marktplatzes brannte in ihren Augen; ihr Mund war trocken, und ihr war schwindlig vor Hunger. Sie erblickte einen Wasserverkäufer und wollte schon einen Becher zum Mundausspülen kaufen, als ihr Blick auf die schmierigen Speichelreste am Rand des Eimers fiel. Sie ging weiter.

Am Hetzpfahl bog sie nach links in die Mercery und setzte sich einen Augenblick auf den Sockel der Kirche von Saint Andrew's. Mit einem Zipfel ihres Umhangs tupfte sie sich den Schweiß vom Gesicht und warf einen Blick in die Richtung, aus der sie gekommen war. Sie war sicher, daß sie verfolgt wurde, und fragte sich, ob es einer der Pilger war. Als sie sich wieder erholt hatte, stand sie auf und setzte ihren Weg durch die Saint Margaret's Street fort. Sobald sie an der Ottemelle Lane um die Ecke bog, huschte eine große, untersetzte Gestalt aus einer Gasse und stellte sich ihr in den Weg. Kathryn wich einen Schritt zurück. Der Mann schob seine Kapuze zurück, und Kathryn blickte in das weiße, schwammige Gesicht und die schwarzen, stechenden Augen von Morel.

»Du lieber Himmel, habt Ihr mich erschreckt!« rief Kathryn.

»Tut mir leid.« Er verzog die schwulstigen Lippen, als wollte er weinen. »Ihr müßt unbedingt mitkommen!« drängte er und fuchtelte mit der Hand in der Luft herum.

»Warum?« fragte Kathryn. »Wohin soll ich mitkommen?«

Mord schmatzte und schaute sich ängstlich um. »Zum Haus des Meisters, die Geheimnisse . . .«

Kathryn frohlockte innerlich. »Ihr wollt mir etwas zeigen?«

Morel strahlte vor Zufriedenheit. »Ja. Der Meister würde es so wollen. Ihr müßt mitkommen, sofort, ehe es zu spät ist!«

»Mistress Kathryn! Mistress Kathryn!«

Morel fuhr herum, als Wuf hinter ihm die Straße entlang gehüpft kam. Er ballte die Hand zur Faust. Kathryn trat eilig vor und stellte sich schützend vor Wuf. Sie packte den aufgeregten Kleinen bei den Händen und sah ihn fest an.

»Was ist los, Wuf?«

Wuf schaute zu Morel auf, und das Lächeln verschwand aus seinem Gesicht. »Ich freue mich nur, Euch zu sehen«, murmelte er und drängte sich näher an Kathryn, um Morels zornigen Blicken auszuweichen.

»Wohin willst du?« fragte Kathryn.

»Ich habe Angst«, flüsterte Wuf und warf ihr unter halb geschlossenen Augenlidern einen verzagten Blick zu.

»Sei nicht albern.« Kathryn nahm sein Gesicht zwischen beide Hände. »Warum bist du nicht zu Hause?«

Wuf sah blinzelnd zu ihr hoch. »Thomasina hat mich geschickt, ich soll etwas holen.«

»Was denn?«

Wuf schlug die Hand vor den Mund. »Das hab' ich vergessen.« Der Kleine starrte Kathryn an. »Ehrlich, sie hat mich geschickt, aber ich hab's vergessen.«

»Dann geh zurück. Frag sie noch einmal und sag ihr, daß ich zu Tenebraes Haus gehe.«

Wuf warf Morel einen finsteren Blick zu, drehte sich um und rannte fluchtartig die Straße hinunter.

»Mistress, wir müssen jetzt gehen«, drängte Morel. »Wo sind Eure Arzneien?«

Kathryn schaute Wuf nach, bis er zu Hause angekommen war. Dann drehte sie sich um.

»Ich brauche keine Arzneien.« Sie tippte sich spielerisch an die Schläfe. »Alles, was ich brauche, ist hier drinnen.«

Morel lächelte, machte auf dem Absatz kehrt und betrat die Gasse, aus der er gekommen war. Kathryn eilte hinter ihm her. Trotz seiner Körperfülle legte Morel ein Tempo vor, das Kathryn überraschte. Als sie schließlich am Haus des toten Magiers ankamen, war sie außer Atem, und der Schweiß rann ihr über Gesicht und Nacken. Kathryn fragte sich, ob sie das Richtige tat; Morel war jetzt sehr aufgeregt. Er fingerte an den Schlüsseln herum und murmelte vor sich hin. Kathryn meinte zu hören, daß er sich bei seinem Meister entschuldigte. Dann schwang die Tür auf, und Morel schob sie förmlich vor sich her in die dunkle Diele. Der faulige Geruch, der ihr entgegenschlug, ekelte Kathryn, und sie hielt sich die Nase zu.

»Um Himmels willen, Mann!« fragte sie. »Was ist das?«

Morel huschte an ihr vorbei, hastete die Treppe hinauf und bedeutete Kathryn ungeduldig, ihm zu folgen. Kathryn ging ihm nach und wischte sich die feuchten Handflächen am Rock ab. Der üble Geruch wurde immer stärker. Sie blieb stehen und war im Begriff, umzukehren, doch Morel kam hinunter und packte ihr Handgelenk.

»Ihr müßt kommen.«

Während Kathryn sich mit einer Hand den Mund zuhielt, zog Morel sie die restlichen Stufen hinauf in das Geheimzimmer.

»Halt!«

Kathryn lehnte sich an den Türrahmen und blickte sich um. In den schwarz lackierten Haltern brannten ein paar violette Kerzen, in deren Schein die Schatten tanzten. Die Mitte des Zimmers lag im Dunkeln, der Verwesungsgestank war kaum zu ertragen. Kathryns Augen gewöhnten sich allmählich an das schwache Licht, und sie sah eine dunkle Gestalt auf einem Stuhl hinter dem Tisch sitzen.

»Was ist denn das?«

Morel stieß sie nach vorn und zog hinter ihr die Tür zu. Er trieb sie beinahe durchs Zimmer, bis sie gegen den Tisch stieß. Kathryn verlor das Gleichgewicht und hielt sich an der Tischkante fest. Beim Aufschauen erkannte sie entsetzt, daß es die Leiche des Hexers Tenebrae war, die vor ihr auf dem Stuhl saß. Die Verwesung hatte bereits eingesetzt. Der Körper steckte noch in einem grauen Tuch, der Kopf war nach vorn gesunken, der Mund stand offen, die Augen waren halb geschlossen, die weiße, schwammige Haut inzwischen grau wie der Bauch eines gestrandeten Fisches. Der grausige Anblick ließ sie schwer schlucken.

Er ist tot, dachte sie; verdorben im Leben, verrottet im Tod. Morel, der sich an die Seite des Tisches gestellt hatte, schaute sie erwartungsvoll an.

»Das ist es doch, was Ihr wollt, oder?« keuchte er.

Kathryn atmete langsam ein und aus und hoffte, daß ihr Magen sie nicht im Stich lassen würde.

»Wann habt Ihr das gemacht?«

Morel lächelte wie ein kleiner Junge, der eine reiche Belohnung erwartete.

»Heute morgen«, antwortete er; das sonst so nichtssagende Gesicht leuchtete jetzt vor Erregung. »Kurz vor der Morgenröte. Ich habe den Körper des Meisters aus dem Grab geholt.« Er schloß die Augen. »Der Meister hat immer gesagt, er würde nach spätestens drei Tagen wiederkommen. Daß jemand, der die Macht hat, die Seele zurückrufen würde. Ich wußte, daß es hier geschehen mußte.« Er zeigte auf Kathryn. »Ihr habt die Macht, Mistress, Ihr kennt die Worte.«

Kathryn trat einen Schritt vom Tisch zurück.

»Ihr könnt es!« rief Morel triumphierend. »Ihr kennt die alten Weisen!«

Kathryn ging langsam ein paar Schritte zurück. »Die Tür muß offenstehen«, sagte sie. »Wenn Tenebraes Seele zurückkehren soll, muß die Tür geöffnet werden, damit sie hereinkann.«

Morel schaute sie entgeistert an. Kathryn verlor die Nerven. Sie drehte sich um und floh zur Tür. Sofort setzte ihr

Morel mit schweren Schritten nach. Ihre verschwitzte Hand rutschte an der Türklinke ab; sie fluchte und versuchte es noch einmal. Morel hatte sie beinahe erreicht, als sie die Tür aufriß und die Treppe hinunterstürmte, Morel dicht hinter sich. Kathryn erreichte die letzte Stufe. Durch die halb geöffnete Eingangstür sah sie den überwucherten Garten. Sie stolperte. Morel erwischte sie am Umhang und riß sie zurück. Kathryn schrie auf. Sie schloß die Augen und ruderte wild mit den Armen, kratzte und trat um sich, während Morel versuchte, sie mit beiden Armen fest zu umklammern. Sie mußte ihn mit einem Fingernagel am Auge erwischt haben, denn seine Umklammerung lockerte sich. Kathryn taumelte zur Tür. Aber Morel sprang vor und schlug sie zu Boden, wobei sie hart mit der Schulter aufprallte. Kathryn wand sich wie eine Katze unter ihm, wehrte sich mit allen Kräften. Sie stieß mit dem Knie nach ihm und traf ihn in die Leiste. Gleichzeitig kratzte sie ihm das Gesicht blutig. Sie wußte nicht, wovor sie sich mehr fürchten sollte: vor Morels massigem Körper, der sie zu Boden drückte, oder vor seinen toten, leeren Augen, die sie so unentwegt anstarrten, als spürte er keine Schmerzen. Kathryn wehrte sich verzweifelt und hatte Angst, daß ihre Kraft nachlassen könnte. Schließlich bekam Morel ihre Hände zu packen und hielt sie an den Handgelenken fest. Kathryn ruckte und zappelte, um sich von dem erdrückenden Gewicht zu befreien. Sie vernahm einen Aufschrei und sah etwas auf Morel herabfallen. Er stöhnte und rollte zur Seite.

Kathryn schloß die Augen und rang nach Atem, als Thomasina sich über sie beugte. Laut fluchend und schimpfend zog sie Kathryn hoch und schob sie hinaus in den Garten. Keuchend und würgend ließ sich Kathryn zu Boden gleiten, ohne auf die Brombeerranken zu achten, die an ihrem Kleid zerrten. Thomasina packte ihr Gesicht und drehte es zu sich um; beim Anblick der blanken Wut in

Thomasinas Augen lief Kathryn ein Schauer über den Rücken.

»Kommt zu Euch!« fuhr Thomasina sie an. »Atmet ruhig und tief.«

Ehe Kathryn ihr Einhalt gebieten konnte, stapfte Thomasina, noch immer mit dem dicken Knüppel in der Hand, zurück in die Diele und versetzte dem bewegungslos daliegenden Morel einen weiteren kräftigen Schlag auf den Hinterkopf. Kathryn rappelte sich mühsam auf und schwankte auf die Tür zu.

»Laß ihn, Thomasina!«

Die alte Amme hatte den Knüppel erneut erhoben.

»Hör auf!« rief Kathryn.

Thomasina warf ihr einen schrägen Blick zu. Kathryn streckte beide Hände aus.

»Thomasina.« Tränen traten ihr in die Augen. »Laß ihn! Bitte!«

Thomasina seufzte geräuschvoll, ließ den Knüppel sinken, versetzte dem Liegenden aber noch einen Fußtritt.

»Ich hoffe, er ist tot!«

Kathryn hockte sich nieder und prüfte den immer noch kräftigen Pulsschlag an Morels Hals. Beim Hochkommen griff sie sich an die Brust.

»Er wird einen ziemlich dicken Kopf haben, aber er wird es überleben.«

Tränen liefen ihr über die Wangen. Thomasina nahm sie in die Arme, drückte ihren Kopf an die Schulter und streichelte ihr über das Haar.

»Ihr habt Euren Schleier verloren«, murmelte sie.

Kathryn mußte lachen. Thomasina stieß sie von sich und rümpfte angeekelt die Nase.

»Bah! Wie das hier stinkt!« Sie schaute die Treppe hinauf.

»Geh nicht nach oben«, warnte Kathryn sie. »Da ist eine Leiche.«

Dann sank Kathryn auf die untere Treppenstufe und erzählte der Amme, was geschehen war. Als Morel sich rührte, setzte Thomasina sich auf ihn. Kathryn lächelte und betrachtete ihr zerrissenes Kleid. Na, da war wohl nicht mehr viel zu machen. Thomasina schaute nun mit offenem Mund die Treppe hinauf. Kathryn beugte sich vor und tippte ihr zärtlich unter das Kinn.

»Mund zu, das Herzchen wird kalt!«

»Eine Leiche«, stammelte Thomasina. »Dieser mißratene Kerl hat die Leiche seines Herrn ausgegraben!« Thomasina sprang auf, packte Morel am Kragen und zog den noch immer bewußtlosen Mann in den Garten hinaus. »Und was hast du da zu gaffen?« rief sie.

Kathryn eilte zur Tür. Bogbean stand mit großen, runden Augen am Tor und starrte Thomasina an, als wäre sie eine Art Medusa.

»Hol die Büttel!« rief Kathryn ihm zu. »Schnell, Mann! Sag ihnen, sie sollen gleich herkommen.« Wieder rang sie nach Atem. »Sag ihnen, es handelt sich um eine Angelegenheit des Königs!«

»Nun mach schon!« knurrte Thomasina.

Bogbean stolperte eilig davon. Thomasina ging zu einem Wirtshaus in der Nähe und holte einen Becher Wein, einen kleinen Krug Wasser und ein zerfetztes, aber sauberes Tuch. Dann schwirrte sie wie eine Glucke um Kathryn herum. Sie flößte ihr den Wein ein und wusch ihr Gesicht und Hände; während sie den Schleier von der Treppe holte, behielt sie den bewußtlosen Morel wachsam im Auge.

»Dem Himmel sei Dank, daß es Wuf gibt!« keuchte Thomasina. »Ich hatte ihn zum Mehlholen fortgeschickt. Von ihm habe ich erfahren, wohin Ihr gegangen seid.« Sie trat einen Schritt zurück. »So! Ihr seid zwar immer noch etwas blaß um die Nase und habt eine leichte Schwellung an der Wange, aber ansonsten wird der Ire trotzdem vor Wollust nach Euch vergehen!«

Kathryn schmunzelte und nippte an dem Wein. Das Zittern hatte nachgelassen, aber die Schulter und der Rücken waren steif und angeschlagen.

»Ihr hättet nicht herkommen dürfen!« schimpfte Thomasina.

Kathryn schüttelte den Kopf. »Damit hatte ich nicht gerechnet.«

Thomasina schnalzte verärgert mit der Zunge, hielt aber den Mund, da Bogbean gerade mit ein paar Bütteln vom Markt zurückkehrte. Kathryn stellte sich vor und erwähnte auch Colums Namen. Morel wurde hochgezerrt, an Händen und Füßen gefesselt, während zwei Büttel die Treppe hinaufliefen. Kurz darauf kamen sie, grün im Gesicht, wieder herunter.

»Wir haben eine Decke aus einem Bett genommen und über die Leiche gelegt«, sagte der eine. »Beim Gemächte des Teufels! Was ist hier geschehen, Mistress?«

Kathryn schüttelte den Kopf. »Master Murtagh wird der Ratsversammlung Bericht erstatten«, antwortete sie und deutete auf Morel, der allmählich wieder zu Bewußtsein kam, den Kopf schüttelte und stöhnte, als er sah, daß er von zwei Bütteln festgehalten wurde.

»Bringt ihn zur Burg!« befahl sie. »Obwohl der Mann weiß Gott eher verrückt als bösartig ist.«

»Und die Leiche, Mistress?«

»Die bringt zurück nach Saint Mary Bredman's«, antwortete Kathryn, »und vergrabt sie ganz tief.«

Elf

Tenebraes Leiche wurde von den Bütteln unter Schimpfen und Fluchen vorsichtig auf die Straße getragen. Thomasina folgte Kathryn auf deren inständige Bitte noch einmal ins Haus. »Ihr solltet lieber heimgehen«, jammerte sie. »Ihr müßt Euch waschen, umziehen und ausruhen.«

»Ich muß die Lösung dieses Rätsels finden!« widersprach Kathryn entschlossen. »Deshalb, Thomasina, werden wir uns jetzt ein wenig umsehen, ehe die Lakaien unserer Ratsherren hier erscheinen, alle Räume einzeln versiegeln und das Haus absperren.«

»Mistress?«

Auf halbem Wege die Treppe hinauf blieb Kathryn stehen, drehte sich um und schaute zu Bogbean hinab.

»Mistress, kann ich Euch helfen?«

Kathryn schüttelte den Kopf. »Nein, Bogbean, jetzt nicht, obwohl ich dir sehr dankbar bin für das, was du getan hast.« Sie öffnete ihre Geldbörse und legte zwei Münzen auf die Stufe neben sich. »Trink auf mein Wohl!«

Sie ging hinauf in das Zimmer, in dem immer noch ein übler Geruch hing. Thomasina öffnete rasch die Fenster, während Kathryn nochmal nach unten lief und hinter Bogbean die Tür schloß. Sie kehrte zurück und prüfte das Schloß auf der Innenseite der Tür zu Tenebraes Zimmer.

»Was ist so rätselhaft?« fragte Thomasina.

Kathryn zeigte auf das Schloß. »An der Außenseite befindet sich ein Schlüsselloch, genau wie bei den anderen beiden Türen«, stellte sie fest und deutete zum Ausgang. »Trotzdem konnte nur Master Tenebrae die Tür öffnen, sobald er sich einmal hier drinnen befand.« Sie lächelte Thomasina zu. »Und das ist des Pudels Kern. Niemand konnte ohne Tenebraes Erlaubnis den Raum betreten.«

Thomasina blies die Backen auf und tippte sich an die Stirn.

»Bah!« stöhnte sie. »Der Gestank ist immer noch entsetzlich.«

»Geh hinunter in die Küche«, bat Kathryn. »Suche zwei Lappen und tränke sie in Essig. Sie können uns als Nasenschutz dienen.«

Thomasina gehorchte und kam zurück. »Ich habe auch ein paar Kräuter darüber gestreut«, sagte sie und reichte Kathryn eines der beiden getränkten Tücher.

»Und nun geh in die anderen Zimmer und sieh zu, ob du etwas findest.« Thomasina watschelte vor sich hin brummend hinaus.

»Nicht viel«, rief sie Kathryn aus der Diele zu. »Schlafzimmer, ein kleines Empfangszimmer.«

»Halte die Augen offen«, antwortete Kathryn gedankenverloren und roch an dem essigsauren Tuch.

Jetzt, da die Fenster geöffnet waren, hatte der Raum etwas von seiner makaberen Atmosphäre verloren. Kathryn war überrascht, als sie bemerkte, wie spärlich das Zimmer eingerichtet war – eine Bank an der Wand, ein paar düstere Wandbehänge, Tenebraes breiter Schreibtisch und der Stuhl mit der hohen Lehne sowie der vor dem Tisch stehende Hocker für die Besucher. Kathryn ging um den Schreibtisch herum und machte einen großen Bogen um den Stuhl, auf dem die zusammengesunkene Leiche gesessen hatte. In Erwartung der Rückkehr seines Meisters hatte Morel offenbar alles in Ordnung gehalten. Kathryn öffnete eine kleine Schatulle, die jedoch nichts weiter als Tarotkarten, eine Rolle frisches Pergament, eine Sammlung von Federn und einen Bimsstein enthielt.

»Da muß doch noch etwas sein.«

Sie untersuchte die Tür, durch die Tenebraes Besucher

fortgegangen waren. Dann trat sie auf den kleinen Flur hinaus und ging die Treppe hinunter, konnte aber nichts entdecken. Als sie jedoch die Treppe wieder hinaufkam, empfand sie den Verwesungsgestank so stark, daß sie das Fenster im Vorraum öffnete und die Flügel weit aufsperrte. Sie stützte sich auf das Fensterbrett und warf einen Blick in die Gasse hinunter. Dabei spürte sie etwas unter den Händen. Neugierig geworden, schaute sie sich die Fensterbank genauer an und entdeckte zwei Abschürfungen am Holz, etwa zwei Handbreit voneinander entfernt. Kathryn ging zurück ins Zimmer, zündete eine Kerze an und nahm sie mit ans Fenster. Sie hielt die Kerze an die abgeschürften Stellen und betrachtete sie eingehend. Dann blies sie die Kerze wieder aus, ging zurück ins Zimmer, lockerte die gequetschte Schulter und dachte kleinlaut über den Fehler nach, den sie begangen hatte.

»Vergiß nie, Swinbrooke«, murmelte sie vor sich hin, »Hochmut kommt vor dem Fall und ist die Wurzel allen Übels. Ich hätte bei meinen Nachforschungen etwas sorgfältiger vorgehen müssen.«

»Ihr haltet Selbstgespräche.« Thomasina stand im Türrahmen.

»Nein, ich schimpfe mit mir«, entgegnete Kathryn. »Ich bin durch die erste Prüfung gefallen, die jeder Arzt ablegen muß. Prüfe die Symptome sorgfältig und ziehe dann deine Schlüsse.« Kathryn schlug sich in gespielter Bußfertigkeit an die Brust. »*Mea culpa, mea maxima culpa.* Das habe ich unterlassen.«

»Nun, für mich ist das alles ein Rätsel«, brummte Thomasina und trat ins Zimmer. »Hier gibt es nichts, Kathryn. Zumindest nichts, was erwähnenswert wäre: Kleidung, etwas zu essen im Vorratsraum, Bettvorhänge, Möbel, alles ganz gewöhnliche Sachen. Ich dachte immer, Tenebrae sei wohlhabend gewesen.«

»Oh, das war er auch«, sagte Kathryn. »Aber er war auch

ein rätselhafter Mann. Ich wette, er besaß Häuser in Canterbury und London und hielt seinen Reichtum verborgen. Vergiß nicht, Thomasina, Hexen und Hexenmeister führen ein gefahrvolles Leben. Sie wissen nie, ob sie nicht plötzlich mitten in der Nacht die Flucht ergreifen müssen.«

»Aber was ist mit Büchern, Dokumenten, Manuskripten?« hakte Thomasina nach. »Ich habe nur Pergament und Federn gefunden.«

»Dafür gilt dasselbe«, erwiderte Kathryn. »Das *Buch des Todes* war Tenebraes wertvollster Besitz; dort hat er alles festgehalten.«

Thomasina schaute sich im Zimmer um. »Woher er wohl kam? Ich lebe seit Jahrzehnten in Canterbury, Mistress. Tenebrae war nicht immer hier. Eines Tages wehte er wie eine schwarze Wolke herein, und alle wurden sich seiner Anwesenheit bewußt.« Sie trat zu Kathryn und schaute sie mit wachen Augen an. »Sagt mir, Mistress, welchen Fehler habt Ihr denn gemacht?«

»Das werde ich jetzt herausfinden«, antwortete Kathryn und stand auf. »Thomasina, ich möchte, daß du alle Fenster schließt und verriegelst.« Sie zog den Zunder aus ihrer Geldbörse und reichte ihn Thomasina. »Dann zünde die Fackeln und Kerzen an.«

»Oh, um Himmels willen!« Thomasina schauderte. »Das ist ein böser Ort hier, Mistress, und es wäre besser, wenn wir gingen.«

Doch nach einem Blick auf Kathryns entschlossene Miene gehorchte Thomasina zögernd. Kurz darauf war das Zimmer wie verwandelt, Licht und Luft waren ausgesperrt, Kerzen und Fackeln flackerten, als hießen sie die Rückkehr der Dämonen willkommen. Schatten tanzten, Feuer blakte, Kathryn schaute zum Ziegenbock von Mendes empor.

»Es ist in der Tat das Tor zur Hölle«, murmelte sie. »Aber

schau dich um, Thomasina. Achte auf die Lichtkegel der Fackeln und Kerzen. Und dann sag mir: Wenn du eine Leiche verbergen wolltest, die kein Besucher sehen soll, wie würdest du das anfangen?«

Thomasina schaute sich um. »Ich komme also zur Tür herein«, antwortete sie, »und setze mich auf den Hocker.« Sie zeigte auf die Ecke, in der es am dunkelsten war, gleich hinter der Tür. »Dort würde ich sie verstecken. Kein Besucher würde sie beim Eintreten bemerken. Sie wenden ihr den Rücken zu, während Tenebrae mit ihnen redet, dann verlassen sie das Zimmer durch die andere Tür.«

»Das stimmt«, sagte Kathryn, »aber wir wollen sehen, ob unsere Schlußfolgerung einer näheren Betrachtung standhält.«

Sie half Thomasina, die Fensterläden zu öffnen. Dann trug sie die Kerzen zu der Ecke, auf die Thomasina gedeutet hatte, kniete nieder und untersuchte die Holzdielen.

»Aha!« rief sie aus. »Da haben wir es! Schau her, Thomasina.«

Kathryn schob eine Kerze zur Seite. Wachs tropfte neben die rostfarbenen Flecken, die sie dort entdeckt hatte. Vorsichtig kratzte sie mit dem Fingernagel etwas ab und trat damit ans Fenster.

»Blut«, verkündete sie.

»Wessen?« fragte Thomasina.

»Das von Master Tenebrae.« Kathryn schüttelte ungläubig den Kopf. »Jetzt haben wir alle Einzelstücke. Aber wie sie zusammengehören, darauf kommt es an.«

Kurz darauf verließen Kathryn und Thomasina das Haus des Magiers. Auf schnellstem Wege eilten sie in die Ottemelle Lane zurück. Agnes und Wuf reagierten auf Kathryns Anblick erschreckt und verstört. Ihre Wange hatte sich inzwischen verfärbt und Wuf zeigte aufgeregt auf Kathryns verschmutztes, zerrissenes Kleid.

»Schon gut«, besänftigte Thomasina die beiden, während Kathryn nach oben eilte. »Nur ein verrückter Mann, der den Verstand verloren hat!«

»Ich werde ihn umbringen!« rief Wuf. »Ich hole mein Schwert. Es war der Riese, oder? Den ich oben an der Straßenecke gesehen habe, als er mit Kathryn gesprochen hat?«

Sobald sie in ihrem Zimmer war, lehnte sich Kathryn mit dem Rücken gegen die Tür, rutschte langsam zu Boden und schlang die Arme um den Körper. So blieb sie eine Zeitlang mit geschlossenen Augen hocken und wiegte sich sanft, während sie versuchte, Morels Gewalttat aus ihren Gedanken zu verbannen. Angst hatte sie eigentlich nicht vor ihm gehabt. Sie hatte blaue Flecken und einen gehörigen Schreck davongetragen, aber der Vorfall hatte andere Alpträume in ihrer Seele aufgewühlt: ihr Mann Alexander Wyville, wenn er – betrunken, geifernd und mit den Armen wild um sich schlagend – sie verprügelte und hin und her schleuderte.

Kathryn dachte an ihre Heilmittel, an die Tinkturen, die man zum Einschlafen oder als Balsam für die Seele verwenden konnte. Sie war versucht, hinunter zu gehen und bei ihnen Trost zu finden, doch dann dachte sie an die Worte eines Freundes ihres Vaters, eines ehrwürdigen Arztes: »Die Angst soll sich selbst reinigen; es gibt nichts, was eine gute Flasche Rotwein und ein gesunder Schlaf nicht heilen könnte.«

Kathryn lächelte. *»Medicae, sane teipsam«*, flüsterte sie. »Arzt, heile dich selbst. Das hier, Mistress Swinbrooke, reicht nicht.«

Sie stand auf, öffnete die Tür und ging hinunter in den Garten. Agnes und Wuf plapperten immer noch aufgeregt, während sie sich zwei Eimer Quellwasser aus dem Faß holte und mit in ihr Zimmer nahm. Doch vorher versicherte sie Wuf, daß alles in Ordnung sei.

»Kann ich Euch etwas für die Schwellung im Gesicht holen?« bot Wuf ihr an.

»Gleich, Master Heiler«, antwortete Kathryn.

Sobald sie in ihrem Zimmer war, zog Kathryn sich aus, wusch sich gründlich, trocknete sich ab und zog ihr bestes Kleid an. Danach setzte sie sich auf die Bettkante, kämmte sich und brachte ihre Frisur in Ordnung. Sie dachte nicht mehr an Morel, sondern konzentrierte sich auf das, was sie entdeckt hatte und auf die daraus gezogene neue Schlußfolgerung. Erst dann ging sie nach unten und trug etwas Zaubernuß auf die Schwellung auf. Als Colum schmutzig und mit zerzaustem Haar aus Kingsmead zurückkehrte, rief Wuf ihm die Neuigkeiten natürlich sofort mit kreischender Stimme entgegen, kaum daß er zur Tür hereingekommen war. Der Ire stürmte in die Küche. Er packte Kathryn bei den Schultern.

»Aufhängen werde ich den Bastard!« brüllte er und schaute ihr prüfend ins Gesicht. Zart betastete er die Haut unterhalb der Schwellung. »Ich werde dem Bastard den Kopf abreißen!«

»Nein, das tut Ihr nicht, Colum. Und bitte, laßt meine Schulter los. Sie schmerzt ohnehin schon genug!«

Colum trat zurück, schob die Daumen in den Gürtel und betrachtete Kathryn finster.

»Überfall! Versuchte Vergewaltigung! Das sind Anklagepunkte, die für den Galgen reichen!«

»Er ist ohne Verstand«, entgegnete Kathryn, »und steht noch unter dem bösen Einfluß seines Herrn. Colum«, sagte sie und drohte ihm mit dem Finger, »ich will nicht, daß ihm etwas geschieht. Kein Unfall und schon gar keine Gerichtsverhandlung. Schlimmstenfalls sollte man ihn in ein Hospiz für Geistesschwache einweisen oder auf Dauer in einer kirchlichen Einrichtung unterbringen, die für einen wie ihn barmherzig genug ist.«

»Und Tenebraes Tod?« fragte Colum mit schiefem Lächeln. »Ihr seid kühl und abweisend. Ich kenne die Anzeichen: Euer kluger Verstand hat wieder gearbeitet.«

»Mein kluger Verstand«, jammerte Kathryn, »hat Fehler gemacht, Ire.«

Sie winkte Colum, ihr über den Flur in ihre Schreibstube zu folgen, und schloß die Tür hinter ihm. »Eine Zeitlang«, begann sie, drückte Colum auf einen Stuhl und stellte sich vor ihn, »habe ich geglaubt, Tenebrae sei von Fronzac umgebracht worden, der dann die Geheimnisse aus dem *Buch des Todes* benutzte, um einen der anderen Pilger zu erpressen. Tenebraes Ermordung war viel gerissener, und der Schlüssel dafür ist die Reihenfolge, in der die Pilger Tenebrae aufsuchten.« Sie wühlte zwischen den Pergamentfetzen auf ihrem Schreibtisch und zog einen hervor. »Sie kamen wie folgt: Hetherington, Neverett, Condosti, Brissot, Fronzac, Greene und Dauncey. Nun habe ich mich auf die Frage konzentriert, wie es einem von ihnen gelungen ist, Tenebrae umzubringen. Genau das war mein Fehler.«

»Wer hat denn nun Tenebrae umgebracht?« fragte Colum.

»Ich weiß es immer noch nicht«, antwortete Kathryn. »Aber ich weiß, wie es geschah.« Sie sah, wie enttäuscht Colum war. »Ich habe keinen echten Beweis, keine harten Fakten.« Sie beugte sich vor und legte Colum beide Hände auf die Schultern. »Ich bin müde, Ire, und ich habe Schmerzen, aber noch mehr beschäftigt mich Foliots Rückkehr. Er wird mit königlichen Sergeanten und Vollmachten hier auftauchen. Nur der Herrgott weiß, ob ich Euch in diesem Leben noch einmal wiedersehen werde!«

Colum lächelte ihr zu. »Würde ich Euch denn fehlen, Mistress?«

»Das kann man wohl sagen«, sagte Kathryn und ließ die Arme sinken. »Doch wie sehr, das ist mein Geheimnis.« Sie hob abwehrend die Hände, als Colum aufstehen wollte. »Nein, Ire, wir haben jetzt keine Zeit zum Tändeln und Händchenhalten.« Sie zwinkerte ihm zu. »Dazu kommen wir später. Jetzt werde ich hier bleiben und darüber nachdenken, was wir erfahren haben. Ich möchte die Teile zusammenfügen und versuchen, zu einer Schlußfolgerung zu kommen. Wenn mir das nicht gelingt, warten wir auf Master Foliot. Was glaubt Ihr, wann er zurückkommen wird?«

Colum verzog das Gesicht. »Wahrscheinlich ist er heute am späten Vormittag in London aufgebrochen, denn es braucht Zeit, eine Eskorte und frische Pferde zu besorgen. Morgen früh wird er an unsere Tür klopfen.«

»Zeit genug«, sagte Kathryn. »Ihr geht, aber erst, wenn ich Euch bitte, und treibt Rawnose auf. Er soll Bogbean aus der Schenke in der Black Griffin Lane zerren und ihn bitten, vor Tenebraes Haus zu warten. Dann geht Ihr zum Rathaus und sucht Master Luberon, der immer bis spät abends arbeitet. Schließlich geht ihr zum ›Turmfalken‹. Gebt unseren Pilgern nur eine knappe Auskunft, fordert sie aber auf, unverzüglich mit Euch zu Tenebraes Haus zu kommen. Oh, und richtet Luberon aus, er möge einen seiner Büttel und eine Strickleiter mitbringen.«

»Warum?«

»Ich werde mein eigenes Mysterienspiel veranstalten«, erklärte Kathryn. »Mir bleibt nur noch die Frage, was die einzelnen Schauspieler vorzutragen haben.«

Colum erhob sich und öffnete die Tür. »Dann gibt es also heute abend nichts zu essen?«

»Nein.« Kathryn lächelte ihm über die Schulter zu, während sie sich setzte. »Der Hunger wird unsere Sinne schärfen.« Dann nahm sie eine Feder zur Hand und öffnete das Tintenfaß aus Horn. Colum kam zurück und legte ihr rasch beide Hände über die Augen.

»Ire!« sagte Kathryn mit warnendem Unterton.

»Ihr lügt.«

»Wieso?« protestierte sie.

»Ihr wißt genau, wer der Mörder ist«, erwiderte Colum. »Sagt es mir, und ich nehme die Hände weg.«

Kathryn nickte. »Ja«, flüsterte sie. »Ich glaube, ich weiß es, aber Ihr müßt Euch gedulden.«

Ein paar Stunden später, als die großen Glocken der Kathedrale zum Abendgebet riefen, bogen Kathryn und Thomasina in die Black Griffin Lane ein. Sie überquerten die Straße und kamen zu dem Haus des Magiers, vor dem die anderen sich bereits eingefunden hatten. Kathryn war zuversichtlich, daß sie beweisen konnte, wer der Mörder war; sie mußte nur noch die Falle zuschnappen lassen. Luberon und die Büttel der Stadt standen etwas abseits. Bogbean und Rawnose plauderten in einer Ecke des Gartens miteinander. Jeder versuchte, dem anderen Neuigkeiten zu erzählen, doch keiner von beiden hörte richtig zu. Die Pilger standen dicht gedrängt vor der Haustür. Sir Raymond zwang sich zu einem Lächeln, als er Kathryn erblickte, doch sein fleischiges Gesicht war jetzt fahl und die Augen hatten rote Ränder. Thomas Greene wirkte nervös und nestelte unentwegt an einem losen Faden seines Umhangs. Witwe Dauncey stützte sich auf ihren Stock und schaute in den dunkler werdenden Himmel. Neverett und Louise tuschelten miteinander; alle wirkten verängstigt, da sie sich nun wieder so nah am Todesort ihres Erpressers befanden.

»Ist denn das wirklich nötig?« fragte Sir Raymond und trat vor. »Mistress Kathryn, zwei unserer Begleiter sind tot. Es ist gefährlich für uns, noch länger hier zu bleiben.« Er fuhr sich mit der Zunge über die Lippen. »In London sind wir bestimmt sicherer.«

»Ich werde Euch nicht lange aufhalten«, sagte Kathryn lächelnd. »Und ich versichere Euch, daß Klarheit herrschen wird, wenn ich fertig bin. Master Murtagh, sind die Türen offen?«

Colum, der zwei Satteltaschen über der Schulter trug, nickte. Kathryn wappnete sich gegen die Erinnerung an das, was an diesem Vormittag hier geschehen war, ging der Gruppe voran ins Haus und in die mit Steinplatten ausgelegte Küche. Die Luft roch noch immer etwas säuerlich, obwohl Colum ihr versicherte, er habe Kräuter verstreut und die Fenster geöffnet, bevor sie eingetroffen sei. Auch die anderen Pilger klagten über den Gestank. Kathryn weigerte sich, die im Flüsterton vorgebrachten Fragen zu beantworten. Sie wartete, bis sich alle um den großen Eichentisch versammelt hatten.

»An dem Morgen, als Tenebrae starb«, begann Kathryn und wandte sich an die Pilger, »habt Ihr alle dieses Haus besucht. Jeder von Euch ist die Treppe hinauf in Tenebraes Zimmer gegangen. Nun war der Magier ein schlauer und hinterhältiger Mann, der Menschen mit einer Mischung aus Drohungen und Schmeicheleien in sein Netz lockte. Er konnte die Zukunft nur deshalb voraussagen, weil Spione und Vertraute ihn mit wissenswerten Häppchen versorgten, Gerüchtfetzen, die er später verwenden konnte.« Sie hielt inne, um sich zu sammeln und achtete nicht auf die finsteren Blicke, die Thomas Greene ihr zuwarf. »Zu Anfang«, fuhr Kathryn fort, »seid Ihr in der Hoffnung zu Tenebrae gekommen, von ihm die Zukunft zu erfahren, aber am Ende blieb Euch eigentlich kaum eine Wahl, denn Tenebrae fand Geheimnisse über Euch heraus, die er für seine eigenen finsteren Zwecke benutzte.«

»Das stimmt nicht!« rief Thomas Greene und sprang erregt auf.

»Master Greene, es stimmt«, entgegnete Kathryn, »also setzt Euch bitte wieder hin.«

Sie schaute zu Rawnose und Bogbean hinüber, die mit offenem Mund zuhörten und kaum glauben konnten, welches Schauspiel sich da vor ihren Augen abspielte. Thomasina, die neben ihr saß, verkniff sich ebenfalls alle Bemerkungen, die ihr auf der Zunge lagen. Sie hatte Kathryn auf ihrem Weg hierher mit einer ganzen Reihe von Fragen gelöchert, aber Kathryn hatte geschwiegen. Sie hatte zuvor stundenlang in ihrer Schreibstube gesessen und die Namen der Pilger sowie die Reihenfolge überprüft, in der sie Tenebrae aufgesucht hatten. Nur Colum kannte das Ergebnis, zu dem sie schließlich gelangt war. Jetzt zog Kathryn diese Liste aus ihrer Tasche. »Ich glaube, die Reihenfolge war: Sir Raymond Hetherington, Richard Neverett, Louise Condosti, Charles Brissot, Anthony Fronzac, Thomas Greene und Dionysia Dauncey. Mistress Dauncey, ich glaube, Ihr wart die letzte?«

»Ja, ja. Warum, was wollt Ihr damit sagen?«

»Nichts«, erklärte Kathryn, »nur, daß ich die Ereignisse an jenem Morgen noch einmal durchgehen möchte. Master Büttel, Ihr werdet Tenebraes Rolle übernehmen. Schaut mich nicht so verwundert an, es ist ganz einfach.« Sie wandte sich an Colum. »Ist alles soweit fertig?«

»Ja«, antwortete er. »Maske, Umhang und Kapuze.«

»Fein! Master Luberon, Ihr spielt den Diener Morel. Nehmt unseren Freund, den Büttel, mit hinauf, zieht ihm den Umhang über, der dort liegt, Kerzen und Fackeln brennen bereits. Er muß nur dort sitzen; die Pilger werden zu ihm hinaufkommen. Sie werden ein paar Minuten dort sitzenbleiben. Sobald sie das Zimmer durch die andere Tür verlassen haben, läutet der Büttel mit der Glocke auf dem Schreibtisch, und Luberon schickt den nächsten Besucher hinauf. Sir Raymond, Ihr geht als erster, dann Richard Neverett, Mistress Condosti, Dionysia Dauncey, Colum Murtagh und Master Greene. Thomasina wird den Reigen beenden.«

»Das ist doch Unsinn!« rief Neverett und sprang auf.

»Setzt Euch, Sir!« schimpfte Colum.

»Ich verspreche Euch«, erklärte Kathryn leise, »wenn es am Ende immer noch Unsinn ist, dürft Ihr Canterbury verlassen und gehen, wohin Ihr wollt. Master Bogbean, bitte nehmt Euren gewohnten Posten an der Hintertür des Hauses ein.«

Bogbean machte sich davon, während Luberon kopfschüttelnd den gleichermaßen verwirrten Büttel die Treppe hinauf führte. Die anderen warteten in tiefem Schweigen. Kathryn schaute Thomas Greene an und war bemüht, sich nicht anmerken zu lassen, was sie im Schilde führte. Schließlich erklang die Glocke, und Luberon, dem die Sache jetzt sichtlich Spaß bereitete, kam in die Küche und bat Sir Raymond Hetherington hinaus, der ihm brav wie ein Lamm folgte. Kurz darauf läutete die Glocke erneut. Ein Pilger nach dem anderen ging hinauf, während alle, die das Zimmer bereits verlassen hatten, durch die Eingangstür wieder hereinkamen und schweigend ihren Platz in der Küche einnahmen.

»Mistress Condosti«, fragte Kathryn, »war alles so, wie Ihr es kanntet?«

Die blasse Frau nickte heftig. »Es war unheimlich«, antwortete sie und senkte die Stimme zu einem Flüstern. »Fast genauso, wie an dem Morgen, an dem ich Tenebrae zuletzt sah.« Sie legte das Gesicht in beide Hände und schluchzte leise.

Kathryn schaute sie mitfühlend an und entschied, es dabei bewenden zu lassen. Mistress Dauncey ging hinaus, dann Colum und Master Greene. Zuletzt rief die Glocke Thomasina auf, und Kathryn folgte ihr in die Diele.

»Geh hinauf«, flüsterte sie, »und tu genau, was man dir sagt.«

Thomasina gehorchte. Kathryn wartete. Die Minuten schienen sich endlos zu dehnen, aber schließlich kam Thomasina, von einem Ohr zum anderen strahlend, geschäftig durch die Vordertür herein.

»Es ist vollbracht«, flüsterte sie.

Kathryn hob den Finger an die Lippen. »Dann behalte deine Gedanken für dich«, ordnete sie an und lächelte dem Iren zu, der hinter Thomasina zur Tür hereinkam. Er trug noch immer die Satteltaschen über der Schulter. »Dasselbe gilt für Euch, Master Murtagh!« Als schließlich alle wieder in der Küche waren und die Glocke noch einmal läutete, klatschte Kathryn in die Hände.

»Fein! Nun, Master Luberon, bringt den Büttel herunter und holt Bogbean von der Hintertür herein.«

Nachdem dies geschehen war, wandte sich Kathryn an den Büttel, der sie zufrieden angrinste.

»Nun?« begann Kathryn. »Habt Ihr die Rolle des Magiers gespielt?«

»Natürlich hat er das!« fauchte Greene. »Wir haben alle auf dem verdammten Hocker gesessen und ihn angestarrt, wie er da saß, maskiert und unter der Kapuze verborgen. Es war wie ein albernes Theater.«

»Habt Ihr das wirklich gesehen, Master Greene?«

»Aber ja!«

»Nein, das habt Ihr nicht«, erwiderte Kathryn. »Die Person, die Ihr gesehen habt, war Master Murtagh.«

»Aber der Büttel hat geredet«, rief Greene.

»Aus den Tiefen einer Kapuze«, schaltete Colum sich ein, »und hinter einer Maske fällt es leicht, die Stimme eines anderen zu imitieren.«

»Aber das ist unmöglich.« Bogbean trat hervor, baß erstaunt. »Ich habe doch die Tür aufgemacht und den Iren hinausgelassen.«

»Natürlich«, sagte Kathryn, »aber in welche Richtung ist er dann gegangen?«

»Nun, er bog um die Ecke in die Gasse an der Seite des Hauses.«

»Ihr meint die Gasse, die unter dem kleinen Fenster im Vorraum über der Hintertreppe vorbei führt?«

Bogbean blinzelte.

»Ich werde Euch sagen, was geschah«, erklärte Colum. »Sir Raymond Hetherington ging hinauf. Er saß auf dem Hocker und ging wieder. Weitere Personen folgten. Als ich an der Reihe war, bat ich den Büttel hier, seine Verkleidung auszuziehen und sich ruhig in die dunkle Ecke gleich hinter der Tür zu setzen, wo ihn niemand sehen konnte. Ich verließ das Zimmer und ließ die Tür offenstehen.« Er zuckte mit den Achseln. »Ich habe einen Handschuh dazwischengeklemmt. Dann ging ich hinunter in die Gasse und stieg über die Strickleiter wieder hinauf.«

»Ehe er nämlich das Haus verließ, hatte Colum das Fenster im Vorraum geöffnet und eine Strickleiter herabgelassen. Sobald er unten war, kletterte er daran hinauf, entfernte die Strickleiter und steckte sie wieder in seine Satteltaschen, schloß das Fenster und ging in das Zimmer zurück. Dann verkleidete er sich und übernahm die Rolle des Magiers.«

»Aber ich habe ihn nicht wieder hinausgehen sehen«, schaltete Bogbean sich ein.

»Ah, das lag an mir«, unterbrach Thomasina. »Als ich hinaufging, hat Colum mich eingeweiht. Dann verließen wir das Zimmer und schlossen die Tür hinter uns. Colum öffnete das Fenster im Vorraum erneut und stieg über die Strickleiter hinab, die ich ihm anschließend hinunterwarf. Dann habe ich die Fensterläden wieder geschlossen und bin hinuntergegangen, wo Ihr, Master Bogbean, mich beim Verlassen des Hauses gesehen habt.«

»So ähnlich«, erklärte Kathryn, »geschah es auch an dem Tag, an dem Tenebrae umgebracht wurde. Ich habe immer gedacht, nur ein Pilger sei an diesem Mord beteiligt, aber natürlich, Mistress Dauncey, waren es zwei, nicht wahr?«

Die alte Witwe schaute Kathryn zu Tode erschrocken an und schlug die Hände vor den Mund.

»An dem Tag, als Tenebrae umgebracht wurde«, fuhr Kathryn fort, »verlief alles etwas anders. Die Pilger waren nicht hier versammelt. Sie kamen zu unterschiedlichen Zeiten ins Haus, wie es Master Fronzac vereinbart hatte. Ihr erinnert Euch vielleicht an die Reihenfolge. Er kam nach Brissot an die Reihe, dann folgte Master Greene und zuletzt Mistress Dauncey. Fronzac und Witwe Dauncey hatten gemeinsam beschlossen, Tenebrae umzubringen. Fronzac ging hinauf und trug Satteltaschen bei sich, wie Colum. Er betrat das Zimmer und setzte sich auf den Hocker. Vielleicht hat er etwas gesagt, um Tenebrae zum Lachen zu bringen. Der Magier lehnte sich mit erhobenem Kopf zurück. Fronzac zieht eine kleine Armbrust unter dem Umhang hervor, schießt den Pfeil ab, und Tenebrae stirbt. Nun handelt Fronzac schnell. Er zieht der Leiche Umhang, Maske und Kapuze aus und schleppt sie in die finstere Ecke, in der auch Ihr, Master Büttel, gesessen habt. Die Leiche ist im Dunkeln verborgen. Fronzac eilt durch den Raum. Er entnimmt seinen Satteltaschen eine Strickleiter, öffnet das Fenster im Vorraum und läßt die Leiter hinab. Dann geht er die Treppe hinunter, und Bogbean läßt ihn hinaus. Unser guter Torhüter achtet nicht darauf, welche Richtung die Pilger einschlagen. Fronzac eilt um die Ecke in die schmale, dunkle Gasse. Niemand kann sehen, was dort vor sich geht. Fronzac klettert die Strickleiter hinauf, rollt sie auf und versteckt sie, nachdem er das Fenster sorgfältig verschlossen und verriegelt hat. Er geht wieder zurück in das Zimmer, so wie Colum es gemacht hat, denn er hat die Tür offenstehen lassen, und übernimmt die Rolle des Magiers.« Kathryn hielt inne und räusperte sich. »Das war das Schlaue an ihrem Plan: Es würde nicht lange dauern. Nur Greene mußte noch kommen. Fronzac hat die Zeit genutzt, seinen kleinen Schwindel vorzubereiten, und Morel würde niemanden die Treppe hinauf lassen, ehe die vermaledeite Glocke ertönte. Als Master Greene dann das Zimmer betrat«, fuhr Kathryn fort, »war alles so, wie es sein sollte. Er sah nur, was er erwartet hatte. Fronzac half ihm dabei und imitierte die Stimme des Magiers. Ich wette, er war äußerst freundlich zu Euch, Master Greene?«

»Ja, das stimmt«, erwiderte der Goldschmied. »Er zog

das *Buch des Todes* und die Tarotkarten zu Rate. Er sagte mir, alles würde sich zum Guten wenden und ich sollte in die neuen Handelsunternehmungen des Königs in Burgund investieren.« Greene schüttelte den Kopf. »Es war dunkel im Zimmer. Tenebraes Stimme klang dumpf, aber ich interessierte mich mehr für den Inhalt seiner Worte. Wenn ich allerdings jetzt zurückdenke ...«, er schaute Colum nervös an und verstummte.

»Ich weiß, was Ihr sagen wollt«, schaltete Kathryn sich ein. »Nicht ein einziges Mal wurden jene Angelegenheiten erwähnt, die Ihr lieber geheimhalten wollt.«

»Ja«, murmelte Greene, ohne den Kopf zu heben. »Ich freute mich so über das, was ich erfuhr, daß ich förmlich aus dem Zimmer schwebte.«

»Und dann kam Mistress Dauncey«, nahm Kathryn den Faden wieder auf. »Sie trifft ihren Komplizen im Zimmer. Fronzac zieht sich schnell aus, streift die Sachen wieder über Tenebraes Leiche. Sie verlassen das Zimmer, die Tür fällt ins Schloß. Rasch werden Fenster und Fensterläden geöffnet, die Strickleiter findet noch einmal ihre Verwendung, und Fronzac steigt, das kostbare *Buch des Todes* fest an sich gedrückt, hinab. Mistress Dauncey löst die Strickleiter, schließt das Fenster und die Fensterläden und geht die Treppe hinunter.« Kathryn schaute Bogbean an. »Ihr erinnert Euch vielleicht noch, was passierte? Mistress Dauncey hat ihre Geldbörse geöffnet, um Euch eine Münze zu geben, aber dabei fiel sie ihr zu Boden. Ihr habt die Münzen pflichtschuldig für sie aufgesammelt?«

Bogbean nickte mit offenem Mund.

»Nur eine kleine Schutzmaßnahme«, fügte Kathryn hinzu. »Eine Ablenkung, um Euch zu beschäftigen, während sich Komplize Fronzac in die Black Griffin Lane davonstahl.«

»Aber die Glocke?« fragte Luberon. »Morel hörte sie läuten als Zeichen, daß Tenebraes letzter Besucher gegangen war.«

»Natürlich, entschuldigt«, antwortete Kathryn. »Sobald Tenebrae wieder auf seinem Stuhl saß, hat Fronzac oder Mistress Dauncey die Glocke geläutet. Morel kam die Treppe herauf, um seinen Herrn zu fragen, ob er noch eine Erfrischung wollte. Natürlich hat Fronzac geantwortet; Morel, der nichts anderes erwartet hatte, ging wieder hinunter, während die beiden Mörder entkamen, wie ich es beschrieben habe.« Kathryn schaute zu Witwe Dauncey hinüber und stellte fest, daß die anderen Pilger von ihr abgerückt waren. »Ich habe Euch sehr lange hingehalten«, erklärte Kathryn ruhig. »Und das war mein Fehler. Ich war in einem Rätsel verfangen; ich glaubte, nur einer von Euch trage die Schuld an Tenebraes Tod, bis ich das Zimmer oben genau untersuchte. Ich habe die Blutflecken an der Stelle gefunden, an der man Tenebraes Leiche verborgen hatte, und die leichten Abschürfungen an der hölzernen Fensterbank, über die Fronzac mit Hilfe der Strickleiter entkam.« Mit einem Blick auf Sir Raymond fragte sie: »Fronzac hat doch die Besuche mit Tenebrae vereinbart?«

»Natürlich, er war unser Schreiber. Aber was war der Sinn des Ganzen?«

»Tenebrae war ein Erpresser. Er wußte von Mistress Dauncevs Krankheit und drohte ihr, sie in aller Öffentlichkeit der Lächerlichkeit preiszugeben, wenn sie ihn nicht heiraten würde.«

Die Witwe vergrub das Gesicht in den Händen und begann leise zu schluchzen.

»Tenebrae und Witwe Dauncey – niemals!« rief Neverett.

»Unmöglich!« echote Sir Raymond.

»Nein.« Witwe Dauncey nahm die Hände vom zerknitterten Gesicht. »Woran ich leide, ist allein meine Sache.

Tenebrae schickte mir einen Brief, in dem er mir drohte, sich öffentlich über mich lustig zu machen. Er wollte nur dann schweigen, wenn ich ihm meine Hand zum Bund fürs Leben reichte.« Sie warf Kathryn einen mitleidheischenden Blick zu. »Er war auf mein Vermögen aus, meine Läden, meine Lagerhäuser, meine Waren, meinen Besitz. Er stellte seine Forderungen«, fügte sie bitter hinzu, »zu einer Zeit, als ich dachte, ich hätte endlich das Glück gefunden. Master Fronzac und ich waren Freunde geworden. Liebe war nicht im Spiel; es gab keine Leidenschaft, keine Romanze, aber er bot mir eine Heirat in gegenseitigem Einvernehmen an, Kameradschaft, Freundschaft.« Sie strich mit ihren langen, knochigen Fingern über die Tischplatte. »Das dachte ich wenigstens. Mistress Swinbrooke hat recht«, fuhr sie fort. »Ich gestand Fronzac alles, und wir arbeiteten einen Plan aus, wie wir Tenebrae umbringen konnten.« Sie lächelte in sich hinein. »Es hätte funktioniert. Fronzac hat sogar eine Wachsfigur des Magiers angefertigt, einen Nagel hindurchgetrieben und sie an einem öffentlichen Platz angebracht.«

»Oh, ja«, sagte Kathryn. »Der Magier ist tot, aber seine Bosheit nicht, die konntet Ihr nicht umbringen!«

Zwölf

Witwe Dauncey wandte Kathryn das zerfurchte Gesicht zu. Ihre Augen funkelten.

»Es war ein Akt Gottes«, erklärte sie mit heiserer Stimme. »Tenebrae war ein durchtriebener, hinterhältiger Mann. Er lauerte seiner Beute auf und stellte mir eine Falle, aus der es kein Entrinnen gab. Hätte ich ihn geheiratet, dann hätte er mich umgebracht. Er war durch und durch böse.«

»Aber warum mußte Fronzac sterben?« fragte Hetherington.

»Mein zweiter Fehler«, murmelte Witwe Dauncey. »Er nahm das *Buch des Todes* aus Tenebraes Haus mit. Ehe er es mir übergab, las er es aufmerksam durch.« Sie lachte kurz auf. »Neben Zaubersprüchen, Anrufungen und Verwünschungsformeln ist Seite auf Seite vollgeschrieben mit allem, was Tenebrae wußte, sowie Hinweisen auf die Verstecke seines unrechtmäßig erworbenen Geldes. Am Abend des Tages, an dem Tenebrae starb«, fuhr sie fort, »gab Fronzac mir das *Buch des Todes.* Er sagte, mit den Dingen, die er aus dem Buch erfahren habe, dürfte er für den Rest seines Lebens ausgesorgt haben.« Sie schüttelte den Kopf, Tränen in den Augen. »Im übrigen teilte er mir mit, daß er mich nun nicht mehr brauche. Am nächsten Morgen hatte ich eine kurze Unterredung mit ihm und bat ihn, er möge es sich noch einmal überlegen.«

»Und er war einverstanden, Euch hinter dem Schweinepferch zu treffen?« warf Kathryn ein.

»Ja, ich schlich heimlich aus dem ›Turmfalken‹ und ging die Gasse hinunter. Fronzac hat mir das Tor geöffnet.« Die Witwe wirkte so gequält, daß Kathryn Mitleid mit ihr hatte. »Er fing an zu lachen«, stammelte Dionysia. »Er sagte, er wolle sich ein Wirtshaus wie den ›Turmfalken‹ kaufen. Ich hatte alles satt: Tenebrae, Fronzac, mich selbst. Ich hob ein Stück Brennholz auf, lief hinter ihm her und versetzte ihm einen Schlag auf den Hinterkopf. Es war vorbei, ehe ich recht zur Besinnung kam. Ich öffnete die Tore zum Schweinepferch, zerrte den leblosen Körper hinein und floh.« Sie schaute auf ihre Hände. »Der Himmel weiß, woher ich die Kraft und den Mut nahm. Ich habe ihn einfach hochgehoben und über den Boden geschleift. Die Schweine rannten wild durcheinander. Sie müssen das Blut gerochen haben. Dann lief ich weg. Ich ging zum Goldschmied.« Sie warf Kathryn einen schrägen Blick zu. »Wie habt Ihr es herausbekommen?«

»Zu Anfang war es mir nicht klar«, gestand Kathryn. »Nachdem ich jedoch zu dem Schluß gekommen war, daß Fronzac an dem Mord beteiligt war, wußte ich, daß er einen Komplizen haben mußte. Das wart entweder Ihr oder Greene, die letzten, die Tenebrae getroffen hatten. Dann dachte ich über Fronzacs Tod nach und über Eure Aussage, Ihr hättet den Goldschmied aufgesucht. Mir schien es merkwürdig, daß ein Mitglied der Goldschmiedezunft aus London einen Ehering in einem Laden in Canterbury kauft. Zweitens, wenn Ihr den Ring gekauft habt, warum habt Ihr ihn nicht mit ins Wirtshaus genommen und Eurem zukünftigen Gemahl gezeigt? Aber das habt Ihr natürlich unterlassen. Ihr wußtet, daß Fronzac tot war, bevor Ihr zum Wirtshaus zurückkamt. Und weil Ihr eine kluge Kauffrau seid, Mistress Dauncey, habt Ihr den Ring gleich bei Master Procklehurst gelassen.«

Witwe Dauncey legte beide Hände flach auf den Tisch. »So eine Kleinigkeit«, murmelte sie und verzog das Gesicht. »Fronzac hätte mich nicht täuschen dürfen.«

»Und Brissot?« fragte Colum.

Ein Lächeln huschte über das Gesicht der Witwe. »Mein Leben lag in Scherben«, erwiderte sie. »Und Brissot steckte dahinter. Er war Tenebraes kleines Geschöpf – er schnüffelte in unserem Leben herum und suchte nach saftigen Brocken, die er seinem Herrn bringen konnte. Er hatte mich in Verdacht. An dem Abend, nachdem ich Fronzac umgebracht hatte, ging er auf der Treppe an mir vorbei und verzog das fette, schmierige Gesicht zu einem hämischen Grinsen. ›Ihr seid wirklich eine echte Witwe‹, flüsterte er mir zu. ›Nun habt Ihr also zwei Männer verloren?‹ Ich war wütend auf ihn, aber ich wußte, was er damit hatte sagen wollen. Ich war Tenebrae noch nicht los. Am späten Abend nahm ich den Spazierstock aus meinem Zimmer, ging über den Flur und klopfte an seine Tür.« Dionysia rieb sich mit dem Ärmel ihres Kleides den Speichel aus dem Mundwinkel. Ihr Gesicht war haßverzerrt. »Es würde niemals aufhören«, flüsterte sie. »Nie! Brissot wartete bereits auf mich. Allein, wie er die Tür öffnete, mit dieser immer gleichen untertänigen, kriecherischen Miene!« Sie schaute Kathryn an. »Ihr wißt, was ich getan habe?«

»Ja«, antwortete Kathryn. »Brissots Leiche lag hinter der Tür. Zuerst dachte ich, er wäre vor seinem Mörder davongelaufen und hätte zu entkommen versucht, doch dann wurde mir klar, daß er, stets der Unterwürfige, Euch in sein Zimmer gebeten und sich dann umgedreht hat, um die Tür zu schließen.«

»Er starb anders als Fronzac«, unterbrach Dionysia sie barsch. »Bei ihm hatte ich es geplant. Er hatte einen leichten Plauderton angeschlagen und redete munter weiter, während er die Tür schloß. Ich hob meinen Spazierstock und schlug zu. Einmal reichte. Brissot war tot, noch ehe er den Boden erreichte.« Sie hielt inne und sah sich in der Küche um. »Das ist ein teuflisches Haus. Man sollte es niederbrennen, so daß kein Stein mehr auf dem anderen bleibt. Ich habe Tenebrae gehaßt. Ich schwöre vor Gott, daß ich mir wünschte, ihm nie begegnet und, wie Ihr alle hier, in seine Falle gelockt worden zu sein. Fronzac hätte mich nicht täuschen dürfen … und Brissot. Nun, er war Tenebraes Komplize.«

Die anderen starrten sie entsetzt an und konnten nicht begreifen, daß diese vornehme, würdevolle Witwe fähig war, drei Morde zu begehen.

»Ich wollte vor meinem Tod noch glücklich werden«, murmelte Dionysia. »Mein Leben lang bin ich hinter dem Glück hergelaufen und habe Grillen gefangen. Das hat mich überhaupt erst zu Tenebrae geführt. Ich war in eine Grube gefallen und noch tiefer hineingeraten, bis ich Fronzac kennenlernte.«

Sir Raymond Hetherington erhob sich. »Ich kann nichts mehr davon hören«, erklärte er und wandte sich an Kathryn.

»So ist es recht, Hetherington!« fuhr Witwe Dauncey ihn an. »Schnell wie ein Windhund, das ist Eure Art, nicht wahr? Ihr wechselt die Seiten, wie es Euch gerade in den Kram paßt.«

Hetherington beachtete sie nicht. »Master Murtagh, seid Ihr mit uns fertig?«

Colum nickte.

»Wenn es so ist«, sagte Hetherington, nahm seinen Umhang und verließ grußlos die Küche. Die anderen folgten ihm.

Louise Condosti jedoch drehte sich in der Tür noch einmal um.

»Was ist mit dem *Buch des Todes?*« fragte sie.

»Das überlaßt getrost uns«, antwortete Colum.

Die junge Frau nickte und ging den anderen nach.

»Ihr könnt jetzt alle gehen«, erklärte Kathryn. »Master Luberon, würdet Ihr bitte den Büttel, Master Bogbean und Rawnose mit ins Rathaus nehmen? Sie sollten für ihre

Dienste belohnt werden.« Sie schaute auf Witwe Dauncey hinab. »Schickt uns noch ein paar Leute zu Hilfe.«

Luberon spielte an seinem Gürtel. Kathryn sah ihm an, daß er gekränkt war.

»Macht Euch keine Sorgen, Simon«, fügte sie leise hinzu. »Kommt morgen abend zu uns und leistet uns beim Essen Gesellschaft. Dann werden wir Euch alles genau berichten.« Kathryn nahm Thomasina beim Arm. »Geh wieder nach Hause und sieh zu, daß alles in Ordnung kommt.«

Thomasina nickte zustimmend und verließ das Haus, gefolgt von Luberon, dem Büttel, Bogbean und Rawnose, die aufgeregt miteinander tuschelten.

Colum schloß die Tür und stellte sich hinter seine Gefangene.

»Ich weiß, was Ihr wollt, Ire«, sagte Witwe Dauncey und drehte einen Ring am Finger. »Ich weiß, worauf Ihr beide aus seid.« Die Witwe lächelte, als Colum sich neben Kathryn setzte. Sie beugte sich über den Tisch, ruhig, gefaßt, als wäre sie eine gute Freundin und redete mit ihnen über Alltägliches. »Ich will Euch sagen, was Ihr mir vorschlagen wollt: Ich soll nach London gebracht und vor das Königliche Gericht in Westminster gestellt werden. Die Verhandlung wird nicht lange dauern, und man wird mich entweder hängen oder in Smithfield verbrennen. Aber«, sie hob die Hand, »wenn ich Euch das *Buch des Todes* gebe, wird meine Strafe vielleicht nicht ganz so hart ausfallen.« Sie schaute Kathryn scharf an. »Glaubt Ihr, ich bin böse, Mistress Swinbrooke?«

»Nein, Mistress Dauncey, Ihr seid in eine Falle geraten und habt tiefe seelische Wunden davongetragen.«

Dionysia zuckte zusammen, als hätte sie mit dieser Antwort nicht gerechnet.

»Als ich noch ein kleines Mädchen war«, flüsterte sie, »war ich sehr schön. Mein Vater sagte, ich hätte einen gescheiten Kopf auf den Schultern. Ich konnte geschickt mit dem Rechenbrett umgehen und war klug genug, die Hauptbücher zu führen.«

Sie schlug die Hände vors Gesicht und begann zu schluchzen.

Kathryn und Colum ließen sie gewähren. Die Witwe beruhigte sich wieder und wischte mit dem Handrücken die Tränen ab.

»Ich werde hängen, nicht wahr?«

Colum war im Begriff zu antworten.

»Nein, Ire«, Dionysia wandte sich ab. »Ich kann von einem Mann keine Zusicherungen mehr ertragen.«

»Mistress Swinbrooke«, unterbrach Colum, »kann Euch keine Zusicherungen geben. Wenn Ihr jedoch das *Buch des Todes* zurückgebt, wird die Königin gnädig sein.«

»Wie gnädig?« fragte die Witwe und blickte Kathryn an.

»Sicherheit für Leib und Leben«, antwortete Colum. »Allerdings wird man Eure Waren, Häuser und den Grundbesitz einziehen.« Er wappnete sich innerlich, ehe er fortfuhr. »Das, was die Richter meinen, wenn sie sagen ›am Geldbeutel erhängen‹.«

»Und ich soll mich dann ganz allein durchs Leben schlagen? Ein altes, krankes Bettelweib?« Dionysia schnaubte. »Die Schlinge oder der Scheiterhaufen haben angesichts dieser Aussicht an Schrecken verloren.«

»Da ist noch etwas«, meldete Kathryn sich zu Wort. »Der König könnte Milde walten lassen. Vielleicht ...« Kathryn verstummte, als sie die Bogenschützen und Büttel aus dem Rathaus laut an die Tür klopfen hörte.

Colum ging hinaus, um ihnen zu öffnen. Kathryn legte ihre Hand auf die der Witwe. »Ich werde ein Wort für Euch einlegen«, flüsterte Kathryn ihr zu. »Es gibt christliche Häuser, Klöster für bessergestellte Damen.« Kathryn wandte den Blick ab. »Obwohl Ihr hinter diesen Mauern lebendig begraben seid.«

Witwe Dauncey schaute sie unverwandt an. »Gebt Ihr mir Euer Wort darauf?«

»Ich schwöre es Euch.«

Dionysia entzog Kathryn ihre Hand und stand auf. In diesem Augenblick trat Colum mit den Bogenschützen und Bütteln in die Küche. Die Witwe warf einen Blick über die Schulter und lächelte Kathryn zu.

»Ich hege keinen Groll. Dem Wort einer Frau vertraue ich.« Sie streckte die Hände vor und ließ sich von den Bogenschützen an den Handgelenken fesseln.

»Und das Buch?« fragte Kathryn.

Witwe Dauncey zog so ruckartig die Hände fort, daß die Ketten rasselten. Sie öffnete die kleine Tasche, die an ihrem Gürtel hing. Kathryn trat zu ihr; Dionysia reichte ihr einen Schlüssel und zog sich mühsam einen Ring vom Finger.

»Den zeigt Master Procklehurst, dem Goldschmied. Sagt ihm, der kleine, versiegelte Kasten gehöre nun Euch. Verkauft den Ring wieder an den Goldschmied und gebt das Geld den Armen.« Witwe Dauncey lachte. »Schließlich werde ich nun eine der ihren.« Dann verließ sie, begleitet von den Bogenschützen und Bütteln, das Haus.

»Laßt uns hier fortgehen.« Kathryn nahm ihren Umhang und wurde sich bewußt, wie still, ja, beinahe bedrückend das Haus geworden war. Sie traten ins Freie, und Colum schloß die Tür hinter ihnen ab.

»Nun?« fragte Kathryn und hakte sich bei ihm unter, als sie auf die Black Griffin Lane traten. »Was soll aus ihr werden?«

Colum zuckte mit den Achseln. »Das hängt von der Königin ab. Vergeßt nicht, Kathryn, daß viele über Tenebraes Tod frohlocken werden und man die Inbesitznahme des Zauberbuchs als Triumph ansehen wird. Fronzac oder Brissot sind ihnen gleichgültig, während das konfiszierte Vermögen der Witwe das Herz des Königlichen Schatzmeisters entzücken wird.«

»Ich habe es ihr versprochen«, sagte Kathryn.

Colum lächelte auf sie herab. »Das habe ich mir gedacht. Oh, man wird ihr das Leben lassen und sie für den Rest ihrer Tage in ein gutes Kloster hoch oben im Nordmoor einsperren.«

»Und das *Buch des Todes*?«

»Das müssen wir schnellstens an uns nehmen«, erwiderte Colum. »Und zwar noch ehe Master Foliot zurückkehrt. Das Buch hat Menschenleben gekostet. Ich möchte sehen, welche Geheimnisse es birgt.«

Der Laden des Goldschmieds war schon für die Nacht fest verschlossen, doch Colum hämmerte gegen die Tür. Der mürrische Kaufmann in seiner pelzbesetzten Robe und mit einem großen Becher Rotwein in der Hand verwandelte sich umgehend in einen devoten Diener, als Colum sich zu erkennen gab. Im flackernden Licht der Kerzen, die überall im Kontor herumstanden, erklärte Colum, Witwe Dauncey sei wegen Mordes verhaftet worden, und forderte die Herausgabe des versiegelten Kastens, nachdem er den Ring der Witwe vorgezeigt hatte.

»Höchst unvorschriftsmäßig«, murmelte Procklehurst.

»Wenn Ihr wollt«, entgegnete Colum, »kann ich ebenso gut mit Soldaten des Königs wiederkommen.«

Daraufhin flog Procklehurst förmlich, um die Kassette zu holen. Er drückte sie Colum in beide Hände. Der Ire brummte seinen Dank. Dann verließ er mit Kathryn den Laden und eilte über die inzwischen dunklen, verlassenen Straßen zurück zur Ottemelle Lane. Sobald sie zu Hause angekommen waren, stellte Kathryn die Kassette in ihre Schreibstube. Wuf war zum Glück sehr müde. Thomasina hatte ihm bereits etwas zu essen gegeben, während Kathryn ihre Amme leise ermahnte, nichts von dem, was sie in Tenebraes Haus miterlebt hatte, zu erwähnen. Nachdem Agnes zu Bett gegangen war, holte Kathryn die Kassette in die Küche. Colum schloß den Deckel auf, zog das in Kalbsleder gebundene Buch aus der Samthülle, in die es eingeschlagen war, und legte es auf den Tisch. Dann griff sie nach dem Goldring, der auf dem Boden der Kassette lag und drückte ihn mit dem anderen Ring, den Witwe Dauncey ihr gegeben hatte, Thomasina in die Hand.

»Morgen früh«, sagte sie, »bringst du die zu Vater Cuthbert ins Hospiz für arme Priester. Sag ihm, daß Tenebraes Tod am Ende doch noch zu etwas gut war.«

Colum hatte das Buch des Todes an sich genommen und blätterte bereits die mürben gelben Pergamentseiten durch. Er schaute Kathryn spöttisch an.

»Wollt Ihr das lesen?«

Kathryn schüttelte den Kopf. »Nein. Es ist ein böses Buch; am besten, nur Ihr lest, was darin steht. Dann muß ich Master Foliot morgen bei seiner Rückkehr nicht belügen.«

Colum zog sich einen Hocker neben die Feuerstelle und begann zu lesen. Hin und wieder murmelte er vor sich hin oder pfiff überrascht durch die Zähne. Kathryn zog es vor, ihn nicht weiter zu beachten. Sie half Thomasina, den Teig zum Backen vorzubereiten; so hatte sie eine Beschäftigung, und die Verspannungen in Schultern und Rücken ließen nach. Als es heftig an der Tür klopfte, schrak sie zusammen und ließ beinahe die Schüssel fallen. Könnte das schon Foliot sein? dachte sie, als Thomasina zur Tür eilte. Aber es war nur Mathilda Sempler, die mit leuchtenden Augen durch den Flur humpelte und trotz allem, was sie durchgemacht hatte, nicht schlimmer als sonst aussah. Sie knickste vor Colum und drückte Kathryn ein kleines Glas in die Hand.

»Ein paar Kräuter«, sagte sie. »Ziemlich kostbar. Beugt nächtlichen Samenergüssen vor.«

Kathryn bedankte sich bei ihr. »Das war aber nicht nötig, Mathilda.«

»Natürlich war das nötig«, rief die alte Frau. »Die arme

alte Mathilda hätte beinahe an einem Seil gebaumelt oder wäre auf einer Pfanne geröstet worden.« Ächzend und stöhnend ließ sie sich auf einen Hocker sinken.

Colum schaute auf, las dann aber weiter. Thomasina kam in die Küche, beugte sich zu der alten Frau herab und nahm sie in den Arm.

»Ein Gläschen Wein, Mathilda«, bot sie ihr an, »zur Feier deiner Freilassung?«

»Nein, nein. Die alte Mathilda ist gekommen, um Euch zu danken.« Mühselig stand sie wieder auf und stützte sich schwer auf ihren Stock. »Ich sollte mich nicht hinsetzen«, sagte sie. »Ich vergesse mein Alter, und der Kerker in der Burg ist ein ungesunder Ort.«

Sie machte kehrt, und ehe Kathryn sie aufhalten konnte, humpelte sie auch schon durch den Flur auf die Tür zu.

»Nein, nein, ich will nicht bleiben«, verkündete Mathilda. Kurz bevor sie die Tür erreichte, warf sie einen verstohlenen Blick zurück in die Küche, wo Thomasina jetzt geschäftig hin und her eilte, und winkte Kathryn näher zu sich heran. »Ich habe eine neue Hütte«, flüsterte sie. »Die Talbot hat Mathilda eine neue Wohnung direkt hinter dem Londoner Tor am Ufer des Stour zur Verfügung gestellt.«

»Daran hat sie gut getan«, erwiderte Kathryn, von Mathildas Verhalten irritiert, da sie nur zu gern wieder in der Küche gewesen wäre, um herauszufinden, was Colum entdeckt hatte. »Das war nur recht so. Ihr wart unschuldig.« Kathryn hielt es für das Beste, der alten Frau nichts über die Auseinandersetzung mit Isabella Talbot zu erzählen. Sie öffnete die Tür, aber Mathilda machte keine Anstalten zu gehen. Kathryn lief bei dem kalten, verschlagenen Blick der alten Frau ein Schauer über den Rücken. »Ihr wart unschuldig.«

Auf ihren Stock gestützt, beugte sich Mathilda auf den Zehenspitzen vor.

»Wirklich?« flüsterte sie.

Kathryn wurde der Mund trocken; Mathilda sah nun gar nicht mehr so alt aus. Die Augen leuchteten, die Gesichtshaut schien weich und glatt.

»Wirklich? Das Weibsbild hat mich aus meinem Haus geworfen, deshalb habe ich Träume um ihren Mann gewoben.« Die alte Frau humpelte zur Tür hinaus, wandte sich noch einmal um, die Hand auf der Klinke. »Ihr habt ein gutes Herz, Kathryn Swinbrooke, und die Güte wird Euch auf all Euren Wegen begleiten, aber haltet in den kommenden Monaten die Augen offen. Ich sage Euch, bei allen dunklen Herrschern der Lüfte, ich bin mit Mistress Isabella Talbot noch nicht fertig.«

Sie lächelte still in sich hinein. Noch ehe Kathryn etwas entgegnen oder Mathilda zur Vorsicht mahnen konnte, war sie verschwunden. Das Geräusch ihres Stockes hallte wie Trommelschlag durch die Ottemelle Lane.

Kathryn schloß die Tür und ging durch den Flur zurück. Auf halbem Weg blieb sie stehen, um den unheimlichen Schauer abzuschütteln, den Mathildas Worte bei ihr ausgelöst hatten.

Ich bin Ärztin, dachte Kathryn; dennoch gibt es Kräfte und Säfte und Mächte, die vielleicht uns allen eigen sind. Sie dachte an Isabella Talbots haßverzerrtes Gesicht und wußte, daß Mathilda Sempler in den kommenden Monaten, wenn die Mörderin am wenigsten damit rechnete, auf ihre eigene rätselhafte Art Rache nehmen würde.

»Kathryn, kommt schnell!« rief Colum.

Sie eilte in die Küche. Colum saß am Tisch und hielt das *Buch des Todes* in der Hand.

»Ich habe es gefunden.«

»Colum, was ist los?«

Der Ire, der für gewöhnlich eine frische Gesichtsfarbe hatte, war blaß geworden und offenbar sehr erregt.

»So sagt schon!«

Colum warf das Buch auf den Tisch. »Kein Wunder, daß die Königin es haben wollte«, verkündete er und schob es noch weiter von sich. »Witwe Dauncey hatte recht: Seite für Seite stehen dort Klatsch und Tratsch. Finstere, boshafte Halbwahrheiten. Welcher Adlige zum Hahnrei gemacht wurde. Die Geheimnisse des einen oder anderen Bischofs. Welcher Baron oder Kaufmann heimlich das Haus Lancaster unterstützt hat. Was hier drinnen steht, kann ganze Karren voll Menschen an den Galgen bringen.«

Kathryn setzte sich. »Aber da ist noch etwas, oder?«

Colum wandte den Blick ab. »Ja. Laut Tenebrae ist die Ehe des Königs mit Elisabeth Woodville ungültig, weil er heimlich mit einer Frau namens Eleanor Butler verlobt und verheiratet war.«

Kathryn schlug die Hand vor den Mund.

»Wenn das an die Öffentlichkeit dringt«, fuhr Colum fort, »dann wäre alles, wofür das Haus York im letzten blutigen Bürgerkrieg gekämpft hat, verloren. Die Ehe des Königs würde als Bigamie erklärt, sein Sohn Edward, da unehelich, würde das Recht verlieren, seinem Vater auf den Thron zu folgen. Wenn das die Feinde des Königs in die Hände bekommen, ob es nun stimmt oder nicht, würde das Land aufs Neue von einem Machtkampf zerrissen.« Er beugte sich über den Tisch. »Kathryn«, flüsterte er. »Das allein zu wissen, kann uns Kopf und Kragen kosten.«

Kathryn starrte auf das in Kalbsleder gebundene Buch und mußte an sich halten, es nicht zu nehmen und ins Feuer zu werfen.

»Was wollt Ihr tun?«

»Ich werde es wieder in die Kassette legen«, erklärte Colum, »und behaupten, der Schlüssel der Witwe Dauncey habe nicht gepaßt. Sollen Foliot und die Königin doch damit machen, was sie wollen.«

Colum nahm das Buch und legte es in die Kassette zurück. Er verschloß sie, ging hinaus in den Garten und warf den Schlüssel mit aller Kraft in die Dunkelheit, bevor er wieder in die Küche trat.

»Stand irgend etwas über meinen Mann in dem Buch?« fragte Kathryn.

Colum schüttelte den Kopf. »Nein, Kathryn. Nichts über Euch oder über mich oder die Kleinen dieser Welt. Elisabeth Woodville wird es wahrscheinlich vernichten, um ihre Geheimnisse zu schützen.« Er schaute sich in der Küche um. »Wo steckt denn die wundervolle Thomasina?«

»Ich bin in der Vorratskammer, Ire, und behalte Euch im Auge«, rief die alte Amme schnippisch zurück. »Wie ich es schon immer gemacht habe und auch weiterhin tun werde.«

Colum winkte Kathryn zu sich. »Es ist vorbei, Kathryn. Mathilda Sempler ist auf freiem Fuß. Der Herr wird sich Isabella Talbots, Dionysia Daunceys und der anderen annehmen. Morgen kommt Foliot zurück, und ich werde ihm die Kassette in die Hand drücken. Dann wird er innerhalb einer Stunde aus unserem Leben verschwinden. Die Sonne wird aufgehen, Wuf wird im Garten herumspringen, Thomasina ist da, um geärgert zu werden, und Ihr seid da.« Er nahm ihre Hand, ging mit ihr in den Garten und zeigte zum sternenklaren Himmel hinauf. »Es gibt da ein Gedicht«, sagte er, »›Oh, komm nach Irland, du Schöne ...‹.« Colum schwieg und legte einen Arm um Kathryns Schultern. »Werdet Ihr je nach Irland kommen, Kathryn?«

Kathryn schmiegte sich an ihn und zwickte ihn spielerisch.

»Ja, und wenn ich nicht kann, wird Irland zu mir kommen müssen!«

»Ist das ein Versprechen?« fragte Colum.

»Ire, etwas Besseres könnt Ihr in dieser sternenklaren Nacht nicht verlangen!«

Anmerkung der Autorin

Eine heimliche Ehe zwischen Edward von York und Eleanor Butler ist mehr als wahrscheinlich. Edwards Bruder, Richard von Gloucester, benutzte dieses Wissen elf Jahre später, als er den Thron an sich riß. Die Woodvilles waren allesamt Räuberbarone allererster Güte: hervorragend, tapfer, charismatisch und absolut grausam. Der Tod Heinrichs VI im Tower verlief so, wie er im Buch beschrieben wird, während das wichtigste Mordopfer, Tenebrae, nach Bolingbrooke gestaltet ist, dem großen englischen Hexenmeister des fünfzehnten Jahrhunderts.